AMOR Y ODIO EN MANHATTAN

HERMANOS WALKER # 1

MARCIA DM

"Nueva York es realmente el lugar para estar; cuando vas a Nueva York, vas al centro del mundo".

Zubin Mehta.

1

LAUREN
PRESENTE

—No puedo creer que hayas reemplazado nuestro piso tan rápido —dice Emma por teléfono mientras desembalo mis cosas.

Encontrar un piso en Manhattan en época de fiestas fue un verdadero milagro navideño, en tan solo un mes llega Navidad y la ciudad parece perderse en la histeria.

Emma es mi hermana y solíamos vivir juntas en un lugar pequeño pero acogedor en Manhattan; sin embargo, desde que se mudó estuve en la cacería de un nuevo lugar. Ahora vivo en Harlem en un pequeño piso, es un poco depresivo, no voy a mentir, pero estoy segura que con un poco de pintura y decoración de segunda mano puedo lograr algo agradable.

—Te fuiste a Miami hace un mes, sabes muy bien que no podía seguir pagando ese lugar —respondo mientras saco un portarretrato de una caja.

Una foto de nuestra familia me mira.

Mamá, papá, Emma y yo, a los pies del árbol navideño que teníamos hace diez años, la decoración se ve vieja, demasiado colorida y saturada, pero la recuerdo como una de las mejores Navidades que tuvimos y una de las últimas donde no teníamos ningún tipo de problema. Poco tiempo después diagnosticaron a mi madre con una condición cardiovascular que requiere un tratamiento de por vida. Eso fue un terremoto que todos sentimos, pero somos una familia muy unida y el pacto silencioso que hicimos todos fue mantenernos juntos, ahorrar todo el dinero que pudiéramos y ayudarla.

Mi hermana trabajaba en una pequeña compañía aquí en Manhattan, pero consiguió un trabajo en Miami imposible de rechazar. Ella es diseñadora gráfica y Great Ideas Co., una de las compañías que mi hermana admiraba, básicamente rogó trabajar con ellos. Podría haber trabajado a distancia, pero Emma sabía muy bien que para hacer carrera en una compañía tan importante debía estar allí, donde todos puedan verla en acción. Tampoco podemos negar que necesitamos un sueldo más gordo, por eso nos abrazamos y se mudó a la humedad, el calor y la comida cubana.

Por la misma razón es que vivo en esta isla carísima que es Nueva York.

El trabajo que siempre deseé está aquí y estoy a pocas entrevistas de conseguirlo, dos para ser exacta, una con la asistente del CEO de la organización y la otra con el mismísimo CEO.

Nervios.

Property Group NYC es el sueño de todo agente de bienes raíces —mi especialidad— y el puesto que están buscando es perfecto para mí. Tengo la experiencia, paciencia y la energía para trabajar codo a codo con el jefe. Mi rol sería una especie de asistente/agente de bienes raíces, que encaja perfectamente con mi vida.

Llevo siguiendo a esta empresa desde hace años como una adolescente obsesionada con Justin Bieber. Siempre que Property Group aparece en los medios, allí está Lauren, lista para leer todo sobre ellos. Es una empresa discreta, pero entre los que estamos en el ambiente de las propiedades, sabemos que son un monstruo imparable.

De hecho, en mis últimos dos trabajos, se los consideraba algo inalcanzable, la Meca para muchos agentes.

—Bueno, pero pensé que al menos ibas a esperar a ver si conseguías el trabajo en ese lugar que tanto te fascina.

—No puedo esperar, tengo que ahorrar todo lo que pueda en caso de no lograrlo. Ya sabes cómo son estas empresas, se toman demasiado tiempo para contratar a alguien y necesitaba tener un plan B en caso de que no funcione.

—Sí, sí, lo sé, Lauren y sus sistemas de organización.

Ah, sí, soy conocida por ser la loca de la organización, tengo un sistema para todo, incluso para ir al baño... bueno, quizá no ir al baño, pero ya sabes: mi vida está completamente organizada, minuto a minuto, así es como me gusta.

Control trae comodidad.

Comodidad baja ansiedad.

Sin ansiedad Lauren es feliz.

—Bueno y cuéntame un poco del nuevo lugar —pregunto.

Mientras Emma relata con *mucho* detalle su nuevo trabajo, voy colocando los objetos más valiosos para mí en sus respectivos lugares. La foto de mi familia en mi mesa de noche, los libros por orden alfabético, la ropa por color y por nivel de uso, todo en su lugar, todo milimétricamente colocado porque tiene un propósito.

Una razón.

Coloco las manos en mi cadera y suspiro con una sonrisa cuando veo mi nuevo armario listo para publicarlo en Pinterest.

#PlacerVisual.

—Lauren, ¿me estás escuchando? —pregunta Emma.

—Por supuesto que sí, dijiste que la empresa se parece a Google, que tu jefe está para chuparse los dedos y que tu nuevo vecino ya te invitó a salir.

Silencio del otro lado de la línea.

—Nunca se te escapa nada, ¿no?

—Nunca —sonrío—. Bueno hermanita, esta chica necesita tener su sueño reparador, mañana tengo la anteúltima entrevista y, si esta sale bien, es solo cuestión de caerle bien a mi futuro jefe.

—Más te vale que sea a la primera que llames cuando consigas este trabajo.

—Sabes que sí.

—Dices eso, pero siempre llamas a mamá primero, ¡dulces sueños!

La línea se corta y comienzo con mi rutina antes de ir a la cama. Limpieza de cutis, dientes, hilo dental; me recojo el cabello y me deslizo en las sábanas.

Sujeto mi bolso con fuerza mientras observo mi reflejo en el espejo del ascensor. Tengo puesto un traje entallado negro con una camisa blanca debajo, mi cabello rubio está recogido elegantemente y mis gafas "ojo de gato" color rojo resaltan mis ojos verdes. Mis labios están rojos, pero no *tan* rojos, algo más moderado, algo que dice: *tengo presencia, pero no la pongas a prueba.* Mis pecas están cubiertas con maquillaje, mis pestañas parecen eternas.

Sí, me veo bien y fundamentalmente, profesional.

Eso no quita que esté nerviosa.

Cuando las puertas del ascensor se abren, una mujer me espera del otro lado para recibirme.

—¿Lauren Green? —pregunta mientras extiende la mano.

—Sí, ¿Estela? —Es con quien mencionaron las chicas de recursos humanos que debía hablar.

—La misma, bienvenida —dice estrechando mi mano con una sonrisa de oreja a oreja—. Por aquí.

Comienza a caminar por las oficinas de la agencia de bienes raíces más exclusiva de todo Manhattan. Imágenes gigantes de edificios increíbles en blanco y negro decoran las paredes del lugar. Las oficinas son tipo peceras, las mesas de las salas de reuniones elegantes y hay una cocina enorme para el personal. Las personas que pasan corriendo a mi lado van vestidas para la pasarela de la *fashion week* y por dentro me doy una palmadita en el hombro por elegir la mejor ropa que tengo para venir.

Estela abre la puerta de un pequeño despacho y me indica que tome asiento en una mesa redonda. Apoyo mi bolso en el suelo, aunque mi madre me daría un coscorrón porque dice que trae mala suerte y entrelazo mis manos sobre la mesa.

Es hora de dar lo mejor de mí.

Estela es una mujer de unos treinta años, como yo, es simpática y sabe escuchar. Es muy alentador dar una entrevista con gente como ella. Su cabello es castaño y rizado; su rostro es amable y puedo ver por su vientre pronunciado que está MUY embarazada.

—Bueno Lauren, como habrás notado, estoy a punto de coger la baja por maternidad y estoy a cargo de buscar una sustitución lo antes posible. —Mira hacia el cristal que nos expone al resto de la oficina y comienza a hablar bajito—. Entre nosotras, hoy entrevisté a la otra candidata y sé que no va a funcionar, mis apuestas van contigo.

—Y no sabes cuánto lo aprecio, trabajar aquí fue siempre un sueño para mí.

—Me alegra mucho escucharlo —mira una carpeta delante de ella y comienza a mover las páginas—, aquí dice que puedes empezar cuanto antes.

—Oh sí, estoy disponible.

—Excelente. Si todo sale bien, en dos días podrás tener la entrevista con el CEO y, como sabrás, él es el jefe y dueño de la última palabra.

—Entiendo.

—Pero no te preocupes, él hace lo que yo le digo —ríe por lo bajo y yo la sigo—. Tu trabajo básicamente será cubrirle cuando él no pueda hacer la presentación de la propiedad o estar con él cuando los clientes son muy importantes. Por lo que veo estas más que calificada para la tarea y él a veces necesita a alguien que lo mantenga en su sitio. Es un poco desorganizado.

—Oh... —digo por lo bajo. *¿Desorganizado?* Se me hace agua a la boca de solo pensar en cómo ayudar a alguien así.

—Como dije antes, no te preocupes, mi idea es que trabajemos juntas unas semanas antes de que me vaya, voy a dejarte todo listo para que navegues este barco sin problemas.

—Gracias, Estela. —Estrechamos las manos otra vez y me acompaña hasta la salida.

OTRA VEZ EN EL ASCENSOR, voy vestida con una falda de tubo negra y una camisa color verde esmeralda, mi hermana me dijo que la usara porque resalta mis ojos. Mi cabello está suelto y cae sobre mis hombros libremente, pero esto no es sobre apariencias, es sobre conocimiento y lo que puedo darle al CEO para hacer su vida más fácil.

Las puertas vuelven a abrirse y ahí está Estela otra vez, esta vez sonríe nerviosa y eso altera mi sistema.

En tan solo dos días parece que su barriga creció el doble.

—Bienvenida de vuelta —dice, y comienzo a seguirla. Esta vez lleva un iPad en la mano y comienza a deslizar su dedo de aquí para allá—. Estará listo en unos minutos, puedes esperar aquí. —Señala un asiento de cuero blanco en la entrada de la única oficina que tiene vidrio templado, no me deja ver nada dentro, excepto figuras que podrían ser muebles.

—Está bien, gracias. —Sonrío tensamente, igual que ella.

Esta vez asiente y sin decir una palabra se da media vuelta y se retira.

Algo no está bien.

Los minutos pasan en cámara lenta, observo mi reloj y dice 10:15 cuando la reunión decía explícitamente a las diez y aclararon que debía ser sumamente puntual.

Mi pie comienza a moverse nerviosamente, mis zapatos de tacón me están molestando y de golpe este asiento ya no se siente cómodo.

Me levanto y comienzo a caminar para soltar la rigidez de un lado a otro.

Estela aparece con su sonrisa nerviosa y dice:

—Está listo, ya puedes pasar.

—Oh... —Camino hacia la puerta y ella me hace señas para que entre.

La puerta de vidrio templado se siente pesada, pero logro abrirla. La primera impresión que tengo del despacho es que es eterno y con una de las mejores vistas de Manhattan. A la izquierda hay un escritorio de roble y detrás de un monitor gigantesco veo la parte de arriba de la cabeza de un hombre.

Acomodo mi garganta para hacerle saber que estoy aquí, pero no funciona, por eso elevo mi voz.

—Buenos día... —Odio que mi voz salga insegura y entrecortada, pero al menos eso llama su atención.

Ojos celestes se elevan y se adhieren a los míos.

El tiempo se detiene y olvido como respirar.

Oh, no...

Esos ojos, esos malditos ojos que me atormentaron toda la vida, ojos que no me dejaron dormir, que vivieron en mi mente como un inquilino molesto y eterno.

El mundo se detiene en este instante, mi sueño de trabajar aquí fallece instantáneamente y mi estómago de golpe se olvida de lo que es la gravedad.

Es Silas Walker, mi mayor enemigo.

2

SILAS

PRESENTE

Cuando vi a *Conejita* en mi oficina hace unos días, mis ojos no lo podían creer. Sentada con la misma postura recta e inamovible de siempre, sus manos entrelazadas sobre la mesa, escuchando atentamente a Estela.

Me escondí como un niño y la espié desde un ángulo que me ocultaba de sus ojos, absorbiendo todo sobre ella.

Los años pasaron, pero puedo reconocerla a millones de kilómetros de distancia y no solo porque la sigo obsesivamente en Instagram, sino porque ese rostro es difícil de olvidar.

Ella es difícil de olvidar, es como una mancha en mi memoria que no quito ni con una motosierra.

En el momento que se fue de la oficina, me encerré con Estela y la bombardeé a preguntas. Cuando me dijo que era la candidata perfecta para reemplazarla, mis manos se movieron como las moscas y no podía dejar de sonreír.

—Buenos día... —Su voz suena pequeña y sonrío porque sé que Lauren no tiene nada de *pequeña;* ella es gigante, compleja, imposible de ignorar, es Lauren Green.

Durante dos días planeé esta entrevista, me pregunté si iba a reconocerme, si iba a olvidar nuestro pasado, si me tenía presente en su mente, tanto como lo hacía yo.

Las respuestas fueron silenciosas por dos malditos días.

Lo único que sí sabía era que iba a pretender estar ocupado para hacerla esperar a propósito. Sé cuánto le molesta la impuntualidad, pero también sé que está desesperada por conseguir este trabajo, según Estela, y que va a aguantarse todo lo que le tire con tal de conseguirlo.

Eso es una buena habilidad si quieres saber mi opinión.

Sonrío abiertamente mientras la miro parada allí, al otro lado del escritorio.

Lauren maduró físicamente y no me refiero a que su cuerpo cambió con el paso de los años, eso también. Ahora usa ropa ajustada al cuerpo y resalta todas esas curvas que llenan de saliva mi boca. Cuando íbamos a Willow High School, el colegio donde estudiamos, usaba ropa al menos tres tallas más grandes. Siempre se ocultó de la mirada juzgona de los demás, pero parece que ya no le importa.

Y ahora tiene mi mirada sobre ella.

Y esas gafas, maldición.

—Hola, Conejita —sonrío con malicia, mientras ella tiene la boca abierta.

—No... —susurra mientras da pasos hacia atrás.

Ah, entonces sí se acuerda de mí.

Esta es mi clave para levantarme y detenerla antes de que salga de mi oficina.

Llego a ella en el momento en que está abriendo la puerta y la vuelvo a cerrar, encerrándola conmigo.

—No te vayas, tenemos que ponernos al día —anuncio con la voz más calmada que tengo, mientras la tomo del brazo y la llevo hasta los sillones de mi *humilde* oficina; lo digo en ese tono, porque tengo gustos caros y lo demuestro donde sea que ponga un pie.

Ella se suelta con brusquedad y ancla los pies sobre la alfombra.

—¿Qué haces aquí? —*Ahí está la Lauren que conozco.*

—La última vez que lo comprobé, esta era mi empresa —digo mientras me siento y desabotono mi traje—. Siéntate, Conejita.

—No me llames así —dice rechinando los dientes. Por lo que veo todavía le molesta de sobremanera que la llame así.

Reviro mis ojos dramáticamente.

—Está bien, *Lauren*, ven, siéntate. —Señalo el sillón blanco delante de mí.

Ella sujeta su bolso con fuerza contra su pecho, como si fuera un escudo que puede protegerla de mí. Es gracioso que crea que pueda ocultarse, no ahora que la tengo otra vez en la misma habitación.

Lentamente accede y se sienta.

—¿Así que quieres trabajar para mí? —digo mientras mis ojos se mueven sobre sus piernas. Esas malditas piernas eternas que imaginé rodeando mi cintura una millonada de veces.

—No, bueno, sí, pero no sabía que...

—¿Que esta es la compañía que fundó mi abuela? Qué raro, creí que todo el colegio sabía de dónde provenía el dinero de mi familia.

—No a todos nos importa tu familia, Silas —dice encontrando un poco de valentía dentro del ataque de pánico que tiene, es adorable.

Aunque sé que está diciendo la verdad, ella era la única chica en Willow High a la que no le interesaba mi linaje, posición económica, social y cualquier otra mierda que sea importante para las masas.

—Bueno, ahora lo sabes, la empresa comenzó aquí en Nueva

York. —Señalo a mi alrededor, la oficina más lujosa que tiene Property Group.

Lauren busca en su cerebro toda la información que estoy seguro que recolectó antes de venir aquí, está buscando la conexión entre el nombre de mi abuela y mi persona.

—No sabía que vivías aquí ahora —suelta.

Me da rabia, porque yo *sí* sabía que ella vivía en Manhattan, sé todo sobre ella, sé dónde trabajó, en qué barrio vive y qué restaurante es su favorito: uno coreano en Harlem.

—Me mudé aquí hace unos años, cuando mi padre hizo la distribución de las sedes de Property Group, gracias a Dios a mí me tocó Nueva York.

Mis hermanos heredaron las otras sucursales: Luca tiene Florida, humedad, puaj; Oliver, Texas, ¿calor? No, gracias; y Killian obtuvo California: snobs, vegetarianos, amantes de Pilates y yoga. Por mi parte, tengo la ciudad que nunca duerme, la ciudad donde los ricos y famosos se pavonean en los edificios más elegantes del país, sí, aquí me quedo.

Ella sigue confundida, no entiende cómo no conocía esta información.

—¿Piensas quedarte en silencio durante toda la entrevista? —Empujo para hacerla saltar como aceite hirviendo.

—No quiero tener esta entrevista, creí que era alguien diferente, no pienso trabajar para ti. —Poco a poco resurge la chica que conocí en el colegio.

—Oh, vamos, Lauren, no puedes seguir atada al pasado, creí que trabajar aquí era "tu sueño" —digo haciendo comillas en el aire y con una mueca en mi rostro.

Ella me mira avergonzada.

Sí, Estela me contó todo. Mi asistente no es solo eso, es mi amiga, confidente y sé que no hay secretos entre nosotros, por eso lo sé todo.

Lauren acomoda su cabello detrás de sus orejas, que están absolutamente rojas, como cada vez que se enfada. No lo había olvidado, pero no recordaba lo entretenido que era ponerla de mal humor, era uno de mis pasatiempos predilectos, creo que me gustaba más que follar inclusive... *no, bueno, tanto no.*

—No, ya no lo es, ahora si me disculpas... —Se levanta y mis alarmas suenan, la estoy perdiendo.

¡Haz algo, idiota!

—¿Realmente vas a rechazar uno de los puestos de trabajo más codiciados de Manhattan porque tienes un problema conmigo? —digo mientras me acomodo en el sillón. Provocándola, al menos sé que va a quedarse un poco más, sé que no puede *no* responder.

—Sí, mi salud mental va primero.

Casi llega a la puerta, si pasa de ahí ya no tengo jurisdicción, no puedo hacer un escándalo en medio de la oficina.

Me levanto y troto hacia ella.

—Oye, me guste admitirlo o no, eres la más capacitada para este puesto. —Con esa frase voltea y conecta conmigo de vuelta.

Conejita necesita mirarme cuando le doy un cumplido, no pasa a menudo.

—Lo sé, lo cual significa que, si logré entrar aquí, puedo entrar donde quiera. Adiós Silas, diría que fue un placer, pero nunca miento. —Abre la puerta y se larga de mi despacho antes de que pueda decirle algo más.

—¡Lauren! —grito, la oficina entera voltea.

Maldición.

Ella camina hacia el ascensor, moviendo las caderas con esa falda de tubo que pasó a ser mi objeto favorito en el mundo, su cabello rubio cae sobre su espalda y se zarandea con decisión.

Estela aparece de la nada y me mira enfadad.

—¿Qué hiciste?

—Esta vez no hice nada —respondo sin mover mis ojos del trasero de Lauren—, quiero su dirección.

—Silas, sabes que no puedo darte eso.

Bajo la mirada hacia mi muy embarazada asistente y digo:

—No estaba preguntando.

PASADO

WILLOW HIGH.

S OY CONSCIENTE que solo un grupo selectivo pasa un buen rato en este colegio y sé que yo soy parte de ese grupo. Es una fórmula que nunca falla, si tienes dinero, un rostro no asqueroso y un buen coche, eres parte de ese grupo selectivo.

¿El resto? Bueno, el resto son adolescentes que no pueden esperar a terminar de estudiar y largarse de esta ciudad lo más rápido posible.

No es mi caso, mi futuro está escrito desde el día que nací, gracias a mi abuela, que en paz descanse. Mi familia posee la empresa de Bienes Raíces más poderosa de los Estados Unidos, así que no trabajar ahí no es una opción, tampoco para mis hermanos. Soy el mayor de cuatro, el segundo es Luca, mi hermano más cercano, no solo en edad sino también en personalidad. Él tiene un año menos que yo y, al igual que yo, somos los más silenciosos de la familia, él incluso mucho más. Tiene un aura oscura a su alrededor, es un chico que examina todo, es cauteloso y elige muy bien sus palabras, yo soy más impulsivo con mis acciones. Mis dos hermanos más pequeños son Oliver y Killian, ellos están más unidos, ambos son más... ¿enérgicos? Quizá sean las hormonas, pero esos muchachos están siempre listos para todo y son capaces de hacer lo que sea para conseguir una meta.

Especialmente chicas.

Camino por los pasillos de Willow High buscando con ojos aburridos a mi target preferido y ahí está, Lauren, abriendo su taquilla. Miles de hojas de lechuga caen a sus pies y todos ríen cuando la ven espantada y cabreada.

Salí de la clase de biología cinco minutos antes exclusivamente para presenciar este momento, el preferido del día, ver esa expresión que hace cuando la frustración le gana, le hace cosas a mi cuerpo que no puedo controlar.

—¿Así es como traes tu almuerzo? —digo, mientras me detengo detrás de ella. Lauren junta las hojas de lechuga rápidamente, mientras todos la miran y verla desde arriba solo enciende más fantasías que la involucran a ella y a mi polla. *Demándame si eso te ofende—*. Si no tienes un tupper podría mirar si me sobra alguno en casa.

Todos siguen riendo y ella muerde sus labios para no romper en llanto.

Lauren es conocida por ser vegetariana y ambientalista, eso solo me ayuda a pensar más ideas sobre cómo volverla loca.

—Silas... —advierte cuando comienzo a pisar las hojas de lechuga que coloqué muy temprano en la mañana.

Sí, me desperté dos horas antes de lo normal para hacer esto.

—¿Qué pasa, Conejita? —todos vuelven a reír creyendo que la llamo así porque come verdura, cuando en realidad la llamo así por lo adorable que es.

Pero eso no lo sabrá nadie nunca.

Finalmente se pone de pie, soy más alto que ella, pero hace un esfuerzo por mirarme a los ojos e intimidarme, lo que no se da cuenta es que lo único que hace es excitarme.

—No me llames así.

—¿Por qué no? Conejita Green —formulo en el aire, usando su apellido.

Tengo que admitir que alguien tan fanática del planeta que tenga el apellido Green es absolutamente gracioso.

Ella se acerca un paso más, con los puños cerrados, mientras observo sus labios rosas y perfectos, relamo los míos pensando en lo bien que se deben sentir alrededor de mi polla.

—¿Realmente quieres tener una discusión delante de todo el colegio? —dice con sus dientes apretados.

—Sí. —Sonrío con maldad.

Pero toda esa valentía se esfuma y una lágrima comienza a formarse en su ojo derecho.

—¡Se acabó el show! —grito a los demás, obligándolos a seguir con sus vidas. No yo, yo sigo observándola. Doy un paso adelante y ella uno atrás, hasta que choca con las taquillas.

—Ahora estamos solos, plántame cara.

Cruza sus brazos y aleja sus ojos de mí, mirando la corriente de estudiantes que van y vienen de clases. Quiero sus ojos sobre mí otra vez, pocas veces me presta atención.

—Estoy esperando, Conejita.

—¡Termina ya! —increpa, y miro sus ojos verdes otra vez, quiero perderme en ellos—. Nadie va a festejar tus chistes si no tienes audiencia.

Inclino la cabeza hacia el costado y coloco mis dos manos en las taquillas.

Solo ella y yo.

—¿Crees que lo hago para que los demás se entretengan?

—Sí.

—Te equivocas, lo hago porque me gusta verte llorar.

PRESENTE

HARLEM ES un barrio conocido por tener una población demográfica de bajos recursos. Lo cual me hace preguntarme por qué demonios Lauren decidió que este era un buen lugar para vivir, cuando antes vivía en una zona un poco menos aterradora de la ciudad.

Cierro la puerta de mi Mercedes y releo el mensaje de Estela con la dirección de Lauren.

Sí, este lugar es el indicado, parece sacado de un set de cine de los noventa, cuando se mostraba a Nueva York como la ciudad más aterradora del planeta, suelos mojados, vapor saliendo de las alcantarillas y frío invernal.

Totalmente opuesta a la Nueva York donde yo vivo.

Dos días atrás, entró a mi oficina con la energía que la caracteriza y en menos de quince minutos logré arrebatársela. No me sentí mal por ello, este es el juego que jugamos toda la vida, el gato y el ratón, los dos conocíamos bien nuestros papeles y los interpretamos maravillosamente bien.

Excepto esa noche quizá.

Estoy a punto de tocar el timbre de su edificio cuando un hombre sale y me deja entrar sin fijarse si soy un peligro para la gente que vive aquí o no.

¿Qué clase de selva es esta?

Golpeo con mis nudillos dos veces y puedo ver por debajo de la puerta, su sombra moviéndose por la habitación.

Calculando el tamaño del edificio y cuántos pisos hay, seguramente es un estudio, joder, no estoy dentro de un estudio desde que dejé la universidad.

La puerta se abre y Lauren aparece en bata frente a mí. Mis ojos navegan sobre sus pechos inmediatamente, pero ella se cubre con una velocidad nunca antes vista.

—¡No! —Vuelve a decir mientras cierra la puerta, pero la detengo, colocando el pie justo en el marco.

—Conejita, vamos, no seas así.

Presiona sobre mi pie, pero no con toda su fuerza, muy en su interior no es capaz de lastimarme.

Ni aunque me lo merezca.

—Dije no Silas, ¡vete! —grita del otro lado.

Empujo un poco más y con solo un poco de fuerza, la puerta se abre y me deja pasar.

Efectivamente es un estudio, uno muy depresivo, por cierto. Pero terroríficamente organizado, una organización que solo alguien con un TOC puede lograr.

—En pocas semanas Estela se va y necesito a alguien Conejita, vamos, no me hagas rogarte.

Ella mantiene sus brazos cruzados, sus ojos verdes, esta vez están sin gafas y enfocados en mí, me atraviesan como una lanza de fuego. Ahora no tiene maquillaje y vuelvo a ver sus pecas amarronadas sobre su nariz y mejillas. Su rostro con forma de corazón, su cabello rubio sujetado en un moño deshecho y sus piernas expuestas.

—No es mi problema.

—Sí, lo es, entrevistamos a veinte candidatas y tú eres la única que sirve para el puesto, eso te hace responsable.

—Había otra mujer compitiendo conmigo, llámala a ella. —

Camina lejos de mí y se detiene delante de una ventana. No sé qué demonios mira, pero quiero su atención en mí.

—Ya lo hice, no puedo contratarla.

Voltea porque no puede con la curiosidad, siempre me gustó eso de ella.

—¿Por qué?

—Porque mastica chicle con la boca abierta, no puedo trabajar con alguien que mastica chicle como si fuera una competencia olímpica.

Sí, es una excusa horrible, pero fue lo primero que se me vino a la cabeza.

—Silas, no pierdas más el tiempo, no voy a trabajar para ti.

Señala la puerta para que me retire.

—¿Por qué no? Los dos funcionamos muy bien juntos.

Bueno, quizá no sea tan así, siempre estábamos evitando que nuestras órbitas chocaran cuando convivíamos en el colegio.

—Eso es una falacia y lo sabes, por favor, vete.

—Dime qué sueldo quieres.

—¿Qué? ¡No! Sabes que no es por el dinero.

—¿Quieres vivir en la Quinta Avenida? Puedo lograrlo.

Me mira atónita. No sé qué estoy haciendo, sé que estas cosas no la deslumbran.

—Silas...

Camino hacia ella.

—Es solo un trabajo.

—No, no es solo un trabajo cuando *tú* estás involucrado —dice mientras apunta con su dedo índice mi pecho—. No puedo confiar en ti, no después de lo que hiciste conmigo.

—No hay mejor lugar para trabajar que en Property Group y lo sabes, no desperdicies esto solo porque estás resentida.

—¿Resentida? —Se pone roja otra vez—. ¡Me arruinaste la adolescencia, Silas! —grita.

Ay, eso dolió solo un poco.

—Bueno, déjame mejorar tu adultez con este puesto, vas a ganar mucho dinero, vas a poder relacionarte con los más poderosos de Nueva York, hasta quizá puedas abrir tu propia empresa un día. —*Me escucho y no lo puedo creer, nunca le rogué nada a nadie. ¿Qué demonios estoy haciendo?*

Lauren mira al suelo, contemplando mi súplica.

—Tengo condiciones.

Gracias a Dios, porque ya no tenía qué más decir para convencerla.

—Las que sean.

—¡No! Escúchalas antes de acceder.

—Conejita, no necesito...

—Primera —interrumpe, poniéndome el dedo índice en la cara—, no puedes llamarme así. Nunca más.

—¿Por qué no? Es adorable.

Ella levanta una ceja, como diciendo *¿De verdad, Silas?*

—Está bien. —Levanto mis manos en el aire en rendición total.

—Segundo, quiero el doble de sueldo.

Oh, interesante, a Lauren le gustan los verdes ahora, al fin le hace justicia a su apellido.

—Lo tienes.

—Tercero, ante cualquier situación donde me hagas bullying renuncio, lo quiero escrito en mi contrato, no quiero ninguna atadura con tu empresa.

—No va a pasar.

—No me importa, lo quiero por escrito.

Qué intrépida... e inteligente, Lauren siempre fue la «cerebrito» de la clase.

—Hablaré con mis abogados a primera hora mañana.

Descruza los brazos y los coloca en sus caderas, suspira.

—No puedo creer lo que estoy a punto de hacer.

—¿Eso es un sí?

Vuelve a suspirar.

—Sí.

3

LAUREN

PASADO

Las *fiestas nunca* fueron lo mío y estoy segura que está relacionado a un pequeño nivel de autismo que me diagnosticaron hace un año y medio. Los sonidos fuertes suelen ser como un taladro en mi cerebro, quizá no tanto por la música, sino por los gritos.

Dios mío, los gritos son ensordecedores y no hay nada que grite más que un adolescente alcoholizado, eso es exactamente lo que estoy escuchando.

Mi única amiga, Brianna me pidió que hiciera un esfuerzo por venir y, por supuesto que dije que no, pero cuando mi hermana escuchó que había sido invitada a la fiesta de los Walker... bueno, estaba tan desesperada por venir que me juró que iba a limpiar los platos por dos meses.

Era un sacrificio que estaba dispuesta a hacer con tal de no lavar platos por un largo periodo.

Pero mi límite se acerca y necesito un lugar donde detener mi mente, sin sonidos y sin gritos. Por eso busco una habitación donde poder *ser*. La mansión de los Walker es interminable, hay puertas allá donde mire: algunas están cerradas, otras las abro, pero tienen gente dentro. En mi cuarto intento, abro la puerta y me paralizo cuando veo a mi hermana besándose con un chico.

—¡Lauren! —me grita.

Cierro la puerta y salgo corriendo, nunca vi a mi hermana siendo íntima con nadie y por alguna razón, hace que mi corazón palpite rápidamente.

Sin pensarlo abro la primera puerta que veo a mano y me encierro ahí. Cuando volteo encuentro un cuarto absolutamente oscuro, excepto por una lámpara de escritorio que ilumina un banco de trabajo con unas hojas sueltas y unos lápices.

Hay algo relajante en la iluminación, es tenue y acogedora, todo lo que necesito para calmarme. Camino hasta ahí y, a medida que me voy acercando, veo que alguien escribió en esas hojas. Aún de pie, leo el texto.

Furia y calma; fuego y hielo; pasión y frigidez; amor y odio. Solo una alquimista puede reunir todo eso y crear un solo sentimiento, uno que no tiene nombre, que no existe entre los mortales, nadie lo siente, excepto algunos pocos. ¿Lo siente la alquimista? Sería justo, ya que fue ella quien lo impuso en mí.

Muevo la hoja y encuentro otra debajo.

La alquimista posee magia negra, solo ella sabe cómo embrujarme; juega con mi cabeza, me hunde en la locura, proyecta imágenes en mi mente donde toco su cuerpo, lamo sus pechos...

Dejo de leer automáticamente cuando presiento a dónde va el

texto. Doy un paso atrás, se siente demasiado personal para que yo siga leyendo, pero colisiono contra algo duro.

—¿Qué haces aquí, Conejita?

—¡Ah! —grito de un susto.

Silas está detrás de mí, sumergido en la oscuridad.

—Lo siento, yo...

—¿Tú qué? ¿Decidiste revisar mi habitación? —Da un paso al frente y su rostro se ilumina con la luz tenue.

—N-no, no, necesitaba un lugar donde estar unos minutos antes de salir otra vez, lo siento, no quise leer.

Sueno asustada. *Estoy asustada.*

Silas mira sobre mi hombro a los textos escritos y sus ojos celestes parecen oscurecerse cuando se da cuenta que leí su intimidad y se enfocan en mí con el odio que siempre me da.

—S-son muy buenos —mi voz suena acelerada—, de verdad.

—¿Te pedí opinión?

—No, no, no lo hiciste, solo...

—¿Solo qué? ¿Crees que tu opinión me va a hacer olvidar que invadiste mi privacidad? —Da un paso al frente y yo uno atrás hasta chocarme con el escritorio tras mis rodillas.

—Me iré, ¿está bien? No tienes que volver a verme. —Me muevo a la derecha, buscando escapar de su proximidad, pero Silas invade aún más mi espacio personal, bloqueándome con su cuerpo.

¿Por qué me impide irme si no me quiere aquí?

Sus ojos se clavan en mis labios y con sus dedos los acaricia, me siento petrificada en el lugar, nunca lo tuve tan cerca.

Su rostro se inclina sobre mí, pero a milímetros de besarme se detiene.

—Vete.

Y sin pensarlo dos veces, salgo corriendo de su habitación.

Mi hermana no aparece y no puedo dejarla sola en este lugar; soy la mayor y soy la encargada de llevarla a casa, así que me siento en la imponente escalera de la mansión de los Walker a esperar por ella.

La gente sube y baja a los cuartos para tener sesiones de besos seguro y no pierden oportunidad para simular no verme o agredirme verbalmente. Me siento inquieta, pero no porque todos aquí están acostumbrados a tratarme como una bolsa de boxeo, sino por Silas, tengo miedo que vuelva a aparecer.

¡Conejita! ¡El pasto está afuera!

¿Qué haces aquí? Las de tu clase no encajan en este lugar, lárgate.

¿Dónde está tu lechuga, Conejita?

Todos tienen una opinión sobre mi vida, sobre qué como, qué no como, qué cosas hago para cuidar al planeta, cuánto saco en un examen, no importa lo que haga, no puedo ganar contra esta gente.

Todo es razón de burlas.

Al menos Silas no aparece por ningún lado y eso ya es un alivio, seguramente estará en su cuarto con alguna porrista, haciendo quién sabe qué.

Suspiro e ignoro por completo la molestia que me provoca esa información en mi cerebro, sí, así de patética soy. El chico más malvado que conozco también es el más guapo. Sus ojos son azules zafiro, su cabello marrón claro que durante el verano se le aclara un poco y se le hacen mechones rubios, su piel parece que fue besada por el sol y su cuerpo está desarrollado como los hombres que veo en televisión o en las revistas de deportes.

¿Por qué no puedo encontrarlo físicamente repugnante? Mi vida sería mucho más fácil si lo hiciera.

Sí, el chico que atormenta mi vida y me odia con toda su alma, hace que mi estómago se retuerza. Me odio por eso y es mi secreto mejor guardado.

¿Puedes imaginarte cuánto se reirían de mí si supieran que, en vez de odiarlo, suspiro por él?

El aburrimiento hace que reproduzca lo que pasó con Silas una y otra vez. ¡No puedo creer que de todos los cuartos que tiene esta casa, haya elegido el de él como refugio!

¿Fue él el escritor de esos textos? ¿Quién es la alquimista? No sabía que Silas tenía amor por las palabras, no es muy hablador en las

clases, tampoco participa mucho y cuando me habla a mí, es solo para agredirme.

Mi hermana dice que hay que alejarse de los hombres apuestos, porque siempre traen problemas y en este caso quizá no esté tan errada, aunque no se aparta de uno de los Walker, Luca, quien debo decir, es bastante atractivo.

De pronto algo golpea la parte de atrás de mi cabeza, algo duro, MUY DURO. El dolor sube como una mecha encendida hasta mi cráneo y mis ojos se llenan de lágrimas. El malestar es intenso y arde, *¡Dios!* Aprieto con mi mano con fuerza y cuando miro la palma veo sangre.

Mucha.

Volteo y veo un grupo de chicos riéndose de mí desde el segundo piso.

—¡Para tu colección, Conejita! —grita Matt con una sonrisa burlona.

A mis pies veo una figura de cerámica de un conejo partido en mil pedazos, uno de los pedazos tiene una mancha de sangre.

Mi hermana aparece de la nada y dice cosas, pero su voz suena lejana, me estoy mareando y no logro responder.

—¡Trae un paño! —ordena mientras sostiene la herida que no para de sangrar—. ¿Qué tienes en la cabeza? ¡¿Mierda?! —vuelve a gritar y asumo que es a Matt.

Solo escucho más risas.

—Aquí tienes. —Escucho a alguien decir y mi hermana presiona la herida con una toalla.

El dolor es tan agudo que no puedo explicar cuánto me duele.

Los gritos se vuelven insoportables, las risas, los sonidos de hienas riendo sin control.

Pero abruptamente dejo de escucharlas. De hecho, ya no escucho nada más, excepto la música bajita.

Miro el rostro de mi hermana y ella mira para arriba, se cubre la boca con la otra mano en completa conmoción. Sigo la mirada de Emma y veo que Silas tiene a Matt agarrado del cuello contra la pared de la escalera, Matt está rojo, algunas venas sobresalen por su frente, garganta y rostro.

No puede respirar.

Golpea los brazos de Silas para que salga de encima suyo, pero Silas parece una fuerza invencible.

—Vuelves a lastimarla y juro por Dios que voy a romperte esa rodilla que tanto valoras, Matt —dice con dientes apretados.

—T-tú lo hac-ces todo el maldito tiempo —susurra con el poco aire que queda en sus pulmones.

—Y eso no te da derecho a hacerle nada, Lauren es mía para hacer lo que se me plazca, a mí, no a ti, ¿nos estamos entendiendo, *Matt?*

Matt asiente y Silas lo suelta hacia la escalera, haciendo que ruede por los escalones hasta llegar hacia mí. Emma me toma del brazo y me quita de ahí antes de que nos golpee.

—¡Llévala a un maldito hospital! —grita desde el primer piso.

Elevo la mirada, confundida por esta reacción y ahí está Silas Walker, mirándome con ojos llenos de furia, pero por primera vez, no la dirige a mí, sino a alguien más, lo sé porque sus puños están herméticamente cerrados y su respiración acelerada.

Cuando su furia cae en mí, siempre sonríe.

PRESENTE

Necesitaba llegar antes que Silas a la oficina, precisaba descubrir los rincones, encontrar el baño, familiarizarme con mi pequeño despacho y con la vista increíble que tengo aquí. Estas son algunas cosas que debo hacer que quizá los demás no encuentren necesarias, pero estoy bien con eso, ya aprendí que cuando se trata de mi persona, tengo otros tiempos y otras necesidades, no está mal, no es anormal tampoco.

Estela llegó hace media hora y estamos repasando todo: horarios, gustos de Silas, qué programas usar para las presentaciones, las próximas citas con clientes que buscan apartamentos en Park Avenue... ¡Todo es absolutamente genial!

Excepto mi jefe, el bully de mi colegio.

Estela es muy graciosa, siempre está haciendo comentarios sobre su embarazo y que se siente una patata a veces.

No habla mucho del padre y no me animo a preguntar, pero ella lo llama *"Papi fantasma"* o *"Donante de esperma"* pero lo dice con tanto odio entre los dientes, que simplemente ignoro el comentario para no incomodarla a preguntas. Ella me cae muy bien y es muy clara para explicarme todo; por ejemplo, dijo que Silas llega siempre sobre el mediodía y que las reuniones tengo que ponerlas para la tarde, porque durante la mañana a él le gusta entrenar. Está claro, el cuerpo de Silas solía ser fornido, cuando no sabía lo que significaba la palabra fornido, hasta que volví a verlo.

Bien entrada la mañana, el susodicho se asoma por la puerta de mi futuro despacho, ya que sigue siendo de Estela por el momento, mientras ella me está enseñando los sistemas que se usan internamente en la empresa. Cuando levanto la cabeza del monitor y lo veo ahí, mi estómago se retuerce como si tuviera un nudo marinero.

A los treinta y un años Silas está mejor que nunca. Nueva York le sienta bien, definitivamente. Su traje es a medida, su corbata negra con un patrón que no puedo ver desde aquí y su barba de dos días se asoma en su quijada. Noté algunos cambios cuando lo vi por primera vez después de tantos años. Su voz cambió, ahora es mucho más grave, profunda. Como dije antes, su cuerpo es... de revista, sus hombros anchos y su espalda también; su rostro es menos jovial, más... hombre: su quijada marcada y dura y su nuez de adán sobresale de su garganta.

Sigue siendo tan atractivo como antes, pero ahora es... *mejor*.

—¿Mi café? —pregunta a Estela ignorándome por completo.

—Lo llevo en un segundo.

Él asiente y desaparece, solo para aparecer de vuelta.

—Que lo traiga Lauren.

Maldito...

Estela me mira casi pidiéndome perdón por el comportamiento de su futuro exjefe, yo solo quisiera decirle que estoy acostumbrada, pero esa es una puerta que prefiero no abrir. Cuanto menos sepan todos de mi vieja relación con Silas Walker, mejor.

Según Estela, a Silas le gusta el café del bar del edificio, con leche descremada y stevia; así que, en menos de diez minutos, golpeo la puerta y lo llevo hasta su escritorio. Sin mirarme toma el vaso de cartón y se detiene.

—Está frío.

Frunzo el ceño.

—No lo está, puedo sentir la temperatura a través del cartón.

Detiene lo que está haciendo y se enfoca en mí.

—Justamente, está frío, pruébalo.

Suspirando, abro la tapa y apoyo mis labios en el borde, el líquido apenas toca mi piel sensible y hace que me aleje.

—¡Ay! —Lo miro con ojos furiosos y lo encuentro con una media sonrisa. ¡Lo hizo a propósito!

Toma el vaso de mi mano y comienza a tomar el café como si nada. Giro sobre mis talones y camino lejos de él, hacia la puerta.

—Conejita... —llama.

Antes de voltear digo:

—Te dije que no me llames así, Silas —advierto.

—Cierto, lo lamento, es la costumbre..., *Lauren*. Tengo que enseñar un apartamento a un amigo de mi padre hoy, quiero que vengas conmigo.

Quisiera decir que el pecho se me infla de emoción por comenzar a trabajar, pero la reacción es simplemente por escucharlo decir esas palabras, palabras que fantaseé toda mi adolescencia como la patética nerd que era.

Quiero que vengas conmigo.

—Está bien, ¿a qué hora me necesitas? —Silas se detiene, sus ojos en mí, absorbiendo lo que acabo de preguntar. Supongo que estos nuevos roles que tenemos van a ser difíciles de adaptar, para los dos.

—En media hora, prepárate.

—Está bien —Salgo del despacho y corro hacia Estela con una sonrisa—. ¡Quiere que vaya a una exhibición!

—¡Eso es excelente! Absorbe todo lo que puedas, Silas es un gran expositor cuando se trata de vender, aprenderás mucho de él.

Mientras espero a Silas para partir, Estela me enseña el itinerario de las próximas semanas, para cuando ella ya no esté. Silas tiene una agenda extremadamente ajustada, hay días que tiene reuniones hasta las once de la noche, y otros donde tiene que dedicarse enteramente a los medios de comunicación, como el New York Times.

—Lauren, vamos —escucho el tono firme y autoritario.

Me levanto rápidamente, agarro mi bolso y salgo tras él. Por supuesto no me espera, camina dando grandes zancadas hacia el ascensor. Su mirada está fija en su móvil y parece estar conversando con alguien, porque de vez en cuando larga una risita por lo bajo.

Pretendo no morir por saber con quién habla, así que simplemente miro los números de la pantalla del ascensor hasta que llega al subsuelo donde asumo está el coche de Silas. Cuando las puertas se abren, deja de mirar su móvil y camina con propósito hasta un Mercedes negro que brilla como nuevo.

—Wow, nunca podría conducir un coche tan caro —susurro, aunque las palabras no eran para él, eran para mí.

A veces esto me ocurre, verbalizar pensamientos, es normal y a estas alturas solo queda lidiar con la vergüenza.

—¿Por qué no? —Frunce su ceño hacia mí y se detiene en la puerta del lado del conductor.

—Me daría miedo estrellarlo contra un taxi o algo así —respondo mientras intento abrir la puerta, pero no abre.

Supongo que Silas no terminó de hablar.

—¿Por qué demonios te estrellarías contra un taxi, Lauren? ¿Qué tan mal conduces?

—No, de hecho, conduzco muy bien.

—Bueno, entonces, no se diga más. —Lanza las llaves por encima del coche y las atrapo en el aire—. Conduces tú, tengo que seguir trabajando de todas maneras —dice mientras camina hacia mi lado, se detiene cerca de mí con sus manos en los bolsillos—. ¿Y? ¿Qué esperas?

Trago saliva con nerviosismo, pero con tal de alejarme de su proximidad, camino hacia el lado del conductor sin chistar.

El viaje es silencioso, lo único que se escucha es la voz femenina del GPS que me indica por dónde ir. Silas no mentía cuando dijo que tenía que trabajar, porque no despegó la mirada del móvil hasta que llegamos a una de las zonas más exclusivas de Manhattan.

El hecho de que me haya confiado su coche todavía me deja sin habla, esperaba que me corrigiera durante todo el viaje o que criticara mi manera de conducir, pero confió plenamente en mí.

Cuando apago el motor, comienza a hablar sin mirarme.

—Andrés Donovan es amigo de mi padre de toda la vida y quiere regalarle a su hija este apartamento. Ya vio fotos en internet, pero quiere explorarlo y ver si es una buena inversión.

Cojo de mi bolso los papeles relacionados a esto y repaso toda la información antes de subir, el piso está valorado en noventa millones de dólares.

Dios mío.

Silas me mira con detenimiento.

—No te preocupes, Conejita, vinimos media hora antes para que puedas explorarlo con tiempo.

Estoy a punto de corregirlo cuando abre la puerta y desaparece del coche.

4

SILAS

PASADO

El *heroico* de mi hermano acompañó a Lauren y su hermana al hospital y, mientras yo le ordenaba a todo el mundo que se largara de mi casa, intercambiábamos mensajes.

«*Silas: Cómo está.*»

Escribo de la manera más inexpresiva posible, no vaya a ser que Luca crea que me importa Conejita.

El idiota de Matt encontró en mi cuarto la estatuilla de conejo que tenía escondida: una estatuilla de cerámica que encontré en

Londres en uno de los tantos viajes que hicimos con mi familia. Tengo una maldita colección, no sé por qué demonios comencé a coleccionar esas estatuas, pero tenía que tenerlas. Esta particularmente era un pequeño conejo con orejas gigantes que le colgaba a los costados de su rostro, de tamaño medio y absolutamente blanco.

Maldigo el día que lo traje, si no fuera por mi estupidez, Lauren no estaría en el hospital ahora.

«Luca: doce puntos en la nuca.»

Sujeto mi móvil con fuerza, resistiendo las ganas que tengo de ir a la casa de Matt y despertarlo en mitad de la noche con una almohada en la cara.

El móvil vuelve a vibrar con otro mensaje de Luca:

«Luca: Deberías preparar a papá en caso de que le espere una demanda en la puerta.»

Luca, el frío y calculador, no sabe que Conejita sería incapaz de demandar a nadie por esto. Su hermana Emma por el otro lado, seguramente. Esa chica es un accidente a punto de ocurrir, no entiendo qué demonios le ve Luca.

«Silas: *Preocúpate por su hermana, vigila que no esté planeando nada, yo me encargo de Lauren.*»

Mis padres están en Cancún esta semana, por eso pude llenar la casa de gente. Con mis hermanos solemos hacer fiestas todo el tiempo, teníamos el espacio y el dinero para llevarlo a cabo, pero Conejita nunca aparece porque odia este tipo de interacción social, por eso cuando la vi moverse tímidamente por mi habitación, no pude dejar de observarla como un maldito halcón en completo silencio, me quedé absolutamente quieto en mi cama, porque sabía que iba a leer mis notas, que, por cierto, siempre las oculté de todos, no sé por qué demonios estaban sobre mi escritorio, pero la dejé leerlas, *quería* que las leyera, que conociera a "La Alquimista".

Cuando dio un paso atrás, supe que se iba a asustar, por eso me quedé ahí. No es que disfrute verla sufrir, al contrario de lo que le hice creer, simplemente quería ver su reacción ante mi cercanía. Conejita me intriga, porque no se comporta como el resto de los estudiantes. Ella piensa de manera diferente, literalmente nunca se sabe qué va a responder, toda respuesta es inesperada y me resulta envidiable lo peculiar que es, casi que la odio porque tiene todo lo extraordinario que yo no poseo. Lo único extraordinario en mi vida es que mis padres tienen dinero, ella lo tiene todo y si nadie en este maldito colegio lo puede notar, es porque son todos frívolos y superficiales.

Así que la hice mía desde el día que posé los ojos sobre ella, convirtiéndola en mi diana personal, el lugar donde vierto la ira.

¿Por qué tengo tanta ira? No lo sé.

PRESENTE

Estuve toda la mañana intentando visualizar cuál sería la reacción de Lauren ante este apartamento de lujo.

La Lauren del pasado pensaría que es pura parafernalia, pero no conozco lo suficiente a la Lauren del presente como para saber si esto sería algo de su agrado, ¿por qué quiero que sea de su agrado? No tengo ni idea.

Cuando abro la puerta del piso vacío, ella camina directa a la vista de Manhattan con su boca abierta, completamente extasiada.

Así que ahora *sí* le gustan las excentricidades. Qué bueno, porque vivo en este mismo edificio, solo que un piso más arriba.

—¿Qué se sentirá levantarse y tener esta vista todas las mañanas? —susurra contra el ventanal.

Ella solía hacer mucho esto, creer que tiene un pensamiento privado cuando en realidad está diciéndolo en voz alta.

—Si pasas la noche conmigo puedes averiguarlo —digo por lo bajo mientras cierro la puerta y le doy la espalda.

La gran diferencia entre ella y yo, es que ella no puede evitar ser así, yo por el otro lado, soy solamente un cobarde.

Lauren voltea.

—¿Qué dijiste?

—Nada —¿*Ves? Cobarde*—. Déjame mostrarte el resto del lugar.

Exploramos juntos un piso que es el calco del mío, excepto que este está vacío. Habitación por habitación voy explicándole a Lauren los materiales, el propósito y algún dato de color que pueda usar en caso de que Andrés le haga alguna pregunta. Sé que Conejita tiene una memoria increíble, así que nada se le va a olvidar.

Tengo que detener mi inquieta mano más de una vez, porque el impulso de apoyarla en su espalda baja es fuerte, tirante, como si necesitara llevarla, manejarla y tenerla cerca mío.

—¿Hay algo que deba saber sobre el cliente? —pregunta mientras se detiene en el ventanal de la habitación matrimonial.

Por un segundo me encuentro imaginándola ahí, pero en mi cuarto, usando una camisa mía de la noche anterior que arrojé al suelo porque estaba desesperado por follarla.

—No, solo sígueme y aprende —respondo y la miro de reojo, esperando a ver si ese comentario fue lo suficientemente grosero para que me miren esos ojos verdes tras las gafas.

Y sí, me mira y le respondo la mirada de odio con un guiño y una media sonrisa.

El maquillaje que lleva hoy cubre sus pecas, nunca le gustaron; durante el colegio hubo pocas veces donde pude verla sin una base de maquillaje que las ocultase, pero las veces que sí las vi... *maldición*.

Mi móvil vibra y encuentro un mensaje de Andrés, diciendo que está en el vestíbulo del edificio.

—Está aquí, ¿puedes ir a buscarlo?

Lauren asiente y camina moviendo sus caderas hacia la entrada, los sonidos de sus tacones en el suelo de mármol retumban por el vacío apartamento y me pregunto si los sonidos producidos por ella también le molestan.

Cuando íbamos al colegio, ella solía caminar con auriculares por los pasillos, que, por supuesto me molestaban, porque parecía que cuando se los ponía, se alejaba tanto de la realidad, que nadie existía, ni siquiera yo. Luego me di cuenta que Lauren era diferente, los sonidos fuertes la molestaban y más de una vez la vi tapándose los oídos cuando algún móvil sonaba agudamente.

Desde ese día uso el móvil en vibración.

Escucho la puerta abrirse y sé que es tiempo de dar un show. Camino con elegancia hacia ahí, con una sonrisa y los brazos abiertos.

—¡Andrés! —digo exageradamente, a clientes como este les gusta tener atención y admiración de los demás.

—¡Silas! —responde golpeando mi espalda con manotazos fuertes—. Qué bueno verte.

Andrés tiene el cabello blanco y una barriga llena de la mejor comida del mundo. Amigo de mi padre, multimillonario, dueño de una petrolera. Recuerdo que cuando era pequeño, lo veía como un gigante, ahora soy más alto que él.

—Lo mismo digo. ¿Cuándo fue la última vez que nos vimos?

—Navidad del 2015, en la maravillosa fiesta que organizó tú madre —responde inflando su pecho.

Lauren sonríe viéndonos interactuar y me percato que es la primera vez que la veo sonreír desde que la tengo de vuelta en mi vida.

No solía sonreír mucho en el colegio y sospecho que yo era la causa, así que eso es extrañamente refrescante.

—Tienes mejor memoria que yo, —río y apoyo mi mano sobre su hombro—, veo que conociste a mi asistente, Conej... Lauren.

—Sí —dice mirándola—, encantadora dama. —Le guiña un ojo y Lauren baja la mirada avergonzada, eso hace que se me borre la sonrisa de los labios.

Si alguien la va a hacer sentir incómoda, soy yo.

—¿Estás listo para apreciar una de las mejores vistas de Manhattan? —Señalo el camino para distraerlo y comienzo el recorrido.

Andrés hace preguntas y yo las respondo.

Lauren anota cosas en su tablet, no tengo ni idea de qué demonios escribe, pero es cuestión de robársela y explorar luego.

Este piso tiene siete baños, un gimnasio y al menos 16 habitaciones distribuidas por todo el lugar.

Cada una tiene potencial para un propósito: un estudio, oficina, cuarto de invitados, bodega, cocina, hasta un cuarto rojo si se te ocurre.

La realidad es que yo solo uso cuatro espacios, mi habitación, el baño principal, la cocina, la sala multimedia cuando quiero ver la tele y el gimnasio.

Este lugar es excesivo, sí, la mayoría de las habitaciones de mi piso solo cogen polvo. Pero como dije antes, invertir el dinero en esto, es asegurarse un futuro.

Sesenta minutos de recorrido y Andrés entrelaza sus manos sobre su espalda baja y asiente pensativamente mientras yo hablo sin parar.

—Sí, creo que podría funcionar, mi hija se casa en agosto del año que viene y quiero dejarle esto, ya que su marido es de viajar mucho, prefiero que esté en un lugar así. —Coloca un dedo sobre su labio inferior y piensa—. Oh, me dijo tu padre que vives en este mismo edificio, ¿es así?

Maldición.

Miro de reojo a Lauren y sus largas pestañas baten una y otra vez, esperando por mi respuesta.

—Sí, piso ochenta y seis —respondo mirándola—. Es un gran lugar para invertir.

Y para pasar la noche. *Una* noche, nada de hacer nidos en mi almohada.

Vuelvo a sonreír hacia Andrés, esperando que esto cierre el trato.

Él mira a Lauren.

—Usted señorita, ¿viviría aquí? Mi hija tiene su edad aproximadamente.

De golpe estoy muy interesado en escuchar su respuesta. Los dos observamos a mi asistente y Lauren se toma un segundo más de lo normal en responder.

—¡Oh sí! —manifiesta con una energía excesiva, ¿*está mintiendo?* —. ¿Quién no sueña con tener vistas como estas todos los días?

—Sí, pero ¿cree que esto puede convertirse en un hogar? Tanto vidrio y mármol me hace sentir que sería una tarea imposible —ríe.

Lauren acomoda la tablet cerca de su pecho.

—Creo que si son una pareja que se aman incondicionalmente, pueden construir un hogar donde sea. —Sonríe abiertamente y por un segundo los dos nos quedamos mirándola.

El efecto Lauren.

—Quiero creer que sí, yo solo quiero que tengan un lugar bonito para vivir.

—Creo que es el mejor regalo que podría darle a su hija.

Andrés me mira, puedo sentirlo, pero mis ojos siguen clavados en ella. Todo lo que siempre me provocó resurge en mí, como agua podrida en una alcantarilla que rebalsa.

¿Cómo puedo desear a alguien que me despierta estos sentimientos tan...? *Necesito parar.*

—Entonces no se diga más. —Eso me trae a tierra y veo de reojo a Andrés estirando la mano hacia mí. La estrechamos con fuerza y una sonrisa.

—Enviaré los papeles a tu despacho, quizá deba molestarte con alguna firma presencial, pero haré lo posible para que no ocurra, sé cuán ocupado estás.

—Excelente. —Comienza a alejarse y se detiene para agregar algo más—. Dile a tu padre que estoy cansado de ganarle al golf—. Su risa es grave y retumba por todo el apartamento.

—Oh, cuando quieras puedes jugar conmigo, prometo no aburrirte. —*Dios, que no me llame nunca, odio jugar al golf.*

—No me olvidaré de esa propuesta.

—Lo acompaño —dice Lauren señalando la puerta.

Vuelvo a observarla mientras interactúa con Andrés, puedo escuchar murmullos sobre la hija, cosas aburridas y me pregunto si hice bien en contratarla. Me pareció una idea divertida, pero ahora vuelvo a recordar por qué la necesitaba lejos de mí.

Cuando vuelve al apartamento, trae una sonrisa.

—¡Lo hiciste! —dice mientras camina hacia mí.

La espero apoyado en el ventanal del salón, con mis manos en los bolsillos. Asiento una vez, sin demostrar mucha emoción, vender lugares como estos a personas ricas es algo rutinario para mí, pero no es mi meta final.

El proyecto Compas es mi gran ambición y lo único que me hará sobresaltar en los ojos inquisidores de mi padre. El proyecto será un gran edificio a las afueras de Brooklyn, apartamentos lujosos, vida nocturna, todo a pasos de tu piso. Es un proyecto enorme, el más grande que he llevado a cabo y solo estoy esperando a los inversionistas para presentárselo a mi padre...

Y así demostrarle que estoy capacitado para navegar esta empresa sin que él esté involucrado en cada maldito paso que doy.

—Por supuesto que lo hice, siempre logro todo lo que quiero—. Suena más como una amenaza que un hecho, pero es culpa suya, ella me hace así.

Lauren asiente, por un segundo puedo ver desilusión en sus ojos, como que ella también comienza a recordar qué clase de hombre soy. Junta los papeles de la encimera de la cocina en silencio. Mi respuesta seca y autoritaria la dejó así, pero este soy yo, no sé qué espera de mí.

Cuando termina, junta todo cerca de su pecho y espera por mí.

Estaba esperando una lluvia de consultas o al menos el por qué no respondí su pregunta sobre tener estas vistas todas las mañanas cuando la hizo, pero ella se mantiene en silencio y así seguimos hasta que llegamos a mi coche, esta vez conduzco yo de vuelta.

La razón por la cual la hice conducir antes es muy simple, ella tenía miedo de conducir un coche caro y nadie que trabaje para mí debe tener trabas ni miedos en su vida. Solamente conduciendo pudo conseguir más confianza en sí misma y eso es todo lo que necesitaba. Aunque si lo pienso mejor, a Estela nunca la he dejado tocar el coche ni con un palo de diez metros de distancia.

Hago un pequeño desvío por Park Avenue y giro en la 55 para ir a The Polo Bar, ya es casi mediodía y se me antoja comer en mi lugar preferido.

—Este no es el camino hacia la oficina —dice confundida.

—Tus poderes de observación me dejan mudo, Conejita —indico mientras encuentro el estacionamiento más cercano.

—No era muy difícil de deducir, la oficina está hacia el lado contrario —dice como si fuera una obviedad, lo cual me hace sonreír—. Y te pedí que dejaras de llamarme así.

Encuentro un aparcamiento disponible debajo de un edificio, cobran cuarenta dólares la hora, algo que para muchos neoyorquinos es una locura, pero para mí es justo lo que necesito.

Aparco mientras pregunto:

—¿Por qué no te gusta tu apodo? Es adorable. —Pongo el coche en reversa y lo encajo en el espacio apretado.

Sé que odia ese apodo, es la única razón por la cual lo uso.

—No es adorable, es denigrante, si quieres que siga trabajando para ti, entonces déjalo ya. —No hay juego aquí, está enfadada de verdad.

—Lo siento, es un hábito difícil de borrar. —Abro la puerta y ella me sigue, saliendo rápidamente del coche.

—¿A dónde vamos?

Camino decidido hacia la calle, mientras escucho sus tacones correr para alcanzarme.

—A almorzar, conozco un pequeño lugar a solo una calle de aquí y estoy famélico.

—¿Almorzar? —mira su reloj—, pero si apenas son las doce.

—¿Y? —Me detengo y espero por ella con mis manos en las caderas.

Cuando se detiene frente a mí, responde agitada.

—Y que mi horario de almuerzo es de una y media a dos y media. —Sus ojos inocentes esperan por una respuesta.

Otra vez mis manos pican por tocar su cuerpo, esta vez quiero acariciar su rostro.

—¿Eres mi asistente?

—Sí.

—Bueno tú te adaptas a *mis* horarios, Lauren. Hoy quiero comer a las doce y resulta que tienes la suerte de estar aquí, vas a comer en uno de los mejores restaurantes de Manhattan, ¿vas a quejarte por eso?

Abre la boca para responder, pero la ignoro y sigo mi camino, solo porque sé que es capaz de esperarme en el coche con tal de no compartir un momento a solas conmigo.

The Polo Bar, es el único bar de Ralph Lauren que existe en Nueva York, es solo una casualidad que en la entrada diga LAUREN en dorado, no vengo aquí por esa razón. Aquí se come muy bien y el servicio es increíble.

Abro la puerta y dejo pasar a Lauren para que absorba todo, antes de tener que lidiar con la composición del bar.

Sé que ella tiene otros tiempos, lo que a alguien promedio le parece mundano y rutinario, a Lauren puede tomarle un poco más de energía.

El lugar mantiene la imagen de Polo que todo el mundo conoce. El techo es de madera oscura y elegante, las paredes color verde profundo y los mejores cuadros de caballos y jinetes que vi en mi vida. Las mesas están demasiado cerca una de la otra para mi gusto, por eso llevo a Lauren hasta el extremo más alejado de todos.

Esta vez sí me doy el gusto y la guío apoyando mi mano en su espalda baja.

Los asientos son de cuero marrón y las mesas redondas y doradas, acomodo su silla y ella se sienta con cuidado, dudando de mí. Probablemente se esperaba que quitase la silla para dejarla caer, pero no haría algo así.

Creo.

El camarero trae el menú y se lo deja a ella, sé que le va a tomar tiempo decidir y yo ya sé lo que voy a pedir.

—¿Asumo que esta no es la primera vez que vienes?

—Nop —digo, mirando el móvil.

—Entonces, ¿qué plato me recomiendas?

Eso me hace detenerme, la Lauren del pasado hubiese estado aproximadamente media hora leyendo todo el menú con detalle. Recuerdo verla en la cafetería donde yo trabajaba durante el verano en el centro de la ciudad, Lauren tenía la rutina de ir todos los días después de las cuatro de la tarde, tomaba café con leche y un emparedado. "Casualmente" yo trabajaba en ese mismo horario y la observaba leer el menú durante al menos diez minutos, luego pedía lo mismo de siempre.

—Bueno, los fideos con pesto son mi plato favorito.

Termino de decir eso y cierra el menú.

—Entonces yo quiero lo mismo —dice mientras apoya el menú sobre la mesa y comienza a mirar su móvil como lo hacía yo hace un segundo.

Está tan cambiada que tengo que incorporar información nueva poco a poco.

—¿Estabas diciendo la verdad cuando Andrés preguntó por tu opinión? —Apoyo mis codos sobre la mesa, a mi madre le daría algo si me viera y me inclino un poco hacia adelante, esperando ansioso por la respuesta.

—Sí, pero omití algo más.

—¿El qué?

—Bueno, él quiere que tengan un hogar y, sí, creo con fervor que el hogar se construye donde sea que estén los dos, también creo que un piso en Brooklyn de tres millones en vez de noventa la hubiera hecho igual de feliz.

—Puede ser —digo dejando caer mi espalda en el mullido asiento y me pongo a jugar con el cuchillo, *sí, tengo algunas tendencias desequilibradas*—, pero queremos que gaste noventa millones, no tres.

El camarero llega y pido rápido para sacarlo del medio, tengo la atención de Conejita ahora y no pienso hacer nada que la distraiga.

—Por esa razón no seguí hablando. —Toma un vaso con agua y traga lo suficientemente fuerte para que vea el movimiento de su garganta, su cuello es mucho más delicado de lo que recordaba.

Puedo imaginar mis dedos rodeándolo.

—Es una buena inversión, al menos lo fue para mí —suelto tanteando, esperando a ver si muerde el anzuelo y pregunta por mi piso y si quiere un tour...

—Eso seguro, pero está más interesado en el bienestar de su hija, no todo el mundo piensa solo en el dinero.

Sonrío.

—¿Eso crees que hago yo? ¿pensar solo en dinero? —Llegan los platos y ella se distrae observando el suculento plato lleno de fideos.

Los dos clavamos nuestros tenedores y comenzamos a comer.

—Sí, siempre quisiste ser millonario como tus padres.

Eso es verdad, siempre viví la buena vida y quiero mantenerla así. La pregunta es ¿cómo lo supo ella?

Y creo que sé la respuesta.

Solía encontrar a Lauren observándome con detenimiento en el colegio, no era nada nuevo, ya que a veces me encontraba en la misma situación. Por esa razón y casi sin hablar, los dos nos conocíamos como un juez a un culpable.

—Dime algo, ¿qué pasó en la vida de Lauren Green después de la graduación?

Levanta sus hombros, restándole importancia a su vida, acomoda sus gafas sobre el puente de su nariz y me da un resumen.

—Cuando me gradué de la universidad, me mudé aquí con mi hermana, eso fue hace como tres años. Ahora ella se ha mudado a Miami por trabajo y yo me quedé aquí.

¿Miami? Luca está ahí, ¿coincidencia? No lo creo.

—¿Por qué no fuiste con ella? —Sea cual sea la respuesta, estoy contento de que no se haya ido.

—No lo sé, es Nueva York creo, no quiero dejar esta ciudad, es mucho más emocionante que la humedad de Florida.

Al menos coincidimos en eso, Luca nos obliga a ir para pasar tiempo juntos todos los años. Detesto la humedad de Miami.

Asiento y lleno mi boca con fideos para detener el impulso de dar las gracias a su hermana por dejarla sola en Manhattan. Pero de golpe, mis propios pensamientos me incomodan. ¿Por qué demonios me interesa si Lauren está sola o no? No me interesa su vida personal, solo atormentarla y ¿por qué no?, follarla eventualmente.

—Come más rápido, necesito estar a la una y media en la oficina —me escucho decir con un tono amargo.

Lauren frunce el ceño y mira rápido mi calendario en su móvil.

—Pero no dice nada sobre...

—Es algo personal —miento.

Un día de trabajo juntos y ya estoy planteándome si hice bien o no en tenerla tan cerca otra vez, en respirarla, absorberla. Me pareció buena idea cuando la vi otra vez después de tantos años. Pero, ¿ahora? Maldición, ahora me vuelvo a encontrar en el mismo estado mental que tenía a los dieciocho.

Obsesivo, enfadado, lascivo y confundido.

Después de todo, sé perfectamente que la línea entre el amor y el odio es demasiado fina para mi gusto.

5

LAUREN
PASADO

Los chicos del colegio no me hablan generalmente.

Gracias a Silas, soy invisible ante todo y todos. Por eso, el día que Mateo se sentó a mi lado en la clase de matemáticas y me pidió ayuda con el ejercicio, no pude parar de sonreír. Después de la clase, me acompañó hasta mi taquilla y descubrimos que teníamos los mismos gustos en bandas. Su favorita era Linkin Park, tal como la mía y eso fue todo lo que necesitamos para hacer clic y tener una amistad increíble.

Mateo viene de una familia latina y con eso trae una energía que nadie más tiene aquí, siempre sonríe y la sonrisa le llega a los ojos, es superamable y creo que no tiene maldad. Su cabello siempre está alborotado y nunca le importa lo que dirán los demás. Es como una brisa fresca en este infierno.

—¡Oye! ¡Lauren! —Lo escucho llamarme en el corredor.

Volteo y lo encuentro corriendo hacia mí, con su sonrisa enorme, la mochila colgada en su hombro derecho y algo que parecen entradas en su mano izquierda.

—¡Ey, Mateo! —digo mientras continúo mi caminar, estoy llegando tarde a clase.

Él camina a la par mío.

—Feliz cumpleaños adelantado —dice entregando las entradas.

Me detengo en seco para inspeccionar.

—Linkin Park va a venir a tocar a la ciudad ¡el día de tu cumpleaños!

Abro la boca, pero ninguna palabra sale de mí.

—Yo los vi el año pasado, pero si quieres podemos ir juntos, ya sabes, como una cita —dice mirando al suelo.

Como yo no emito palabra, comienza a excusarse.

—Si tienes otros planes, lo entiendo, no te preocupes, yo solo...

Lo interrumpo con un abrazo.

Él envuelve los brazos por mi cintura y siento que mi cuerpo se enciende con una nueva necesidad. Como si buscara más de ese extraño calor.

Cuando abro mis ojos por encima del hombro de Mateo, encuentro a Silas apoyado sobre su taquilla, observándome con repugnancia, si no fuera que sé que me odia con toda su alma, pensaría que son celos.

Por inercia suelto a Mateo, no necesito la atención de Silas, especialmente si no quiero que arruine este momento y me enfoco en el regalo que acaba de hacerme.

—¡Es el mejor regalo! ¡Por supuesto que quiero ir!

Un golpe repentino hace que los dos miremos hacia donde está

Silas, que cerró la taquilla con tanta fuerza que el colegio entero se detuvo a mirarlo.

Lo ignoro y sigo disfrutando mi regalo.

—Genial, paso a por ti entonces, me gustaría ir algunas horas antes para ver las otras bandas si te parece bien.

—Claro —asiento—, ¡qué emoción! ¡Nunca pensé que los vería en vivo! Gracias de nuevo, ¡te debo una grande!

—Nah —responde levantando sus hombros como si esto no fuera importante—, pasar tiempo contigo siempre es divertido.

Me sonrojo y muerdo mis labios con nerviosismo, voy a tener dieciocho años en dos días y nunca he besado a nadie, quizá Mateo sea mi primer beso.

¡No te adelantes, Lauren! Me aconsejo.

Le pedí a mi madre que cancelara todos los planes que tenía en mente para ese día, ya que algo mucho más importante que pasar la tarde con mi tía hablando de macramé se aproximaba.

Acordamos con Mateo que pasaría a por mí a las cinco, pero son las cinco y media y aún no aparece. Estoy esperándolo en las escaleras de la entrada de mi casa, con mi sudadera de Linkin, mis vaqueros rotos y mi mochila.

Cuando la hora del concierto se aproxima, corro hacia el teléfono y lo llamo, pero no hay respuesta y eso me asusta.

—¡Mamá! Voy a ir a ver a Mateo —grito sobre mi hombro.

—¡Está bien hija! ¡Pero ten cuidado! —la escucho gritar desde la cocina.

Me subo a mi bicicleta y comienzo a pedalear con fuerzas, Mateo vive a unas diez calles de mi casa y en pocos minutos estoy ahí. Una vez que llego a su casa, toco la puerta y el timbre al mismo tiempo. El dolor en mi estómago que me dice que algo no está bien es cada vez más fuerte.

La puerta se entreabre y un ojo morado se asoma.

—Lauren, lo siento, no voy a poder ir. —Su voz carga dolor y está afónica.

Empujo la puerta, obligándolo a mostrarse y encuentro que

ambos ojos están hinchados con un color púrpura encima, su ceja izquierda tiene puntos y su brazo derecho tiene un yeso.

—Mateo... —digo casi sin voz. Doy un paso adelante, pero él se aleja de mí, haciendo que me detenga—. Pero ¿qué demonios ha pasado?

—Ya no nos vamos a poder ver Lauren —dice mirando al suelo—. Lo siento.

Mi mente corre buscando conversaciones antiguas, buscando algún error, algo que justifique por qué me está diciendo esto.

—Lo que sea que hice, lo siento, no quise hacerte enfadar. —Verlo en tan mal estado solo me da ganas de abrazarlo, pero sé que está con mucho dolor.

—No... —dice rápidamente y frunce su cuerpo cuando hace un movimiento repentino—, no hiciste nada, yo solo... Hay enemigos contra los que no puedo pelear, lo siento, no vale la pena pasar por esto.

—No entiendo.

—Hay gente en el colegio que no quiere que nos veamos y me lo hicieron saber. —Finalmente confiesa mientras señala el brazo roto.

Oh no... Silas Walker.

No, no puede estar diciéndome esto.

—¿Esto te lo hizo Silas? —gruño, sintiendo cómo mi enfado se intensifica.

Mateo asiente una vez y siento un frío recorrer todo mi cuerpo. ¿Por mi culpa está así?

Camino hacia atrás, sintiéndome responsable por esto, miro a los alrededores buscando no sé qué, ojos, espías, a Silas esperando para atacar. No hay nada, ni nadie agazapado listo para arremeter.

—Lo siento —susurro con la voz entrecortada—. Lo siento mucho, no sé si sirve de algo, pero estaba emocionada por tener a alguien como tú en mi vida y valoré mucho el poco tiempo que pudimos ser amigos.

Mateo baja la cabeza en rendición total, ¿o es vergüenza? Espero que no lo sea, porque sé que Silas es bueno con sus puños y esto no es culpa de Mateo.

Es mía.

—Yo también, feliz cumpleaños —susurra y cierra la puerta.

Soy responsable porque no detuve al bully de mi colegio a tiempo.

Soy responsable porque lo dejé manipular mi mente y mi vida.

Sin embargo, soy la única que puede acabar con esto de una vez por todas.

Sin decir más, corro hacia mi bicicleta, sé a dónde tengo que ir y sé que hoy termina todo esto.

6

SILAS

PASADO

Escucho a alguien dar golpes violentos contra la puerta de casa, inclusive con los auriculares puestos puedo escucharlos. Me levanto de la cama, porque sé que ninguno de mis hermanos va a hacer el intento de ir y mis padres no están.

¡Pum! ¡Pum! ¡Pum!

—¿Qué demonios? —susurro a medida que bajo por las escaleras.

¡Pum! ¡Pum! ¡Pum!

Abro la puerta apresuradamente y sea quien sea que esté del otro lado, está a punto de recibir uno de mis mejores golpes en medio del tabique de su nariz. Pero lo que me encuentro del otro lado me deja petrificado.

—¡¿Cómo has podido?! —grita Conejita.

Su bicicleta está tirada sobre el césped que mi madre no me deja pisar por nada del mundo y puedo ver sus pisadas traer barro hasta la puerta.

Conejita parece extremadamente enfadada.

—Yo puedo aguantar tu odio, ¡pero no tenías que descargarlo en Mateo!

Ah, ¿por eso vino? ¿Porque le rompí la cabeza a su novio? Una media sonrisa se me desparrama por el rostro.

—Silas, ¿qué hiciste? —pregunta Oliver desde el primer piso con una carcajada.

—Nada. Vete a tu cuarto —gruño, mirando por encima de mi hombro.

Sujeto a Conejita de su muñeca y la arrastro hacia dentro de casa.

—¡Suéltame! —grita a medida que la arrastro hasta la parte más alejada, donde puede gritarme y patalear lo que quiera sin que nadie pueda vernos o escucharnos: la casa de invitados.

Atravesamos el salón, la cocina, el jardín, la piscina y nos metemos dentro de la pequeña casa que mi madre reserva cuando vienen invitados que quiere impresionar.

—No —contesto mientras entramos y cierro la puerta fuertemente.

Lauren se aleja de mí con desconfianza, como si fuese capaz de hacerle algo.

—¿Estás haciendo un escándalo por el chico ese? —respondo pretendiendo no saber su nombre.

Por supuesto sé quién, es Mateo Domínguez, mi peor pesadilla. El carismático, sonriente, *Soy amigo de todos* Mateo Domínguez. Quién osó hablarle a Lauren sin mi puto permiso, como lo hicieron todos los calenturientos de este maldito colegio.

—¿Por qué? —susurra, de golpe parece que está muy cansada y

probablemente lo esté, cansada de mi mierda, de su existencia, de nosotros y este estúpido juego—. ¿Qué te hizo para que le hicieras eso?

Mirarte.

Tocarte.

Abrazarte.

Deslumbrarte con una estúpida entrada para un estúpido concierto.

—¿Él te mandó a defenderlo? —pregunto mientras camino entre los carísimos sillones de ratán que mi madre compró para los invitados—. ¿Acaso mandó a su noviecita para que el "malo de Silas" no le haga más daño? —Me burlo.

Y consigo exactamente la reacción que estaba esperando de Conejita.

Odio puro.

Necesito ver el odio en ella, porque cuando no lo veo... pierdo la cabeza.

Nunca la vi así, tan cruda, expuesta y desesperada.

Nunca la vi tan expresiva, enfadada y triste.

Siempre empujé a Conejita, queriendo conocer cuál era su límite, pero nunca logré hacerla caer por ese precipicio, donde los dos flirteábamos con la locura que el otro nos provocaba.

Bueno, parece que hoy finalmente lo conseguí.

—¡Es el único chico que me habla en el colegio! ¿Por qué me haces esto? ¿¡Qué te hice!? ¡Dímelo ahora, porque no puedo seguir así, Silas! —Su grito me aturde y despierta la adrenalina dormida en mis venas.

Estoy frente a ella en un segundo, necesitando verla de cerca. Las lágrimas caen de su rostro sin parar, está desesperada por una respuesta que tenga sentido, algo que sea tan lógico que no se pueda negar. Pero solo tengo una cosa que decirle.

—Vives —susurro entre dientes apretados—. Eso es suficiente para ahogarme.

—¿Qué? —pregunta en un susurro, está absolutamente confundida, sus ojos aguados y liados. Debe estar considerando la opción de que yo sea un psicópata.

Y *no estaría tan errada.*

Me gustaría aclarar que no suelo ser así con la gente, de hecho, no interactúo con personas a menos que consiga algo que me favorezca, por ejemplo, si quiero follarme a alguien, puedo ser amistoso, sonreír o hasta podría decir algo romántico.

Quizá, resaltemos esa parte, *QUIZÁ.*

Oye, no soy todo malo, tengo algunas cosas positivas, mi familia solo conoce un lado y ese es el hijo perfecto que estudia y ayuda a su madre a cargar cosas pesadas, el hermano que aconseja y vete tú a saber qué más pueden decir de mí.

Pero con Lauren Green, hay solo un sentimiento y eso hace que a veces pase horas mirando el estúpido techo, preguntándome por qué detesto a esta chica con cada célula de mi cuerpo.

—¿Quieres una razón? Aquí la tienes Lauren Green, arruinas mi vida solo por el hecho de vivir, respirar y estar siempre donde sea que esté yo.

—¡Nunca te he hecho nada! Ni te agredí, ¡ni me burlé! Ni siquiera te hablo Silas.

—¡Y ESA ES RAZÓN SUFICIENTE! —grito perdiendo el poco control que me queda en el sistema.

Lauren cierra su boca, mientras me mira colapsar a sus pies. Comienzo a caminar de un lado a otro, pateando todo lo que está a mi alrededor.

—No entiendo —murmura.

¿No entiende? ¿No ve mi maldito dolor? ¿No ve que necesito de ella? ¡Joder!

Doy grandes zancadas y ella retrocede, alejándose de mí, hasta que se golpea con la biblioteca del techo al suelo que hay detrás.

—Quizá así entiendas de una puta vez... —murmuro sobre sus labios y me entierro en su boca.

Lauren toma aire de golpe y su cuerpo se petrifica bajo mi coraza. Mis dos manos están apoyadas entre estantes para sostenerme mientras la enjaulo junto con mi locura. Al principio está demasiado pasmada para devolverme el beso, pero cuando pido permiso con mi lengua, ella abre sus labios y me deja entrar.

Gimo como un maldito virgen mientras devoro sus suaves y tibios labios como quise hacerlo desde el día que la conocí. Mis manos viajan hasta su rostro y la sostengo cerca de mí, mientras ella tiene sus manos colgando a los costados de su cuerpo. No soy tonto, sé que este momento es fugaz y quiero recordarlo para siempre, no siempre el zorro termina con el conejo, eso no quita que detenga la violencia con la que la beso, es como si besara por primera vez y quiero más, quiero llevarla sobre mis hombros al cuarto más cercano, arrojarla ahí como un cavernícola y hacerla mía.

Nuestros labios se desconectan porque Lauren me empuja lejos de ella, con aborrecimiento y lágrimas en sus ojos. Sentimientos contrarios a los míos, sorprendentemente.

—¡No vuelvas a besarme sin mi permiso! —grita mientras se pasa la mano por los labios, limpiando los rastros de nuestro beso.

Rastros míos.

Mi odio vuelve a brotar, tan fuerte y oscuro que la valentía misma de Lauren se achica. La cubro con mi cuerpo, con mi oscuridad, emanando furia, sin sentimientos y la mirada muerta.

—Tal como me lo imaginé, besarte es como besar una maldita pared —gruño con rencor puro en mis cuerdas vocales—. No veo la hora que todos lo sepan, especialmente Mateo.

Lauren rompe en lágrimas otra vez y sale corriendo de la casa de invitados, no la veo partir, simplemente me quedo mirando a la biblioteca como un maldito muerto.

Así es como me siento de todas maneras.

7

LAUREN

PRESENTE

Hoy es el primer día que comienzo a trabajar sin la ayuda de Estela. Me sentía un poco nerviosa esta mañana, pero enseguida encontré confianza, poco característico en mí. Sé que puedo hacer esto, con profesionalismo, con sistemas y organización y todo lo que lo hace perfecto, porque lo tengo controlado.

La oficina finalmente es mía, no es increíblemente grande, pero es agradable, luminosa, y puedo ver a la ciudad que tanto quiero desde aquí, como en las películas.

Mi escritorio está limpio, no hay nada fuera de lugar. Solo tengo el monitor, con el teclado y el mouse, todo simétrico, organizado y listo para que mi cerebro no se vuelva loco.

Anoche me confesé con mi hermana, le dije que había conseguido el trabajo y cuando me propuso celebrarlo con una botella de vino y una sesión de Zoom, le dije que mi jefe era Silas Walker. No hace falta que repita todas las groserías que gritó al teléfono, ella sabe mejor que nadie lo mal que lo pasé en el colegio gracias a él, por esa razón no entendía por qué acepté el trabajo. La única respuesta que tuve que decirle fue que el sueldo era el doble de lo que había acordado, que era temporal y que iba a poder adelantar meses de tratamiento para mamá.

Esa es la única razón por la cual estoy aquí.

Silas no viene a la oficina hasta el mediodía, así que tengo tiempo de aclimatarme en mi nuevo rol. El teléfono no para de sonar, tomo nota de todo; hago citas para la semana que viene; dejo notas en el escritorio de Silas, que por cierto es muy desorganizado, y preparo todo para una reunión que tiene esta tarde-noche.

Los cuatro hermanos se juntan una vez por trimestre para discutir movimientos de la empresa, nuevas inversiones y proyecciones para el año que viene. Todo esto lo sé porque volví loco a Silas durante la semana para que me dijera todo lo que necesitaba saber. Estar lista a lo inesperado es clave, no solo para llevar a cabo una buena organización, sino para sobrevivir a todos los hermanos juntos.

Para la una y media, suspendo mi ordenador y cuando me dirijo a la cocina, encuentro algunos compañeros de trabajo que Estela me presentó durante la semana; ella me dijo que pocas personas valían la pena en este lugar, pero luego también dijo que las hormonas hacían que su capacidad de juzgar a otros se distorsionara, así que no sé a quién creerle.

Hay tres empleados comiendo en la cocina, Érica de Marketing, Daniel de Recursos Humanos y Dulce de Inversiones.

—¡Oye! ¡Lauren! Ven a comer con nosotros —dice Dulce, mientras señala un espacio a su lado.

En la cocina para el personal hay una gran mesa blanca donde entran al menos ocho personas, es un lugar acogedor y siempre suele haber gente revoloteando por aquí.

—Gracias. —Sonrío y me siento al lado de ella, a mi izquierda está Daniel y enfrente Érica.

Normalmente este tipo de interacciones me cuestan mucho, pero estuve trabajando con mi psicóloga con fuerza y constancia para poder manejarlas.

Abro mi tupper y saco mi almuerzo. Todos ellos siguen hablando.

—Escuché que se quedan todos en el Ritz —dice Érica.

—Siempre se quedan en ese hotel —susurra Dulce mientras empuja la comida de un lado a otro, parece aburrida.

Las observo interactuar mientras llevo una pinchada tras otra a mi boca con rapidez, tengo una hora para comer y luego tengo que empezar con los preparativos.

Daniel me mira con una muesca en su cara.

—Disculpa a estas dos, Lauren, son dos chismosas.

—¿Hablan de la reunión de esta noche? —pregunto, y a todos se les ilumina el rostro.

—¡Oh, claro! Lauren, ¡eres la nueva asistente del señor Walker! —dice Érica con un entusiasmo desmedido—. Dinos, ¿qué planes tienen este trimestre? Escuché que el anterior terminaron todos haciendo un viaje rápido a Las Vegas.

Frunzo el ceño, confundida por tanta conmoción y me pregunto si los hermanos Walker son una especie de estrellas de Hollywood entre sus empleados. Sé que lo eran en el colegio, todos querían ser amigos de ellos, inclusive de los más jóvenes, de los cuales desconozco completamente sus vidas porque terminé el colegio en el mismo año que Silas, que es el mayor. El único con quien interactúe más de una vez fue Luca, solo porque era amigo de mi hermana. Estoy segura que la única razón por la cual me trataba como un ser humano, era porque quería meterse en sus pantalones.

—Solo tengo información de lo que hacen en la oficina, después depende completamente de ellos.

Bueno, no es totalmente cierto, sé que después van a ir a comer juntos. Pero no me siento cómoda diciendo información personal de Silas.

Érica pone cara de decepción.

—Estela nos contaba todos los detalles. —Levanta su hombro como una niña, cuando sospecho que tiene al menos unos treinta años.

Lo dudo, Estela no era amiga de nadie en la oficina.

—Lo siento, Silas no me informó de nada más —respondo, y continúo comiendo.

—¿Silas? —cuestiona Dulce mientras detiene lo que sea que estaba haciendo con el móvil.

—Mi jefe. —*¿No estábamos hablando de los hermanos Walker?*

—Sí, pero nadie lo llama así por aquí —dice Daniel aclarando la reacción de Dulce—, si él está cómodo cuando lo llamas así, entonces genial.

—Es su nombre, ¿por qué no estaría cómodo? —Los miro a los tres en total confusión.

Daniel se mueve más cerca mío, parece que está a punto de contarme un secreto; desde tan cerca puedo ver sus ojos marrones con más claridad, su cabello está tan engominado que me dan ganas de tocarlo para ver qué tan duro está.

Por un segundo me enfoco en imaginar exactamente eso.

—Tenemos prohibido llamarlo por su nombre, dicen que no le gusta —susurra, parece que tiene miedo real.

—Sí —añade Dulce—, parece que no le gusta sentirse al mismo nivel que sus súbditos. —Se ríe fuertemente y todos la imitan.

Escucho un carraspeo detrás y los cuatro nos damos la vuelta. Silas está de pie en la puerta, con cara de pocos amigos.

—Lauren, te estoy buscando por todos lados —dice perforándome con sus ojos azules.

Lleva un traje de diseñador que le queda de muerte, sus zapatos brillan y su cabello color caramelo está perfectamente acomodado, pero hay algo que no está bien, algo está distinto, creo que es su energía.

Hoy es como energía negra irradiando en él.

Miro la hora con detenimiento y luego respondo:

—Tengo media hora todavía de almuerzo.

Los tres toman aire por lo bajo, pasmados por mi respuesta. Los miro con atención y repaso lo que sea que dije como para que reaccionen así.

Mi hermana dice que a veces sueno muy ruda y que eso no le gusta a la gente.

Silas frunce los ojos, observándome con el odio que conozco tan bien. Le muestro mi tupper lleno de arroz y verduras, para que vea que todavía estoy comiendo, eso hace que relaje un poco la vista.

—Te quiero en mi oficina en media hora, puntual —ordena mientras se aleja de la puerta, pero vuelve sobre sus pasos y agrega—. Daniel, ven a mi oficina. Ahora.

Daniel se levanta lentamente, mientras todos lo vemos moverse con miedo.

Qué raro todo.

Cuando termino de comer, voy rápidamente al baño y repito la rutina que tengo a esta hora: repaso mi maquillaje, lavo mis dientes y vuelvo a echarme perfume. Estar siempre lista es fundamental en este trabajo, especialmente cuando comienzo a notar patrones espontáneos que tiene Silas. Nunca sé si tengo que salir a presentar algo con él o simplemente recibir invitados, estén o no en el calendario.

Abro la puerta de su oficina y Daniel sale espantado de ahí, le saludo con una pequeña sonrisa, pero él no devuelve nada y se aleja dando pasos precipitados.

Espero que esté todo bien en su departamento.

Carraspeo para dejarle saber a Silas que estoy disponible y él hace señas para que pase, mientras escribe algo en su ordenador.

Me siento frente a él y espero con paciencia. Cuando termina, suspira y entrelaza los dedos sobre el escritorio. Antes de que diga una palabra, meto bocado.

—¿Sabes que todos en la oficina te tienen miedo? —pregunto con curiosidad.

—Así es como debe ser —responde seriamente, su mandíbula está tensa y puedo ver que está comenzando a tener la barba un poco más tupida de lo normal. Su ceja derecha llama mi atención, hay una herida vieja, casi como una línea que la divide, qué raro, no lo había notado antes.

Pero no es eso lo que está raro, algo lo está estresando.

—No necesariamente, hoy en día las empresas que triunfan son las que tienen jefes simpáticos y cercanos a sus empleados.

—Bueno, para eso están mis hermanos. Yo estoy para hacer negocios, no sonreírle al público. ¿Alguna otra pregunta totalmente fuera de lugar?

—Sí.

—Te escucho. —Una media sonrisa malvada se derrama por sus labios.

Cruzo mis piernas y su mirada viaja hasta el tajo de mi falda de tubo, pero luego vuelve a mis ojos.

—Parece que el hecho de que te llame Silas genera revuelo.

Revira los ojos, con una expresión de exasperación total.

—A ver, no me malinterpretes, si me llamas *señor Walker* probablemente termine con una erección, pero no es necesario que lo hagas. —Sonríe con maldad mientras siento que el calor me sube por el cuerpo—. A menos que lo disfrutes tanto como yo.

—No pienso llamarte así. —Tomo mi tablet y comienzo a describir lo que va a ocurrir en las próximas horas—. Tus hermanos ya están en la ciudad, una limusina los va a recoger a los tres en... —miro el reloj—, quince minutos aproximadamente. La sala de reuniones ya está lista y la gente del catering está en este momento preparando todo.

Silas desliza su dedo índice por el labio inferior y me observa con atención, esto es algo que hace a menudo, pero supongo que todos tenemos diferentes tiempos para absorber la información, soy la menos indicada para hablar de esto.

—¿Alguna pregunta? —digo acomodando mis gafas.

—¿Tienes novio? —dispara con una cara completamente seria.

Eso me descoloca y ahora soy yo la que tarda en responder.

—Eh... No tengo por qué responder eso.

—¿Amante?

—Silas... —advierto.

—¿Perro? —ríe y se acomoda en su silla metiendo un dedo en el cuello de su camisa, parece más apretado de lo que debería estar.

Qué cuello ancho tiene, no lo había notado.

—Tu cuerpo cambió mucho desde el colegio —susurro.

Silas sonríe, de golpe parece orgulloso.

—¿Te gusta lo que ves, Conejita?

—No es lo que dije, solo remarqué algo que vi, olvídalo. —Cruzo mis brazos y miro hacia abajo, esperando que no se diera cuenta de lo rojos que están mis cachetes.

¿Quién hace un comentario así? Yo sola, es mi culpa.

Silas se mantiene en silencio unos segundos, hasta que acomoda su garganta y sigue hablando de lo que deberíamos.

Negocios.

—Necesito que estés en la reunión, que atiendas mis llamadas y me hagas saber si llama mi padre.

—¿Quieres que esté ahí dentro, con vosotros?

—Sí, ¿hay algún problema?

Trago saliva con nerviosismo. Por supuesto que tengo un problema, no quiero estar en una habitación con los Walker.

—Para nada.

—Excelente, avísame cuando lleguen. —Vuelve a enfocar su mirada sobre el ordenador—. Eso es todo Lauren, puedes retirarte.

8

SILAS
PRESENTE

La miro caminar lejos de mi escritorio y no sé qué demonios tiene su trasero que hace que lo observe todo el maldito día, definitivamente no es el mejor trasero del mundo, pero tiene algo que me prende, que me dan ganas de acariciarlo, lamerlo y morderlo a la vez.

Maldición, concéntrate.

Hoy tengo la reunión con mis hermanos y nada puede salir mal.

Desde que mi padre me nombró CEO todo se volvió extremadamente estresante.

Durante toda nuestra vida mi padre incentivó la competencia entre hermanos, cuando éramos pequeños nos apuntó a diferentes deportes y contaba quién tenía más trofeos, de adolescentes nos presionaba por ver quién tenía más cartas de admisión aceptadas por las universidades más prestigiosas del país, y ahora de mayores, inventó una competencia silenciosa donde los hermanos debemos rivalizar por quién tiene la oficina con mayores ganancias. Odio este juego, principalmente porque desde que empezó, sigo perdiendo y mis hermanos triunfan en lo demás.

Luca tiene un 20% más de ganancias, Oliver trajo el negocio de la construcción a la zona de Dallas y Killian es amigo de todos los nuevos millonarios de Silicon Valley que regalan su dinero porque ya no saben qué hacer con él.

Yo soy el único que tiene los números bajos y eso me impide dormir, pensar y hasta follar, por eso el proyecto Compas es tan importante.

Tiene que tener éxito. *Sí o sí.*

Esta mañana comencé mi día como todos los malditos días, levantándome a las ocho. Me tomé un café y fui directamente al gimnasio hasta las diez. Mi lista de reproducción normalmente suele ser U2, mi banda favorita, pero hoy fue como si escuchara todas las canciones con otro color, especialmente Angel of Harlem. La canción me recordaba a Lauren y tuve que arrancarme los auriculares para detenerme.

U2 es *mi* maldita banda, no es justo que ella también arruine eso.

¿Hay algo más patético que pensar en alguien cuando escuchas una canción? Bueno, quizá cagarte en tus pantalones en medio de un velorio sea un poco más patético, pero igual, doy asco. Pasé toda mi mañana pasando canción tras canción.

Parece que Bono tenía una Lauren en su vida también.

La puerta se abre de golpe y me arranca de mis pensamientos, Lauren entra con una taza en la mano.

—¿Qué es esto? —pregunto mientras ella apoya la taza delante de mí.

—Té de tilo, ayuda a relajar —dice como la sabelotodo que es. Cruza sus brazos por debajo de sus senos y levanta una ceja, esperando que me lo beba.

Lauren es una de esas mujeres que no es consciente de cuán atractiva es y cuando se para enfrente de mi escritorio así, doblando un poco su rodilla e inclinando su cadera con la actitud de *Soy la jefa aquí,* hace que mi polla comience a cantar.

—¿Qué te hace pensar que necesito esta mierda? —devuelvo señalando la taza, si no estuviera caliente se la derramaría por la cabeza. Dejo caer mi cuerpo sobre el respaldo de mi silla y juego con mi labio inferior como hago cada vez que me dedico a molestarla.

—Si *yo* puedo notar que estás nervioso, entonces tus hermanos lo notarán también, Silas. —Apoya sus manos sobre el escritorio y se agacha un poco, mis ojos se mueven sobre sus pechos, pero cuando vuelve a hablar, me concentro en ella—. Tómate el té, vas a ver que en un rato te hará efecto, tus hermanos están en camino.

—¿Qué te hace pensar que estoy nervioso?

—Es tu energía, está... chispeante, puedo ver que estás incómodo en tus ropas, tu pierna se mueve nerviosamente y no sé si lo sientes, pero tu ceja se mueve sola.

Maldición.

Suspiro profundamente y lo tomo a regañadientes.

—Esto es lo más estúpido que escuché en mi vida y mis hermanos no me conocen tan bien como crees —digo por lo bajo algo que es una obviedad para los dos.

Ella me conoce mejor que nadie, si no, ¿cómo supo que necesitaba esta cosa?

Lauren se sienta en el sillón delante mío y se cruza de piernas y brazos. ¿Acaso está vigilando que me termine el jodido té?

—Nadie me conoce mejor que mi hermana —dice.

Error, yo te conozco mejor, Conejita.

65

—No te creas. —Vuelvo a darle un sorbo a esta asquerosidad.

—¿Por qué estás nervioso? —Acomoda sus gafas sobre el puente de su nariz. Creo que ese movimiento se volvió mi favorito estas últimas semanas, más que el movimiento de su cadera al caminar.

Niego con la cabeza antes de contestar, no estoy seguro de querer mostrarme como algo que no sea el magnate de Nueva York con Lauren, pero mi lengua se desata y comienzo a vomitar palabras sin control.

—Existe una competencia por trimestre, sobre quién tiene mejores ingresos. No hace falta que aclare que yo estoy último en la lista, seguramente viste los números. —Mi pierna se mueve frenéticamente otra vez mientras sigo tragando este líquido nauseabundo, a ver si me ayuda de verdad o solo estoy siendo envenenado por Lauren.

Cualquiera de las dos opciones son una buena salida para este momento.

—¿Por qué existe una competencia, cuando los mercados son absolutamente diferentes? —pregunta casi ofendida.

Lo cual me hace sonreír con mis labios en la taza, al fin alguien que piensa en esta empresa. Apoyo la taza en la mesa y sigo hablando.

—Mi padre cree que es "sano" hacernos competir —digo haciendo comillas en el aire.

—Bueno es lo más arcaico que escuché en mi vida, aparte, la última vez que revisé, tú eras el CEO.

Vuelvo a sonreír.

—Todos sabíamos que mi padre sería incapaz de soltar las riendas de este imperio, Lauren.

—Pero eres completamente capaz de llevar esto adelante. —De golpe sus mejillas se ponen rosas. No puede darme cumplidos sin sentirse extraña.

—Gracias por el voto de confianza —digo, mientras tomo la taza de vuelta.

Lauren la inspecciona y me regala una pequeña sonrisa satisfecha. Maldición, lleva apenas unas semanas trabajando aquí y ya me tiene así.

Es que es malditamente adorable.

—¿Crees que tus hermanos me recuerdan? —inquiere.

—Seguramente. *—¿Por qué le interesa saber eso?—.* ¿Por qué? ¿Estás interesada en los hermanos Walker?

—No, simplemente pienso que va a ser extraño que me vean aquí después de tantos años. La última vez que los vi fue cuando...

—Sí —interrumpo, no quiero recordar esa noche—, probablemente se acuerden de ti.

—¿Qué es de su vida?

Dejo la taza y me acomodo en mi silla.

—Son exitosos, jóvenes y millonarios. Generalmente llegan a los tabloides como los "Solteros más codiciados de Estados Unidos", creo que ya te puedes hacer una idea.

Con mis hermanos no somos muy comunicativos entre nosotros y mi padre es el creador de esta extraña relación que tenemos. No podemos evitar competir por quién tiene más dinero, la casa más cara o el último coche.

Luca intenta unirnos, pero no hay escape, estamos diseñados para rivalizar.

—Qué raro, nunca los vi en ningún medio.

—Eso es porque no consumes esa chatarra, Conejita.

—¿Cómo lo sabes?

Me inclino hacia adelante, apoyo los codos sobre mi escritorio y entrelazo mis manos.

—Dejemos de pretender que no nos conocemos, Lauren, sé todo sobre ti.

Abre su boca, pero no formula ninguna palabra.

—¿Como qué? —Lauren siempre fue curiosa y me encanta que yo le dé curiosidad.

—Como que solo lees libros de Marie Kondo o las últimas noticias del mundo, quieres saber cuántos árboles talaron en el Amazonas o cuántos koalas murieron en el último incendio. Sé que te gusta sacar fotos en el parque y que nunca dejas la rutina de lado. Sé que pretendes tener toda tu vida organizada porque es lo único que puedes controlar, ya que el resto se cae a tus pies. Sé que yo...

En ese momento se abre la puerta y los tres entran como si fueran los dueños del maldito despacho.

Bueno, lo son, pero solo un veinte por ciento cada uno.

Me callo antes de decir algo de lo que me pueda arrepentir.

—Hermano —saluda Luca.

Lleva puesto un traje negro Armani, su cabello está un poco más claro de lo normal ya que se pasa el día bajo el sol de Miami. Como dije antes, Luca es de pocas palabras, pero cuando posa sus ojos sobre Lauren, no sale ni una de allí.

Lauren se levanta inmediatamente de su asiento y sujeta su tablet cerca de su cuerpo, como hace siempre.

Yo, por otro lado, no puedo dejar de sonreír. Sabía que iban a quedarse pasmados.

—¿Conejita? —pregunta finalmente Luca.

—Lauren —corrijo con un dedo apoyado en la sien. Los tres me miran estupefactos.

Mi asistente estira la mano hacia él.

—Un gusto volver a verte, Luca —dice con su dulce voz, totalmente contraria a la mía que es autoritaria y enfadada.

Mis dos hermanos menores saben perfectamente quién es y qué reacción solía tener cuando la tenía cerca. Pero los dos fueron educados por mi madre, por eso estiran la mano y se presentan.

—Hola, soy Oliver.

—Y yo Killian.

Los llamo menores, pero Oliver tiene veintinueve y Killian veintisiete, ya son bastante grandecitos.

—Soy la asistente de Silas —aclara.

¿Tendrá miedo que piensen que es algo más? ¿Por qué me molesta ese pensamiento?

Los tres asienten y me miran buscando explicaciones. Para romper el hielo Luca toma la taza en mi escritorio y pregunta:

—¿Eres un bebedor de té ahora? —Siempre tan observador, lo

juro, Luca a veces me asusta por cómo percibe el mundo a su alrededor.

Abro la boca para responder, pero Lauren interviene, quitando la taza de su mano.

—¡Ups! Es mía, lo siento. —Camina hacia la entrada, pero voltea antes de irse—. Cuando quieras la sala está lista.

En el momento que desaparece, se hace un silencio ensordecedor, los tres me miran casi sin pestañear y con la boca abierta.

—¿Qué demonios está pasando? —Finalmente pregunta Oliver.

—Estela está a punto de parir, Lauren la está cubriendo —digo mientras pretendo mirar algo muy interesante en mi móvil.

—No me digas... —dice Luca mientras se sienta en el mismo sillón donde estaba ella dándome un minuto de paz—. Y... ¿por qué demonios contratas a la mujer que odiaste durante todo el colegio?

Directo al hueso, Luca.

—No te tengo que dar explicaciones, hermano —gruño—, aparte, es temporal, solo hasta que vuelva Estela —miento, sé que Estela no va a volver.

Killian se sienta sobre mi escritorio y le da pesadas palmaditas a mi hombro, a la tercera, levanto los ojos de mi pantalla y lo atravieso con la mirada.

Este hermano es el más joven, alegre, comunicativo, sonriente. Todo lo contrario, a Luca y a mí. Tiene al menos un millón de seguidores en Instagram porque se pasa el día posando en los valles de California.

En cueros.

—No recordaba que estuviera tan buena —indica, guiñándome el ojo.

—Cuidado, Kill —advierto.

Levanta las manos como en rendición y silva por lo bajo.

—¿Esto otra vez? —refunfuña Oliver, mientras se refriega los ojos—. Pensé que la habías superado ya.

—No sé de qué demonios hablas.

Oliver vive en Texas, tiene un rancho con animales. *Animales reales*. Sé que esto puede ser obvio, pero para un neoyorkino, es una locura y la mayoría anda libre por ahí, por eso es una vida impensada para alguien que vive en Manhattan. Pero él dice que le gusta ese estilo de vida, le gusta el silencio del campo y la vida del Texano.

Pone los ojos en blanco.

—¿Dónde la encontraste? —*Nunca la perdí*.

—Casualmente era una de las candidatas para reemplazar a Estela.

—¿Casualidad? Silas... —agrega Luca.

—No estoy mintiendo, pregúntale a Estela si no.

—Luca —llama Oliver—, ¿tú no te follabas a su hermana?

Luca lo atraviesa con los ojos, Oliver suele ser muy directo a veces.

—Era mi novia —gruñe.

—Y ahora vive en Miami —agrego casi sin importancia, pero yo conozco a Luca, esa información lo deja estupefacto.

—¿Emma vive en Miami? —pregunta.

—Eso dije. ¿Quieres que le pida a Lauren su número?

—No, ¿podemos empezar con esto?

—Con gusto —respondo, mientras me levanto y salgo.

Sabía que el tema Lauren iba a dar que hablar, pero por suerte duró poco, mis hermanos saben que no tienen que husmear mi vida privada.

Me asomo a la oficina de Conejita.

—¿Lista? —pregunto.

Ella se levanta inmediatamente de su escritorio, junta sus pertenencias y camina a mi lado como la asistente perfecta que es.

No sé por qué demonios me siento mucho más tranquilo ahora, ¿es el té o ella?

Mis hermanos pasean por la oficina, caminando directamente a la sala de reuniones. La mayoría de los empleados los saludan como si fueran celebridades de Hollywood. Las reuniones que tenemos son solo de un día, ninguno tiene el tiempo suficiente para pasar más tiempo fuera de sus respectivas sedes. Esta vez es en Nueva York, pero solemos rotar por todas las oficinas.

Es como algo que hacemos en un pacto silencioso, ir a todas las oficinas, comprobar que todo funcione bien y que el Walker que esté a cargo no haga ninguna idiotez.

Como fantasear con la secretaria.

O contratar a la única mujer que despertó en él los sentimientos más extraños.

Seis horas de reunión, seis horas de números, discusiones y el mejor servicio de comida de todo Manhattan.

A estas alturas ya estoy sentado cómodamente en la silla, las mangas de mi camisa están arremangadas y mi corbata un poco suelta.

Ya no hay nadie en la oficina, somos solos nosotros y Lauren. Mis hermanos están igual, agotados de repasar el trimestre, casi día por día, pero Lauren escucha y anota cosas en su portátil con la misma energía que tenía desde que comenzamos. Está constantemente acomodando sus gafas y no puedo dejar de observar esa secuencia con ojos muy curiosos, hay algo en sus manos y el movimiento sutil que hace.

¿Quién iba a decir que a los treinta y un años iba a encontrar atractivas las manos de Lauren?

Luca carraspea más de una vez para obtener mi atención y me observa exasperado cuando me ve mirándola.

Vuelvo a la reunión y escucho a Killian con atención, habla de nuevas ideas y cómo llevarlas a cabo. Luego hablo de Compas y los avances que tengo hechos hasta ahora, que no son muchos, pero de golpe siento la mano de Lauren en mi brazo.

—Está llamando tu padre —susurra con cara de miedo mientras me enseña el móvil.

Debería cogerlo y concentrarme en qué demonios quiere ahora, pero la cercanía e intimidad que siento con Lauren en este momento es reconfortante y mucho más placentera que la llamada que tengo esperando.

Cuando miro a mis hermanos, los tres me observan con inquisición, quieren que lo atienda.

—El gran Thomas Walker llama —digo mientras me siento derecho y tomo el móvil de la mano de Lauren. Nuestros dedos se rozan y siento su piel por primera vez en años, suave, tibia *y mía.*

Deslizo el dedo por la pantalla y comienzo la llamada.

—Déjame enviarte a la pantalla grande, papá —digo antes de decir hola.

Toco un par de cosas y el rostro de mi padre aparece en una pantalla de noventa pulgadas.

Si esto fuera una película, él sería el villano y nosotros sus súbditos. En la vida real..., bueno, en la vida real también.

En cuanto aparece el rostro, Lauren se achica en su silla y se mueve con incomodidad.

Somos dos, querida, somos dos.

—El legado Walker —dice mi padre, quien es prácticamente mi persona, pero con veinte años más. Sus ojos son celestes y su cabello ahora es blanco, pero solía ser igual que el mío.

Mi madre siempre decía que éramos iguales, yo puedo ver algunos rasgos, pero no me gusta pensar que soy parecido a alguien a quien no admiro, en absoluto.

Mis hermanos pequeños Killian y Oliver son el calco de mi madre, los dos de cabello oscuro, casi negro como un cuervo y ojos verdes tan claros que parecen acuarela. Mi hermano Luca es la combinación exacta de los dos. Lo único que tenemos en común los cuatro es la altura y contextura de mi padre, somos corpulentos, de hombros anchos y aproximadamente dos metros. Bueno, Luca es el más alto con dos metros y diez centímetros.

Sí, cuando dije que solemos competir por todo, no estaba mintiendo.

Mis hermanos lo saludan con balbuceos poco entusiasmados, porque todos sabemos aquí por qué nos llama. Mi padre no quiere que ninguno arruine la empresa por la cual trabajó con sudor y lágrimas.

¿Entendible? Sí. ¿Molesto? También.

Mi padre posa los ojos en Lauren por más de un segundo, hacer introducciones me parece sumamente necesario.

—Papá, ella es Lauren, mi nueva secretaria —digo por lo bajo. No quiero un solo comentario o juro por Dios...

—¡Lauren! Bienvenida a Property Group NYC —dice con tanto entusiasmo que todos los hermanos levantamos una ceja, casi ofendidos por su repentina alegría, nunca nos trata así a nosotros.

—Gracias señor Walker, es un gusto estar aquí —responde ella, siempre cordial, buena... *perfecta*. Se sonríe, acomoda su cabello rubio detrás de la oreja y sus gafas de gato otra vez.

Me cago en la puta mierda, esas gafas.

Tres segundos de silencio y comienzo a hablar para distraerlo, porque la mirada de mi padre la conozco bien, sé que la reconoce, pero todavía no sabe de dónde.

Una hora más de reunión, hasta que mi padre corta la llamada y finalmente tenemos un tiempo para nosotros.

—¿Y ahora qué? —pregunta Oliver con un aplauso mientras se levanta.

—Hice una reserva en Le Bernardin para las ocho —respondo.

Imito a mis hermanos, junto mis cosas y estoy listo para irme tras ellos, pero de golpe me encuentro esperando a que Lauren termine de prepararse.

¿Por qué demonios la estoy esperando si nunca lo hice con Estela?

Mientras caminamos hasta el ascensor, Lauren se desvía hacia su escritorio y saluda con una sonrisa entera.

—¡Buenas noches! —saluda, los cuatro la miramos en silencio y con las manos en los bolsillos.

—¿No vienes? —pregunta Luca.

Quiero mirarlo con una mirada asesina, pero estoy esperando por su respuesta con ansias. No sé si estoy listo para cerrar el día todavía y no verla.

Lauren se detiene en seco y voltea para enfrentarnos.

—Oh, no, ¡gracias! Tengo cosas que terminar aquí. —Vuelve a su camino y mis hermanos asienten y salen de la oficina.

—Os veo en el restaurante —digo mientras mis pies la siguen—. Quiero estar seguro de que vuelva en un taxi.

Mientras le doy la espalda a mis hermanos que están enmudecidos, camino con un propósito firme.

Hacia Lauren, la alquimista.

9

LAUREN

PASADO

La clase de literatura es la única que comparto con él, aunque la mayoría de las veces Silas se sienta en la última fila y no lo veo hasta que se va cuando suena la campana, eso no quita que no sienta fuego en mi nuca durante toda la clase.

Sé que me mira, la adrenalina de mi cuerpo me lo advierte todo el tiempo.

Desde que pasó... lo que pasó en su casa, Silas se volvió mucho más cruel de lo que solía ser y no solo conmigo, sino con los demás también. Esta semana lo expedientaron más de una vez. Encontré mi taquilla repleta de pegatinas de conejos, mi bicicleta con las ruedas pinchadas y un dibujo de una pared con un grafiti de unos labios y una lengua. Creo que lo único bueno fue que al menos no hay rumores de que *besarme es como besar a una pared* o no llegaron a mis oídos, como prometió.

Todavía pienso en ese beso, en cómo arruinó mi primera vez, en cómo retuvo mi rostro para que no me alejara de él y cómo su lengua exploró la mía sin tapujos.

Fue el mejor y el peor beso que pude tener como primera vez, fue el peor porque lo robó y fue el mejor porque ahora ya no tengo que imaginarme cómo sabe o cómo se siente cuando Silas Walker toma control de tu cuerpo, ahora lo sé. Y de solo recordarlo, tengo que apretar mis muslos para calmar el calor que siento allí abajo.

—Buenos día clase —dice la profesora Bell—. Estoy muy emocionada porque esta semana comienza nuestro nuevo proyecto. —Deja algunos cuadernos sobre su escritorio y coloca las manos en su cintura, mientras nos mira a todos—. Hoy comenzamos con nuestra jornada de escritura.

Todos murmuran por lo bajo palabras de desaliento; a nadie le gusta, excepto a mí, creo que soy la única que sonríe abiertamente.

El año pasado gané el concurso con una poesía sobre el planeta... Sí, suena aburrido, pero la utilicé para concienciar a todos, era algo así como una carta de la madre Tierra a los humanos, pidiendo un poco de cariño. Cuando gané el concurso me atreví a subirla a mis redes sociales y se convirtió en algo viral.

—Este año vamos a mover un poco las cosas, para hacerlas más interesantes. —Todos se mueven incómodos en sus asientos—. Quiero que practiquemos lo que estudiamos de estructura de diálogo, quiero creatividad, quiero que penséis más allá de lo que se espera de vosotros.

¿Diálogo? Oh, ¡sí! Se me ocurren muchas cosas, pero por supuesto no muestro mi emoción, no quiero darle más contenido a Silas para que se burle de mí.

—Esta vez será en parejas, las voy a seleccionar aleatoriamente, el grupo ganador va a tener el diálogo representado en el show de talentos, ¿no es emocionante? La profesora de teatro tuvo la idea y creo que es brillante.

¿En grupos? *Noooo, tierra trágame, yo no trabajo bien en grupos.*

La profesora Bell se sienta en su escritorio y saca la lista de estudiantes de su bolsa. Tal como si anunciaran la sentencia de muerte de los alumnos, va diciendo los nombres y el compañero que corresponde.

—Mary Colver con Matt Simons. —Todos murmuran, Mary le tira una bola de papel a Matt y se ríen entre ellos.

—Silas Walker... —dice y lo busca entre las cabezas de los estudiantes.

Yo miro fijamente al lápiz con el que juego nerviosamente.

—Con Lauren Green.

El estómago se me cae a los tobillos mientras todos comienzan a reírse.

No puede estar pasándome esto.

PRESENTE

Escucho a Silas caminar detrás de mí, pero pretendo enviar un mensaje a nadie. No sé por qué viene, mi trabajo está hecho.

—Oye —escucho, pero sigo caminando hasta mi escritorio y me siento ahí—. Trabajaste duro hoy, te mereces una cena —dice con un tono autoritario.

—Gracias, pero prefiero irme a casa. —Comienzo a recoger todo para salir pitando de aquí, estar bajo el escrutinio de los hermanos Walker *y su padre* fue agotador.

—Al menos pide un taxi, es tarde.

—Estoy bien Silas, he cogido el metro en horas más altas de la madrugada, créeme, no es tan trágico como crees. —Cuelgo mi bolso en el hombro y le hago señas para que se mueva de mi camino, pero el bastardo se queda allí, firme.

—¿Estás insinuando que nunca me subí al metro? —Levanta una ceja, esperando que responda.

—Estoy un noventa por ciento segura de que no.

—¿Y ese diez por ciento?

—¿Desconfianza femenina? Siempre tenemos un porcentaje de duda, viene en los genes gracias a la poca seguridad que nos inculcan.

Suelta una risita y descruza los brazos, mientras se mueve para dejarme pasar. Camino con confianza hasta el ascensor y él entra conmigo cuando llega.

No sé qué tiene Silas Walker que cada vez que estamos solos, parece que la marea sube entre los dos, todo se vuelve tenso, denso y sofocante.

Cuando llegamos a la planta baja, sale del ascensor conmigo, lo cual es raro, porque su coche está en el sótano. Me detengo y él no lo nota hasta que está en la entrada del edificio.

—¿A dónde vas? —pregunto.

—Voy a acompañarte hasta tu casa.

—No.

—No seas terca, Conejita. —Toma mi brazo y me obliga a atravesar la puerta—. Vamos.

Suspiro, porque sé que no hay nada que detenga a Silas Walker, el maldito es capaz de seguirme con tal de cumplir con lo que se le metió en la cabeza.

Cuando llegamos a la boca del metro, noto que sigue sosteniendo mi brazo como si fuera a escapar. Lentamente me muevo para que lo note y me suelta inmediatamente. Los dos nos sentimos incómodos gracias a ello.

Dentro del metro, Silas parece estar más perdido que un pulpo en un garaje. Su traje de diseñador destaca entre todos los que viajamos a Harlem, las suelas de sus zapatos están demasiado nuevas para la suciedad de Nueva York y su expresión de asco ante todas las superficies que tiene que tocar, lo delata.

Casi me hace reír.

—Sabes que todos pueden ver que esta es tu primera vez, ¿no? —susurro mientras me sostengo de las manijas que cuelgan del techo. Cuando digo eso, su expresión se suaviza e imita todo lo que hago.

Siempre me resulta difícil mantener el equilibrio cuando el metro se mueve, más de una vez me caí sobre alguien, en cambio, Silas parece completamente anclado en el lugar, no hay curva que lo saque de eje.

Se inclina un poco para hablarme al oído.

—¿Y desde cuándo me importa lo que piensen los demás, Lauren? —Su voz diciendo mi nombre con ese tono profundo y lento, hace que un frío terrible baje hasta mi estómago.

—Cierto, pero igual, me alegro de presenciar tu primer viaje en el metro de Nueva York.

—Hubiera preferido que presenciaras otras cosas en mi primera vez, pero supongo que esto es lo que me toca.

Mis mejillas se encienden y gracias a Dios, un hombre saca su trompeta y comienza a tocar jazz, los dos nos concentramos en él.

Mi cerebro comienza a navegar y me encuentro planteándome que Silas *sí* fue mi primero en algo, fue mi primer beso y mi segundo, pero eso no es algo que él deba saber.

—¿Qué? —dice acercando su oído a mi boca. Retrocedo un poco ante la cercanía.

—No dije nada. —Me alejo, pero él acerca su boca a mi oído.

—Dijiste algo de que yo *sí* fui tu primero —musita.

—No dije semejante cosa, ¡Silas! —Lo empujo del hombro y él comienza a reír.

Sus dientes son blancos relucientes y se le hacen pequeños hoyuelos en las comisuras de sus labios cuando su sonrisa le llega a los dientes. Mi mano se mueve sola hacia esos hoyuelos, quiero sentirlos bajo mi pulgar, pero a centímetros de su cara pretendo cambiar de mano para sujetarme a la manija del techo.

¿Qué haces, Lauren?

Silas muerde sus labios para no reír, los dos sabemos lo que estaba a punto de hacer, pero nadie hace un comentario al respecto.

Cuando salimos al exterior, guarda las manos en sus bolsillos y camina en silencio junto a mí. Por suerte son solo un par de calles de silencio embarazoso.

—Llegamos. —Señalo el edificio venido a menos.

La fachada no es bonita, lleva un ladrillo sucio y lleno de grafitis, pero estoy segura que eso no es algo que se le haya escapado la primera vez que vino hace varias semanas ya.

Él mira con horror hacia arriba y luego vuelve a mirarme.

—Lauren... —Su boca está abierta pero no dice nada.

—Déjalo ya, Silas, esto es lo que puedo pagar si es que quiero vivir en esta isla.

—Este lugar no puede ser seguro, la última vez que vine, un hombre me dejó pasar sin siquiera preguntar si vivía aquí.

—Así es el mundo real, no todos tenemos conserjes y "abridores de puertas", el resto de los mortales tenemos que lidiar con esto.

—Se llaman porteros —ríe por lo bajo pero su sonrisa se desvanece y vuelve a estar serio—. Te pago el doble de lo que gana cualquier asistente en Manhattan, múdate a otro lado.

—Tengo que ahorrar ese dinero. —Saco las llaves de la bolsa, pero Silas empuja la puerta con fuerza y se abre sola.

—¿Ves a lo que me refiero? No quiero que vivas aquí.

¿Desde cuándo le importa lo que me ocurra?

Reviro mis ojos, exasperada, y él chista por lo bajo, discutimos como una pareja en medio de la calle.

—Nos vemos mañana. —Doy un paso adelante y él camina detrás de mí. Volteo y le advierto con los ojos que no dé un paso más.

—Déjame ver que entras a esa casa para hamsters.

A medida que subimos las escaleras, se escuchan los gritos de los niños, perros ladrando, televisiones a volúmenes desorbitantes y gritos de adultos discutiendo. ¿Por qué hoy, de todos los días posibles de la semana, se pusieron de acuerdo para hacer sonar este edificio así?

Cuando llegamos a mi puerta, Silas apoya su mano en el marco y, por un segundo camino por el sendero de la memoria y recuerdo el día que me besó contra la biblioteca. Mis cachetes vuelven a explotar de vergüenza.

Necesito controlar esto si quiero seguir trabajando con él.

—Gracias —digo mirando el suelo, pero de reojo puedo verlo sonreír.

Se agacha un poco para estar a mi altura y sostiene mi quijada para que lo mire a los ojos.

—Un día voy a sacarte de aquí, te guste o no. —No encuentro rastros de chiste o una sonrisa reprimida, Silas está serio.

—No necesito un rescate —respondo desafiante.

—Lo sé —sonríe—, el rescate es para mí.

10

SILAS

PASADO

Los dioses del destino jugaban conmigo. La profesora Bell tuvo la absurda idea de hacer parejas para el proyecto de literatura y ahora estoy atrapado en un proyecto con Conejita.

Todos reían como si fuera la maldita sátira del año; Lauren miraba fijamente un lápiz en su mano y yo no esbozaba ninguna expresión y por una simple razón, no sabía qué sentir y lo que sea que se le cruzara a mi corazón dictar hoy, no iba a mostrarlo frente al resto. Pero ahora que habían pasado casi veinticuatro horas, creo que ya tengo una idea más formada.

Esto va a ser muy divertido para mí, no puedo decir lo mismo para Conejita.

Pero para hacer esto, necesito un canal de comunicación, por eso envié un teléfono móvil a la casa de Lauren Green, ella no tiene uno todavía, no como todos los "chicos populares" del colegio. Es solo cuestión de esperar a que lo encienda y que lea el mensaje que acabo de enviarle.

«*Silas W: Si quieres hacer el proyecto conmigo, usa esto.*»

Al día siguiente, observo a Conejita como un depredador a su presa, como un zorro a un conejo. Ella pulula por el colegio, pretendiendo estar contenta, sonriéndole a su hermana cuando sé que no la está escuchando, esa niña habla sin parar, y tomando apuntes cuando los profesores lo piden, todo el show que hace siempre para disimular.

Al final del día mi exasperación por no recibir una respuesta es tan grande que la intercepto en los vestuarios, cuando no hay nadie.

Un pequeño grito sale de su garganta, por eso cubro su boca con mi mano.

—¿Por qué no respondes? —gruño. Cuando sus ojos me reconocen y descartan el peligro despego mi mano de sus pomposos labios.

Ella junta sus cejas en el medio de su frente y luego abre la boca, haciendo forma de o.

—¿Tú enviaste ese móvil?

Reviro mis ojos tan exageradamente que casi se me salen de las órbitas, ya perdí la paciencia.

—Sí, Conejita, ¿quién más haría algo así contigo? —La insulto y le doy un cumplido al mismo tiempo, pero conociéndola, solo está escuchando el insulto.

Ninguna chica en este colegio obtiene mi atención como ella, mucho menos soy capaz de enviar un móvil nuevo a alguien.

—No quiero un móvil Silas, déjame hacer el proyecto sola, te regalo la nota.

Suelto aire por la boca, crispado.

—Ni lo sueñes, ningún proyecto mío hablará de la madre Tierra, gracias. Esto lo vamos a hacer juntos, por eso te compré un móvil, úsalo, maldita sea.

—¿Quieres hacer un proyecto mediante mensaje de texto? Es absurdo y costoso.

—Es exactamente lo que necesitamos para no... —*para no terminar revolcándonos en mi cama*, pero me detengo antes de decir una estupidez—. No me discutas, te enviaré un mensaje esta noche, RESPONDE. —Apunto con mi dedo índice a su rostro.

Tengo que salir de aquí antes de perder el control de nuevo y, sin decir más, la dejo en el vestuario de chicas y corro hacia mi coche, como si la muerte me siguiera por el aparcamiento.

PRESENTE

Durante la cena con mis hermanos estoy distraído.

Maldita sea Lauren y ese té de tilo.

Es que todavía no puedo sacarme la imagen de Lauren trayéndome el té. ¿Cómo algo tan insignificante, rutinario *y muy de clase media*, pudo dejarme tan conmovido? En mi casa siempre se destiló el concepto de «arréglatelas tú solo», rara vez mis padres me ayudaron con los deberes o me explicaron dos veces algo.

Quizá por eso siempre anhelé la atención de Lauren en el colegio y ahora que la tengo, se siente extraño.

"No ayudándote estoy ayudándote a que lo logres solo y así nunca vas a necesitar de nadie" dijo mi padre un millón de veces. No me había dado cuenta cuánto me había afectado eso hasta que hoy alguien se ocupó de mí. Y sé que no lo hizo porque sea literalmente su trabajo, sino porque se preocupa por mí, siempre lo hizo.

—¿Por qué tienes a Lauren Green en tu oficina? —pregunta Luca mientras toma su segunda copa de vino—. Y no puedes espantarnos como hiciste esta tarde, necesitamos saber con qué nos vamos a encontrar de ahora en adelante.

Estamos en medio del salón de este nuevo restaurante francés que Oliver quería probar, estamos sentados en una mesa redonda donde entramos los cuatro, pero podrían entrar ocho si quisiéramos, la ambientación es casi romántica, con luces bajas, música Lo-Fi y murmullo general de las parejas a nuestro alrededor.

No sé por qué demonios quería venir aquí.

Resoplo y respondo:

—No recuerdo cuándo fue la última vez que me dijiste quién era tu asistente, si mal no recuerdo tienes una por trimestre o una por cada vez que tienes que explicarles que 'solo estáis follando'. —Esta vez no sonrío, esta vez estoy serio.

Killian y Oliver se ríen, pero Luca imita mi seriedad.

—¿Ya te la follaste?

Miro lejos de él y me concentro en los comensales de las otras mesas. Sí, lo sé, una actitud muy infantil, pero créeme cuando digo que mis sentimientos por Lauren son puramente adultos.

—Asumo que es un no, lo cual lo hace mucho peor.

—¿Por qué? —Obtiene mi atención otra vez.

Luca se inclina hacia adelante y hace énfasis en lo siguiente que va a decir:

—Porque no es una mujer cualquiera, es Lauren Green, la chica que te tuvo agarrado de las pelotas durante todo el colegio y como no pudiste soportarlo, la trataste como basura para que nadie notara lo dolido que estabas por no tenerla.

Chisto por lo bajo y esbozo una sonrisa.

—Deja de ver cosas donde no las hay, Luca.

Resopla y sonríe como lo hace mi madre.

—Ni los ciegos se perderían algo así, hermano.

11

SILAS
PASADO

«**S**ilas: Quiero hacer el trabajo ahora.»

«**Lauren:** DóndeEstáLaBarraEspaciadora.»

«**Silas:** La era de las cavernas llamó, quiere que vuelvas a su época. Está en el medio, debajo de todo.»

«**Lauren:** Ya la encontré.»

«Silas: Quiero terminar con esto, empecemos.»

«Lauren: ¿Tienes algo en mente?

DEJO el móvil apoyado en mis piernas y miro hacia la pared, absolutamente perdido. Estaba tan concentrado en poder contactar con ella fuera del colegio que olvidé el trabajo.

Observo mi escueta biblioteca, buscando algo de inspiración, parece una estrategia inservible hasta que sitúo los ojos sobre un viejo libro de literatura griega que mi abuela me regaló en las Navidades pasadas.

Nunca pensé que me iba a servir, hasta ahora.

«Silas: Un diálogo entre Hades y Perséfone.»

Conejita tarda unos buenos cinco minutos en responder, para cuando me llega el mensaje, yo ya estoy caminando por la habitación con una ansiedad para todo un estadio de fútbol.

«Lauren: Me gusta, Perséfone es la diosa de la primavera.»

«Silas: No empieces con la madre Tierra, Conejita, tiene que ser algo divertido, no de cómo se termina el mundo.»

«Lauren: Hades y Perséfone no son los dioses más divertidos del Olimpo tampoco y el mundo sí se está acabando, negarlo es innecesario.»

«Silas: Sí lo son y déjame vivir mi vida en paz.»

¿No lo son? Agarro el libro y comienzo a repasar la historia.

Demonios, es una historia de amor.

«Silas: Los haremos graciosos nosotros.»

«Lauren: Ninguno de los dos tiene el don de la risa, Silas, va a ser un fiasco.»

¿Acaba de decirme en la cara que no soy gracioso?

«Silas: Yo soy gracioso, que no lo sea contigo es otra cosa.»

«Lauren: Nunca te he visto hacer reír a nadie.»

¿Pero qué...?

Respiro aire por la nariz.

Exhalo por la boca.

Tengo que dejar de hablarle antes de que lance el móvil y lo estrelle contra la pared.

«Silas: Piensa algunas ideas para mañana a esta hora.»

Lauren no vuelve a responderme y lo agradezco, porque ya no estaba listo para seguir. PERO durante la cena no paro de mirar el móvil de reojo, aunque está prohibido y me pregunto por qué demonios terminé nuestra conversación.

Saber que tengo a Lauren ilimitada es mucho más difícil de lo que creí.

En cuanto termino de cenar vuelvo a escribirle.

«Silas: Quiero escuchar esas ideas.»

«Lauren: Dijiste mañana.»

«Silas: Hice planes para mañana, no voy a poder.»
Mentira.

«Lauren: Estoy investigando el mito, aparentemente Hades robó a Perséfone para hacerla su esposa. No creo que sea algo muy apropiado para el siglo XXI.»

Abro el libro y comienzo a leer. Una hora después me considero un experto.

«Silas: Hades hizo bien y después Perséfone termino amándolo de todas maneras, así que no veo nada malo en eso.»

«Lauren: ¿De verdad me estás diciendo eso? Quizá la llamada de la era de las cavernas era para ti.»

Río, soltando un poco de aire por mi nariz.

«Silas: Quizá los dos pertenecemos al mismo lugar.»

12

SILAS
PRESENTE

Esta mañana me adelanto y voy por el café. Cuando Conejita llega, lo encuentra en su escritorio obsesivamente organizado, junto con una nota.

ESTO NO ES ASQUEROSO
COMO EL TILO.
DE NADA.
—S.W

¿Qué? Es lo más cercano a un 'gracias' que pude escribir, aparte, es 100% real.

Mis hermanos ya están cada uno en sus respectivas ciudades, lo cual hace mi vida un poco más fácil. A ver, los quiero, pero no los quiero aquí husmeando a Lauren Green. *Yo* no tenía respuestas para mí, menos las iba a tener para ellos. Aparte hoy es un gran día, tengo la reunión inicial de los inversionistas, hoy todo tiene que ser perfecto.

Por eso me vine a la oficina tan temprano, la reunión con el señor Lee es a mediodía, voy a llevarlo a almorzar y voy a hacerle tanto la pelota, que no va a tener otra opción más que amarme y darme su dinero.

Fácil.

Para el mediodía mi móvil vibra y encuentro que Lauren envió un mensaje:

«Conejita: Tu cita de las 12 fue cancelada.»

¿Qué demonios?

—¡Lauren! —grito mirando hacia la puerta.

Ella asoma su rostro perfecto, pero no entra, sabe que viene una tormenta.

—Estaba esperando esa reunión, ¿dijo por qué la canceló?

—Su secretaria dijo que tenía un compromiso que no podía aplazar, ¿quieres que lo llame de todas maneras? —Da un paso dentro de la oficina, pero no pasa del umbral de la puerta.

—No, lo llamo yo. —Da unos pasos hacia atrás—. Quieta ahí, no terminé contigo.

Se detiene.

Dios, si así empieza mi proyecto, está destinado al fracaso.

Me levanto de mi silla porque la ansiedad está controlando mis músculos, busco en mi móvil el contacto mientras camino como un toro enfadado.

De golpe siento una presión muy fuerte en el centro de mi pecho, como si un yunque marca ACME acabara de caer sobre mí, lo cual me obliga a sentarme inmediatamente en el sillón del salón.

Todavía estoy intentando descubrir qué demonios me pasa cuando Lauren ya está a mi lado.

—¿Silas? ¿Qué ocurre?

—No lo sé... —digo casi sin aire, mientras masajeo mi pecho.

Mi brazo izquierdo comienza a hormiguear.

Un calor sube, sube y sube...

—¿Te duele el pecho? —Su voz tiene un dejo de emergencia, pero al mismo tiempo hace preguntas con precisión, como si fuese un médico diagnosticando a un paciente.

—Sí... ¿Qué mierda es esto?

Lauren me sienta lo más erguido que puede, para que apoye la espalda en el respaldo, coloca su mano en mi frente y toma mi pulso con la otra.

—¿Sientes náuseas?

—Sí..., ¿cómo sabes que...?

No puedo terminar la frase, porque me falta el maldito aire.

En la desesperación de tener un poco de oxígeno, abro la boca, pero nada entra.

Arranca el móvil de mi mano y se lo lleva al oído. Comienza a hablar rápido, da la dirección de la compañía y algunos datos más.

—¿Qué haces? No llames al 911, estoy bien. —Quito su mano de mi frente e intento levantarme, pero las piernas casi no me responden, siento que corrí el 5K del Central Park hace dos horas.

—Quieto Silas. —Me deja ahí y sale corriendo.

El sudor corre por mi frente y mi espalda, mi garganta se tensa con ganas de vomitar, mi visión comienza a borronearse y siento que la superficie debajo mía no puede sostenerme.

—Abre la boca —la escucho decir.

No me había dado cuenta que tenía los ojos cerrados, Lauren introduce una pastilla.

—Mastícala y trágala.

Acato su orden solo porque no sé qué demonios es lo que me pasa, podría estar metiéndome una pastilla de cianuro aprovechando que me siento horrible.

—¿Qué...? —¿Qué es esto? Quiero preguntarle, pero no tengo suficiente aire.

—Una aspirina —responde como si escuchara mis pensamientos, sinceramente espero que no—. Los médicos están en camino, intenta quedarte consciente, ¿sí? Quédate conmigo.

Quiero decirle que sí, quiero asentir, pero nada responde en mí, al menos siento su mano entrelazada con la mía y caricias en mi brazo izquierdo que casi no siento.

Quiero sentirla.

—Ya escucho la ambulancia, no te preocupes que todo va a estar bien.

De golpe tengo miedo.

—N-no te vayas... —susurro.

—No me iré a ningún lado, estoy contigo, siempre. —Escucho ruidos por la puerta, pasos y personas hablando a gritos.

—Estoy segura que es un infarto, le acabo de dar una aspirina.

¿Infarto?

¿Pero qué...?

Entro en conciencia lentamente. Por los costados de mis ojos descubro la habitación donde estoy, hay murmullos delante de mí, los sonidos son mecánicos y el olor es químico.

Hospital.

Sobreviví.

—Soy el doctor Mike, un placer...

—Lauren, Lauren Green, soy la asistente del señor Walker.

Espío solo un poco y la veo estrechando la mano con un hombre que tiene más pinta de modelo que de doctor, pero bueno, quién soy yo para juzgar.

La voz de Lauren suena nerviosa, conozco su timbre y este no es el normal.

—¿Green? Conocí a alguien con ese apellido... —dice el doctor usando su tono seductor.

Es literalmente el apellido más común de los Estados Unidos, Mike.

—Ah, ¿sí?

—Sí, pero no se asemejaba ni un poco a ti, tú eres mucho más bonita.

Gruño por lo bajo, no porque esté intentando cortejar a mi asistente mientras estoy semimuerto en esta cama, sino porque su técnica apesta.

¿Qué es esto? ¿Los años cincuenta?

—Voy a vomitar.

Los dos voltean, pero Lauren prácticamente corre a mi lado en menos de un segundo.

Sí, internamente estoy sonriendo.

—¡Silas! —Toma mi mano y la cubre con las dos suyas, se sienten tibias en comparación con las mías. Su voz suena demasiado fuerte y parece que viaja directo a mi cerebro.

—Ah... no grites —me quejo.

—Perdón —susurra—. ¿Cómo te sientes?

—Bien, quiero saber mi diagnóstico cuanto antes, así puedo salir de aquí. —Miro directo al doctor, quien observa nuestras manos o mejor dicho las manos de Lauren sobre las mías y casi que sonrío.

—Señor Walker, bienvenido.

—¿Qué coño me ha pasado?

—Un preinfarto, gracias a su asistente, si no le hubiera dado la aspirina las cosas serían mucho más complicadas en este momento.

Miro a Lauren quien lo escucha con atención y luego baja la mirada. Quiero agradecerle, quiero decirle que aprecio que esté en mi vida, pero mis labios se mantienen sellados.

Porque soy un desgraciado.

—Genial, ¿puedo irme?

—Sí —responde, incómodo ante mi mal humor espontáneo—. Como su cardiólogo me gustaría continuar un seguimiento de su corazón, hacer algunos estudios y demás.

Quito la sábana como si fuera un mago intentando quitar un mantel rápidamente de la mesa y me siento en la cama. Todo da vueltas y siento que mi cuerpo pesa más que un elefante mojado, tendría que hacer alguna referencia relacionada a los magos también, pero mi cerebro no funciona tan bien como querría en estos momentos.

—No es necesario, tengo mi cardiólogo —miento, mientras sujeto la mano de Lauren con fuerza cuando creo que intenta soltarme.

No voy a seguir la consulta con él, no soy ingenuo, él sabe perfectamente que para concretar una cita debe llamar a mi asistente y existe el riesgo de que en un año estén saliendo y probablemente le pida matrimonio cuando se dé cuenta que no existen mujeres como ella ahora y...

—Silas —llama ella con un susurro y me quita de mi remolino de mierda—, creo que deberías escucharlo.

Bufo pesadamente y miro al *Doctor Mike*. ¿Quién usa ese nombre? Qué poco profesional.

—Te escucho...

El *Doctor Mike* me da un pequeño resumen y me da consejos que no le pedí, ya sé cuál es mi problema y no tiene solución, *por ahora.*

Cuando termina de hablar, miro a Lauren y sonrío mostrando que cumplí con mi parte.

—¿Ahora sí? —Lauren asiente derrotada, sabe que no puede conmigo—. Vamos.

En la puerta del hospital miro a Lauren de reojo mientras esperamos al taxi. Quiero pedirle que venga conmigo a mi piso, no quiero estar solo hoy, pero no encuentro las palabras para decirlo en voz alta.

Cuando llega el taxista, le da mi dirección y se mantiene en silencio todo el viaje.

Interesante, quizá no deba pedirle nada, quizá decidió finalmente que va a pasar la noche en mi piso.

Eso significa que va a poder ver el amanecer como deseaba.

Cuando el taxi se detiene, le paga rápidamente y vuelve a ayudarme como si fuera un minusválido, si no fuera que disfruto de su atención como lo hago, estaría gritándole.

El portero me espera con el ascensor listo para mí, observa nuestra interacción con curiosidad, hasta que me escucha murmurar por lo bajo que vaya a hacer su trabajo.

Una vez dentro de mi territorio, Lauren de golpe se transforma en mi jefa.

—Ve a darte una ducha rápida, voy a ver qué tienes para cenar.

Por un segundo me detengo a observarla, sus palabras retumban en mi piso gigantesco, todo esto se siente muy hogareño.

Casi que me gusta. Bueno sí, me gusta... UN MONTÓN.

Sin agregar nada a esta nueva y extraña dinámica, me doy media vuelta y me encierro en el baño.

Cuando salgo, encuentro un aroma que me arrastra hasta la cocina como les pasaba a los dibujitos animados de los sábados por la mañana.

Lauren revuelve algo en una olla con una cuchara de madera que está nueva porque yo no cocino si puedo evitarlo. Cuando levanta la mirada, pasa de tener concentración a sonreír con cariño.

Wow.

Nunca me miró así, nunca vi esa expresión en su rostro cuando sus ojos se posaban en mí.

—¿Cómo te sientes? —Toma un paño, limpia sus manos y camina hacia mí.

—Mejor —digo casi en un susurro mientras disfruto de esta mirada nueva.

El piso está con luz de ambiente, que es casi un filtro anaranjado que cubre todas las superficies. La ciudad de Nueva York se ve resplandeciente por los ventanales y Lauren sonríe.

Este día no apesta después de todo.

Cuando compré este lugar, trabajé con Marina, la decoradora de interiores, en cada detalle, tenía una idea en mente e iba a hacer lo posible para llevarla a cabo.

Cuando era pequeño, aprendí sobre una corriente filosófica asiática, llamada Wabi-Sabi, donde el foco más importante es buscar la perfección en lo imperfecto, temporal e incompleto. Estaba obsesionado, leí sin parar sobre ello, me resultaba mágico encontrar una corriente filosófica que hablara de Lauren.

Nadie notaba que ella era diferente excepto yo. Sabía que era imperfecta y cada grieta de esa imperfección me llamaba a gritos, quería conocerlas a todas, todas las hendiduras que la hacían... *ella.*

La alquimista era irreproducible, perfecta en su imperfección, mía, aunque no lo sepa.

Ese fanatismo por la imperfección luego se trasladó a los objetos. Madera con marcas de uso en la casa de un herrero, jarrones asimétricos con rajaduras, cemento manchado.

Todo eso decora mi apartamento hoy.

Los colores son neutros, paredes blancas, minimalista, nórdico y japonés. Ella lo llamó Japandi, la combinación justa entre todas esas cosas. Creo que Marina hizo un maldito buen trabajo, porque cada vez que entro a mi hogar, siento paz, admiración por los objetos únicos que tengo y armonía.

Lauren coloca su mano sobre mi frente, asumo que es para

tomarme la temperatura y me observa como si fuese un espécimen a estudiar.

Está a centímetros mío y sin pensarlo, tomo las puntas de sus dedos y juego con ellos entre los míos.

Como si fuese natural hacerlo.

Como si tocarla no me volviese un animal salvaje.

—Gracias —digo, mirando cómo toco su piel o, mejor dicho, cómo deja que toque su piel.

Ella baja la mirada y observa lo mismo que yo.

—De nada —dice casi sin voz, y si siente lo que siento yo ahora, comprende el por qué esto se siente abrumador, poderoso, *correcto*.

Entrelazo los dedos y sujeto su mano, ahora la miro a los ojos y cuando se topa con mi mirada, me suelta y da dos pasos hacia atrás, como si fuese demasiado duro mirarme.

—Espero que te guste el estofado —balbucea mientras vuelve a la cacerola y mueve cosas de acá para allá, pretendiendo no ahogarse como yo. Me siento en los taburetes de la isla y asiento silenciosamente—. Me imagino que quieres estar en tu cama, ¿no? —pregunta.

Sí, contigo.

—Me siento un poco cansado, pero tengo más hambre que sueño.

—Bueno, esto va a estar listo en cualquier momento. —Golpea la cuchara en el borde de la cacerola y luego la apoya sobre una servilleta de papel para no ensuciar, tan típico de Lauren.

—Tengo preguntas —digo cruzando los brazos por encima del mármol de la isla.

—Dispara.

—¿Cómo supiste que tenía un infarto?

—Preinfarto —corrige ella—, reconocí los síntomas.

—¿Eres experta? —digo con media sonrisa.

—Casi —deja de moverse y se concentra en mí—, mi madre sufre de una enfermedad que daña su corazón, reconozco un infarto cuando ocurre.

¿Su madre está enferma? Nunca lo mencionó.

Claro que no lo mencionó, idiota, si casi no le haces preguntas personales.

—Por esa razón tienes aspirinas en tu bolso.

Asiente.

—Sé que está a miles de kilómetros de aquí, pero es un hábito que no puedo eliminar.

—¿Qué enfermedad tiene? —pregunto honestamente interesado.

Apoya su torso sobre la isla justo frente a mí, casi está tirada sobre el mármol, se la ve cómoda y relajada.

—Tiene una anomalía en su corazón, hace que trabaje doblemente rápido.

—¿Tiene cura?

—No, pero toma una medicación que la ayuda. —Mira hacia abajo y comienza a jugar con su uña del dedo índice.

—¿Qué pasa? —pregunto ante su cambio de actitud.

—Es una medicación carísima —exhala—, la jubilación de mis padres no alcanza, por eso colaboramos mi hermana y yo.

—Y por esa razón vives en Harlem —digo sacando mi propia conclusión. Por supuesto que Lauren destina todo su sueldo a la salud de su madre, no hay nada que grite *Lauren* más que eso.

¿Cómo no me di cuenta antes?

—*Sipi* —dice, mientras limpia migas inexistentes sobre la encimera.

Los precios en este país están tan sobrevaluados, que esta es la realidad de muchas familias, lamentablemente a veces tienen que elegir entre comida o medicación.

Vuelve a la cacerola y comienza a servir en mis platos azules traídos de Grecia.

Un dato que a ella no le interesa seguramente.

Coloca un plato frente a mí y ella se sienta a mi lado.

—¡Bon apetit! —dice con una sonrisa.

—Creo que la última vez que comí un estofado fue en la casa de campo de mi abuelo cuando tenía diez años.

—¿Esto no entra en los estándares de Silas Walker? —dice con una mueca que la hace adorable.

Todo lo que es hecho por ti entra en mis estándares, quiero decir.

—Esto me alcanza por ahora. —Guiño un ojo y ella se sonroja con una sonrisa.

Quiero hacerlo de vuelta, quiero hacerla sonreír, porque resulta que hacerla sonreír es mucho más atractivo que hacerla enfadar.

Comemos el primer bocado al mismo tiempo y Lauren reacciona al sabor tal como quiero hacerlo yo, pero me lo reservo para mis adentros.

—¿Siempre cocinas? —pregunto mientras meto mi segundo tenedor colmado.

—Sí, bueno, menos los viernes, los viernes me los reservo para comida chatarra.

—Yo también —digo mientras muevo comida de un lado a otro—, pero es mi secreto mejor guardado, así que lamentablemente tienes que morir —revelo seriamente.

Lauren me mira seria y luego explota en una carcajada, tan fuerte que se me contagia y termino riéndome junto con ella.

—¿Qué es comida chatarra para Silas Walker? ¿Sushi? —se mofa.

—¿Qué? ¿No te referías a eso?

La realidad es que los viernes si no salgo a comer, suelo pasar por el McDonald's más cercano y comer esas hamburguesas que nunca se descomponen, es tan ordinario que siento que no vale la pena comentarlo.

Cuando terminamos de comer, quita el plato y se lo lleva al fregadero, lava sus manos y me señala.

—¿No tienes un mayordomo de esos que se ven en las películas? Vestidos de traje y con guantes blancos, este lugar lo amerita.

Me río.

—No, no me gusta tener gente en mi casa, pero sí viene alguien una vez por semana a limpiar, creo que la vi una sola vez.

—Debe ser difícil cruzarse con alguien en este apartamento —se burla.

—Lo bueno de vivir solo es que no tengo que preocuparme por ello... Ah, por cierto, hay una campana en uno de los cajones, cuélgatela del cuello, en caso de que te pierdas por los pasillos de este lugar.

Lauren me observa seria, hasta que comienza a reírse sin parar.

Compartir una risa con Lauren es la mejor medicina, mi pecho parece calmarse, mi corazón se llena de algo nuevo, que no es estrés, ni soledad.

—A la cama —ordena.

Suelto aire por la nariz, riéndome de su orden.

—¿Vienes conmigo?

—No —responde firmemente—, pero si me das unas mantas y una almohada, estoy lista para dormir.

—¿De verdad vas a quedarte?

—Sí, ¿no escuchaste a Mike? Él dijo que tenías que estar acompañado esta noche, a menos que tengas a alguien en mente.

¿Mike? ¿Ahora es Mike? Celos burbujean en mi sangre de golpe.

—Bueno, elige el cuarto de invitados que más te guste —señalo hacia la derecha donde hay como cinco puertas—, están todas listas.

Lauren mira hacia las puertas y luego hacia la puerta de mi habitación, debe haber al menos veinte metros entre una y otra, la sala está en el medio, junto con la cocina.

—No, está demasiado lejos, si te ocurre algo no voy a poder escucharte, necesito estar más cerca.

—Insisto, no hay nada más cerca que mi cama.

—No voy a dormir contigo, Silas —su tono es como si fuese una obviedad—, menos aún con tu estado.

—¿O sea que hay una posibilidad?

Ignora completamente mi comentario.

—Voy a dormir en este sillón —dice acercándose a mi sillón de diseñador de aproximadamente veinte mil dólares.

—Ni lo sueñes, ese sillón cuesta más que un año de alquiler en tu caja de zapatos —El sillón fue caro porque lo traje de Japón, pero no le doy tanto detalle—. En todo caso duermes en el sillón de mi cuarto, ven.

—No voy a caer en esa. —Cruza los brazos y deja caer el peso sobre una pierna.

Camino hacia ella, tomo su brazo a la fuerza y la arrastro hasta mi cuarto. Me cansé de dar vueltas, quizá follar está fuera del menú hoy, pero sé que eventualmente va a ocurrir, no tiene sentido negarlo.

Mi habitación, como el resto del apartamento es absolutamente vidriada y puedes ver la ciudad que nunca duerme desde aquí. Mi cama de matrimonio es extragrande, obviamente, el respaldo de madera clara y un sillón blanco de costado que es perfecto para descansar, de hecho, más de una vez no llegué a la cama y dormí en ese sillón.

Lauren observa todo con detalle, como la lámpara dorada en el techo, la mesa de luz contemporánea de madera clara, la alfombra gris y el cuadro frente a la cama que es absolutamente negro, con una esfera dorada en el medio, fue una inversión de un artista sumamente conocido de Nueva York.

—¿Ves? Sillón, a una distancia de la cama tan prudente que hasta una monja lo aprobaría.

Me mira sospechando de mis intenciones.

—¿Alguna vez hice algo sin tu consentimiento?

—Sí.

—Bueno, aparte de esa vez.

—Sí.

—¡Aparte de esa otra vez!

—No.

—Listo entonces, no se hable más del tema.

Camino hasta mi vestidor y traigo mantas y una almohada, dejo todo en el sillón y me doy media vuelta.

Cuando me meto en la cama, la veo colocar todo con mucho cuidado, pero entonces noto su ropa, su falda de tubo, su camisa y tacones.

—Oh, mierda —digo por lo bajo, porque sé lo que está a punto de ocurrir.

Lauren esta vez me escucha y se enfoca en mí.

—¿Qué sucede?

—Necesitas ropa para dormir. —Vuelvo a quitar las sábanas sobre mí, esta vez con menos show y voy a por una camiseta para ella.

Cojo lo que necesito y la creativa de mi cabeza imagina a Lauren con mi ropa, recién despertada y con los pelos alborotados, entonces el traicionero de mi pene, se despierta como si tuviera que izar la bandera.

—No, no, no... —gruño mientras me cubro todo lo que puedo.

—Si no tienes nada, no te preocupes, estoy acostumbrada a dormir con lo que tengo puesto —grita desde el cuarto.

¿Qué mierda significa eso?

—Calma tu ansiedad, Lauren —grito sobre mi hombro, cuando en realidad el que está nervioso soy yo.

El dolor en el pecho comienza a aparecer, mi mano viaja directa a donde está mi corazón y aprieto como si eso ayudara.

Comienzo a respirar profundamente y trato de pensar en algo más.

Las manos de Lauren aparecen en mis brazos.

—No, no vengas —logro decir.

—Silas, mírame.

La tengo delante mío, sus manos acarician desde mis hombros hasta mis muñecas.

—Estoy aquí.

Justamente.

—Necesito que me mires y que te relajes conmigo. —Sus caricias siguen y se sienten increíbles. Luego pone sus manos en mi rostro y con sus pulgares acaricia mis mejillas.

Conecto la mirada con ella y me pierdo allí. Su boca está entreabierta, sus ojos calmos y sonrientes.

—¿Puedes caminar?

Asiento idiotizado por su belleza. ¿No se da cuenta lo hermosa que es, La Alquimista?

—Vamos. —Entrelaza su brazo con el mío y me lleva hasta la cama.

Lauren ayuda a mi inútil cuerpo a acostarse lentamente y luego me cubre con las mantas. Para cuando termina, sé que vio mi erección, solo que pretende no saber de qué se trata.

—¿En qué estabas pensando? —cuestiona mientras se sienta a mi lado.

—En ti, vistiendo mis ropas —respondo con seriedad.

—Oh... bueno, no voy a usarlas entonces.

Chisto.

—No seas tonta, ve a cambiarte, ya hiciste suficiente por mí.

Lauren se mantiene contemplativa.

—¿No quieres que llame a nadie de tu familia? —pregunta mientras va por las ropas que dejé tiradas por ahí.

—No. —Mi corazón comienza a cabalgar otra vez—. Nadie puede saber esto, mi padre solo va a decir que no estoy listo para afrontar el estrés y mis hermanos van a burlarse de mí. —Lauren aparece y mis ojos la miran de la cabeza a los pies—. Duerme en mi cama, por favor —susurro—. Prometo no hacer nada, solo... —¿*Me va a hacer decirlo?* —, te necesito cerca.

Lauren se detiene unos segundos y me observa dubitativa.

Eso es bueno.

—Estás abusando de tu estado.

—Sí, ¿no te doy pena? —sonrío.

Camina de mala gana hasta el otro lado de la cama y se acuesta dándome la espalda.

No me importa, yo ya gané.

13

LAUREN

PRESENTE

E l efecto amanecer es algo serio y se puede googlear.

Una de las teorías de por qué nos fascina tanto ver el amanecer o el atardecer, es porque las ondas azules que el sol transmite nos dan una sensación de calma, de hecho, hay estudios que dicen que el pulso puede llegar a reducirse ante semejante shock de colores.

El sol en realidad es blanco, aunque nosotros lo percibimos

naranja, sí, lo sé, fue un hachazo ese pedazo de información y está bien guardado en mi carpeta mental de datos inservibles.

Otra razón por la cual nos sentimos tan a gusto ante el efecto amanecer es porque nos da una sensación de seguridad y estabilidad, de hecho, es exactamente lo que siento cuando observo el amanecer bañar la ciudad de Manhattan en los ventanales de Silas Walker.

Nunca creí ver algo tan hermoso.

Y sí, mis ojos viajan entre Silas y el sol en el horizonte de Nueva York.

Ayer cuando entré por primera vez a su piso no lo podía creer, no solo por la inmensidad innecesaria, sino por cómo estaba decorado.

Para ser un hombre tan desorganizado, la casa de Silas era lo más simétrico, perfecto y minimalista que vi en mi vida.

Mientras se bañaba me di el gusto de caminar por su salón y apreciar las piezas que encontré por allí. Desde troncos imperfectos de madera clara, a un cuadro donde solo había dos líneas horizontales.

Todo era hermoso.

Ahora estoy sentada en su cama gigantesca, con la cabeza apoyada en el respaldo.

Silas duerme profundamente, con una expresión de paz que pocas veces vi en él, nunca en realidad, abraza su almohada y está acostado mirando hacia mi lado. Me transmite lo mismo que me transmite el amanecer.

Cualquiera diría que esto es el resultado tras una noche de lujuria y sexo, cuando en realidad venimos de una noche de estrés y enfermedad, donde creí que iba a perderlo, donde me sentí incapaz de ayudarlo y donde me encontré con sentimientos que no estaba dispuesta a explorar. Creo que ni con mi madre me sentí tan nerviosa ante un momento decisivo como ese, no quiero volver a sentirlo nunca más.

—¿Por qué cambiaste la expresión? —dice con voz ronca, todavía con los ojos cerrados.

—Pensaba en lo que pasó ayer —susurro, quizá si no hablo tan fuerte, vuelva a dormirse.

—Bueno, detente, estaba disfrutando la otra expresión.

Sonrío.

—Y ¿cuál era esa?

Silas abre los ojos azules y se sienta solo un poco en la cama para estar a mi altura.

—No lo sé, estabas cómoda, pensativa y pacífica, recuerda que necesito más de eso, así que deja de fruncir el ceño. —Me reta, estirando su mano para acariciar entre mis cejas y masajeando el músculo rápidamente para que lo relaje.

—¿Cómo te sientes? —pregunto cambiando de tema.

—Estaba bien, hasta que te vi preocupada.

—Lo siento, todo lo de ayer me hizo recordar experiencias con mi madre y estaba pensando en ella, debería ir para Navidad. —Le *doy una media verdad.*

—¿Y por qué no lo haces?

Sacudo mi cabeza negativamente mientras observo al sol bañar la ciudad.

—Es mucho dinero, prefiero gastarlo en ella.

Navidad es en apenas dos semanas, los vuelos cotizan en bolsa y en el estado de salud de Silas, no parece algo correcto dejarlo, me necesita más que nunca.

Silas asiente pensativo, como si entendiera lo que es elegir entre dos cosas, cuando sabemos los dos que él siempre obtuvo lo que quiso con solo un chasquido. Los Walker eran una de las familias más adineradas del colegio, todos sabían eso, pero ninguno de ellos lo ostentaba demasiado, no como otros que tenían menos dinero y necesitaban pavonearse todo el tiempo.

—Voy a empezar a hacer llamadas, esta semana deberías trabajar a un cincuenta por ciento —digo mientras empujo las sábanas, pero Silas toma mi mano y me mantiene quieta ahí.

—Todavía no terminó el amanecer —dice señalando el ventanal —, ¿no podemos seguir hablando aquí?

Un nuevo tono aparece, uno humilde, sereno y, por sobre todo, vergonzoso, algo que nunca vi en Silas Walker.

Lentamente meto mis piernas en la cama, observándolo con cuidado.

—¿De qué quieres hablar?

Silas vuelve a deslizarse en sus sábanas blancas y apoya su cabeza en la almohada, dándole por completo la espalda al amanecer.

¿No decía que quería verlo?

—Háblame de tu madre.

Suspiro y me sorprende darme cuenta de lo pesado que resulta hablar del tema para mí, no quiero que lo sea, pero más de una vez me pregunté cómo sería mi vida si mi madre tuviese un corazón saludable.

—No hay mucho que decir, le diagnosticaron hace diez años y a partir de ahí, todo cambió. Mi padre se volvió tan obsesivo que no se puede levantar la voz en su casa, mi madre ya no puede trabajar, mi hermana se volvió sus padres básicamente y yo...

—El banco —dice Silas sin un rastro de risa en su rostro.

—Bueno no, no es tan así, Emma les envía dinero igual que yo.

Silas posa los ojos en el amanecer y se mantiene pensativo, casi como si estuviera analizando toda su vida.

—¿Qué harás para Navidad entonces? —Vuelve al tema.

Tomo un almohadón blanco del suelo y lo coloco sobre mi estómago, me da una sensación de protección cada vez que hago eso con cosas que están a mi alcance.

—No lo sé, probablemente videollamada con mi familia. ¿Tú?

Ahora es su turno de fruncir el ceño, hasta repite el suspiro que acabo de hacer yo.

—No sé si voy a poder viajar con esta nueva sorpresa —dice señalando su corazón—, pero si todo sale bien, es tradición pasar Navidad en una cabaña en Los Hamptons junto a mi familia.

Asiento y sigo disfrutando tanto del sol como de su compañía. Por alguna razón el cielo se vuelve más naranja que antes, es hermoso, pero tengo que achicar mis ojos para poder apreciarlo sin sentirme saturada.

—¿Eres sensible a los colores también? —escucho su pregunta, pero detrás hay mucha más información.

Si dice *también* es porque entiende que soy sensible a otras cosas.

Giro mi cuello hacia el costado y lo observo.

—¿Cómo lo supiste? —Ahora mi pregunta también carga cosas de más y él lo sabe.

Antes de responder se apoya sobre su codo haciendo que nuestra cercanía sea ínfima.

—En el colegio usabas auriculares todo el tiempo, no ibas a las fiestas a menos que fueran en algún lugar abierto, odiabas solo a las personas que tenían voz aguda, especialmente a Kristi, de la clase de biología —dice como si estuviera dictando algo que sabe de memoria.

Mi boca está abierta en conmoción, Silas Walker era un observador y siempre creí que era todo lo contrario, especialmente conmigo.

—¿Cómo...?

Sus ojos zafiro conectan conmigo otra vez y casi perforan mis pupilas.

—Eras la única persona interesante en el colegio —dice como si fuera una obviedad que le molestara.

—Nadie sabía en el colegio de mi... condición.

—Lo sé, nadie dedicaba tiempo a prestarte atención, pero era bastante obvio para mí. —El silencio se prolonga y se siente tenso, hasta que vuelve a hablar—. ¿Cómo lo llevas ahora?

—Mejor, gracias a la terapia y a horas de retrospectiva, funciono mejor socialmente. —Es la primera vez que le digo a alguien eso, aparte de mi familia—. Hay cosas que todavía me cuestan.

—¿Como cuáles? —El sol ya está arriba, la ciudad despertó, pero los dos seguimos conversando en su cama.

Subo mis rodillas y apoyo mi codo izquierdo ahí para sostener mi cabeza con mi mano.

—Tengo algunos problemas con las texturas de las telas, todavía no puedo usar cualquiera o también en situaciones de mucho estrés me cuesta hablar, tengo que pelear conmigo misma todo el día para no caer en la espiral.

Frunce el ceño.

—Ayer escuchaba tu voz todo el tiempo —dice como si no entendiera.

Somos dos.

—Sí, estaba sorprendida yo también, normalmente me quedo callada, es como que las palabras se atoran en mi garganta y no pueden salir, ayer fue la primera vez que logré...

Me callo porque no quiero que piense algo que no es, fue simplemente buena suerte, aunque debo reconocer que mi miedo era gigante, pero mi determinación por ayudarlo fue más fuerte.

Oh no...

Mis sentimientos hacia Silas *son* más fuertes.

Demonios.

14

SILAS

PASADO

Silas: Estuve pensando en el proyecto, creo que podríamos
« adaptar a los personajes.»

«Lauren:
"Te leo" :)»

Resoplo, con media sonrisa. Lauren es muy graciosa, no lo había
notado.

«Silas: Cambiemos la historia, en vez de robarla que le explique por qué debe ir con él.»

«Lauren: Me gusta, casi como si fuera una negociación.»

«Silas: Exacto.»

«Lauren: Hagámoslo.»

Tomo un papel y un lápiz, apoyo el móvil sobre la cama y los observo como si fuesen a tomar vida.

¿Cómo demonios vamos a hacer esto? Es imposible hacerlo por mensaje de texto.

Como dijo ella...

Sin pensarlo demasiado, oprimo el botón verde y cuando me doy cuenta de lo que acabo de hacer, mi corazón galopa sin control por alguna razón, hasta que Lauren responde.

—Creí que habías dicho que solo por mensaje.

—Me arrepentí, vamos a tener que juntarnos al menos una vez para establecer las bases.

—¿Estás seguro que quieres que te vean conmigo?

El corazón vuelve a hacer algo extraño, pero lo ignoro.

—No tengo alternativa, ven a mi casa.

Silencio del otro lado de la línea.

—No creo que sea buena idea, mejor vayamos a algún lugar neutro.

¿Qué quiere decir eso? ¿Acaso soy un peligro para ella?

—¿Como cuál?

—Vayamos a la cafetería...

—No —interrumpo—, no quiero ir a donde vas todos los días.

Quiero que sea algo especial, pienso, algo diferente, ¿es eso tan difícil de lograr?

—¿Cómo sabes que...?

—Paso por ti en media hora. —Termino la llamada sin darle pie al rechazo, no quiero escucharlo.

Por supuesto que sé dónde vive, es en el límite de la ciudad, donde las calles ya no son tan bonitas, ni los coches caros transitan por allí, en el barrio de Lauren las cosas son muy distintas.

Toco la bocina dos veces, porque tocar el timbre es muy de «cita» y no quiero que se sienta así.

Una de las cortinas se mueve y puedo ver a su hermana espiando por allí, miro hacia su dirección y le muestro el dedo del medio con una sonrisa maliciosa, cuando la cortina se mueve de vuelta y vuelve a su lugar original, me siento satisfecho.

La puerta se abre y Lauren sale, lleva una mochila colgada de sus dos hombros y camina rápidamente con la mirada en el suelo.

Parece nerviosa.

Temerosa.

Qué raro, nunca se comporta así en el colegio.

—¿A dónde vamos? —pregunta, con tono rápido y nervioso.

—A un lugar donde nadie nos va a ver o interrumpir.

Enciendo el coche y acelero.

Veinte minutos más tarde, llegamos a una reserva ecológica a dos ciudades de casa.

Sí, conduzco rápido.

Lauren mira por la ventana cómo la ciudad desaparece y los árboles frondosos se generan.

—¿Aquí es donde vas a enterrar mi cuerpo? —Su rostro es serio, me hace reír con una carcajada fuerte.

—Si quisiera hacer desaparecer tu cuerpo compraría ácido Conejita, vamos. —Abro la puerta y ella sale un segundo después, rodeo el coche y me paro a su lado—. Tienen unas mesas donde podemos sentarnos.

Comienzo a caminar, pero ella está estancada en el lugar, su mirada enmarañada.

—¿Dónde están tus cosas?

—No las traje —digo dando a entender que fue con intención y no porque estaba tan nervioso que las olvidé—, para eso estás tú, ven, no quiero estar aquí todo el día.

Para llegar tenemos que ir por un sendero cubierto de raíces de los árboles que lo rodean. Lauren se tropieza más de una vez, lo cual me obliga a tomarla de la mano y llevarla como si fuera una niña torpe. Su piel se siente suave y tibia, qué curioso, siempre imaginé que sería húmeda y rasposa.

Sabía que este lugar iba a ser ideal para ella, no hay gente, ni bullicio. Solo ella y yo y, bueno, los pájaros de este lugar, los insectos y probablemente algún reptil escondido por ahí. Nos sentamos en una mesa de picnic, uno enfrente del otro. Ella saca un cuaderno de su mochila y un bolígrafo, los coloca milimétricamente delante de ella y entrelaza los dedos, esperando por mi comando.

Esa actitud hace que mi polla se retuerza e imágenes de Conejita haciendo lo que le pido vienen a mí como flechazos de fuego. El problema es que no tengo órdenes para darle, es más, quisiera no tener que hablar en toda la tarde, solo aspiro a mirarla.

Ella levanta sus ojos verdes y pestañea un par de veces. Lauren tiene más pecas en la nariz que en la frente, nunca lo había notado, son bonitas.

—¿Tienes algo en mente? —pregunta, finalmente.

—Sí, yo dicto Hades, tu Perséfone —digo mirando hacia el cuaderno, no me atrevo a mirarla ahora, sabiendo lo que estoy a punto de hacer.

Ella me observa con curiosidad, claramente nota mis nervios también.

—No tengo todo el día, Conejita. —Cruzo mis brazos sobre la mesa y espero ahí.

Apoya la punta del bolígrafo sobre la hoja y cuando comienzo a dictar, escribe sin perderse una palabra.

—Razones por las cuales debes quedarte conmigo, dos puntos.

Se detiene.

—Es un diálogo, Silas, no demandas de un grupo terrorista.

Esbozo una sonrisa.

—Bueno, escribe: "He pensado algunas razones para convencerte de que te quedes conmigo." —Lauren escribe muy rápido, su letra es caligráfica y muy femenina—. Ahora responde tú.

—Mmm... —Se lleva el bolígrafo a la boca y muerde un poco el capuchón—. Podría poner algo como: "Hades, sabes que tienes que convencer a mi madre primero" —dice en voz alta mientras escribe.

—"Lo sé, pero quiero estar seguro que vienes convencida a pasar la eternidad conmigo."

Lauren escribe lo que le dicto.

—"Bueno, soy toda oídos."

Carraspeo un poco, colocando mi mano debajo de mi mandíbula y comienzo a pensar en voz alta.

—"Soy el rey del inframundo, poder y protección es lo primero que puedo ofrecerte. Quizá no haya flores, ni primaveras en mi reino, pero no conseguirás un amor más poderoso que el mío en el mundo de los humanos, seré tu esclavo si me lo permites, besaré tus pies todas las mañanas y tu boca todas las noches, dejaré que me gobiernes en mente, alma y cuerpo."

Levanto la mirada y sí, Lauren tiene la mandíbula tensa.

—¿Qué? —digo defensivamente.

Ella carraspea.

—Nada, nada, entonces Perséfone diría algo como: "¿Cómo sé que tu amor es único y no falso como el amor que tiene Zeus por Hera?"

—"Porque Zeus se casó por conveniencia, yo por amor y el amor del rey del Inframundo es único, ya que este rey que te habla no aprendió esa palabra hasta que te conoció. Solo alguien tan solitario como yo, comprende un alma como la tuya, Perséfone, solo un desterrado conoce la soledad cuando llega la noche y los dos sabemos que tu alma llama a la mía a gritos cuando te acuestas sola en tu cama y miras las estrellas."

—"Hades —dice en un susurro—, los dioses de este reino me temen y se alejan de mí por mi rareza, ¿por qué no me temes tú?"

—"Porque te conozco mejor que nadie y por esa razón puedo darte exactamente lo que necesitas."

—"¿Y qué necesito?"

Tomo aire profundamente.

—"Alguien que viva solo para ver tus ojos verdes, alguien que despierte y piense en ti sin razón alguna, alguien que esté dispuesto a morir con tal de verte sonreír."

—"¿Estás seguro que estas no son solo palabras bonitas para conquistarme?"

Lauren ya no escribe y yo no quito la mirada de sus ojos.

La Alquimista está aquí conmigo.

—"El dios del inframundo no puede mentir, no hay mentiras después de la muerte."

—"Pero Hades, podrías tener a cualquier mujer a tus pies, la mayoría están esperando tu llamado, ¿por qué te enfocas en esta simple ninfa?"

—"Sí, este rey puede tener cualquier ninfa, pero hay solo una reina para mis ojos y esa eres tú." —Estiro la mano y tomo la de Lauren—. "Deja de resistirte y entrégate a mí."

Lauren mira nuestras manos, abre la boca para responder, pero no sale nada. Su silencio se siente como un rechazo y el escudo vuelve a colocarse.

—¿Qué estás esperando para escribir, Conejita?

El hechizo se rompe, La Alquimista toma su bolígrafo y sigue escribiendo.

PRESENTE

CUANDO TERMINO la última videollamada del día, salgo en búsqueda de Lauren. La encuentro frente al ventanal del salón, mirando el atardecer.

Me gusta que esté en mi piso.

Me detengo a su lado y miro su rostro perdido en los últimos colores del día.

Todo el día estuvo a mi lado, pendiente de mí y de mi salud, no puedo explicar lo impagable que es para mí, que alguien que no me debe nada, sea tan leal.

—Quiero preguntarte algo —susurro porque siento que si hablo fuerte, puedo romper el momento.

—Te escucho —responde con el mismo tono, sus ojos pegados a los edificios anaranjados de Manhattan.

—El día que escribimos el diálogo de Perséfone y Hades... —Rompe contacto y se enfoca en mí—. Ese día no me diste una respuesta, ¿es por la razón que mencionaste hoy?

—¿El mutismo selectivo?

—Sí.

Asiente lentamente.

Doy un paso adelante y me sitúo justo delante de ella, sí, estoy bloqueando el atardecer, pero siento que si no le pregunto, voy a volverme loco.

—¿Puedes responderme hoy?

—Silas... —advierte.

—Necesito saberlo —imploro—. Necesito saber qué le respondió Perséfone a Hades.

—Ni siquiera recuerdo ese diálogo... —dice intentando excusarse.

Tomo su mano y la llevo a una de las habitaciones de invitados.

Mi favorita.

Tengo algo que mostrarle.

Cuando me mudé a este piso, mi madre demandó que quitara todas mis pertenencias que habían quedado en su casa, con la excusa de que ahora tenía suficiente lugar para almacenar todo. Eso hice, y cuando empecé a abrir cajas, encontré el diálogo en un folio. Mandé a reproducirlo con una compañía que hace papel tapiz bajo pedido.

Abro la puerta y señalo la pared detrás de la cama.

Lauren coloca su delicada mano sobre su boca y observa el diálogo en la pared.

—No puedo creer que lo tengas en la pared.

—Gracias a este diálogo, ganamos el concurso —digo como si fuera la excusa real—. Obviamente quería exhibirlo.

Lauren lo lee en silencio y me pregunto si cree que soy un perdedor por tener algo así, algo tan alejado a nuestra vida de hoy.

—La obra fue un éxito. —Su voz va por el sendero de la memoria y una sonrisa de orgullo aparece, pero se va tan rápido como viene—. Aunque a ti no te gustó mucho.

—Sí que me gustó, la interpretaron muy bien.

—Pero dijiste que era la peor obra que viste en tu vida.

¿Cómo recuerda eso?

Tomo aire y meto las manos en mis bolsillos.

—Sí, mentí ese día.

Lauren se enfoca en mí otra vez y esta vez su rostro es confuso.

—¿Por qué? Todos estaban felicitándote.

—Justamente por eso, nadie estaba felicitándote a ti y me pareció injusto, por eso pretendí odiarla así todos dejaban de tocarme los cojones.

Lauren ríe y su mirada viaja por mi rostro, me pregunto qué ve, me pregunto qué puede pasar si doy un paso adelante e invado su espacio para besarla.

—Escribías tan bonito, Silas, era una pena que lo escondieras así.

Levanto mis hombros, restándole importancia.

—¿Sigues escribiendo?

—No —respondo mirando el papel tapiz—, ya no tuve inspiración después del colegio.

El diálogo de Hades y Perséfone lo terminamos ese mismo día, pero ninguno de los dos se esmeró lo suficiente para terminarlo como realmente queríamos, por eso la inscripción en la pared no tiene respuesta.

—Cada vez que lo leo, sé que está inconcluso, necesito que lo terminemos.

Lauren cruza sus brazos, ya que no tiene almohadón ni una tablet para ocultarse.

—No lo sé Silas, ese día estabas muy inspirado, creo que eres completamente capaz de terminarlo tú solo.

Imito su postura y ahora los dos nos enfocamos en la pared.

—Quizá estaba esperando que volvieras a mi vida para hacerlo, necesito inspiración.

Lauren pasa varios minutos en silencio, *sí, minutos,* y yo la espero como el patético que soy, pero de golpe, abre su boca y comienza a cantar palabras casi poéticas.

—"¿Qué busca el rey del inframundo? Si ya lo tiene todo, el reino, el poder y la riqueza" —dice mirando fijamente la inscripción.

—"Este rey está lejos de tenerlo todo, diosa de la primavera, y quizá se dio cuenta muy tarde en esta vida, pero si me dejas recuperar el tiempo perdido, tal vez pueda recompensar las andanzas del pasado."

Los ojos verdes con los que soñé desde que la vi por primera vez me miran atentos. Tomo sus manos y entrelazo nuestros dedos.

—"Dale una oportunidad al rey de los muertos, diosa de la primavera, prometo no matar tu florescencia."

Doy un paso adelante.

Coloco una mano bajo su mentón y lo elevo para que me mire.

—"Déjame compensar por todas las veces que humillé tus flores en el campo." —Mis labios acarician los de ella, solo necesito que se deje llevar.

Lauren relame su labio inferior y su lengua parece burlarse de mí.

—"Está bien rey, pero..."

Beso sus labios sin perder un minuto.

Un beso tan necesitado, que respirar se volvió secundario. Mis manos envuelven su rostro, mientras mi cuerpo intenta envolverla con mi calor. Este beso no es como ninguno de los que nos dimos en el pasado, aquí ella besa con fuego, sus manos encierran mi cuello y me atrapa con su cercanía.

Me toca.

Se aferra a mí con la misma desesperación que siempre sentí con ella.

Cuando besé a Lauren en el colegio se sintió mal, sentí que le había arrebatado algo que no merecía, ¿pero ahora? Ahora siento que ella está aquí conmigo, deseándome tanto como lo hago yo.

Mi corazón late frenéticamente, sabe lo que está pasando, está tan exaltado como este hombre.

—Silas... —gime sobre mis labios enviando destellos directos a mi polla.

Dios, mi corazón va demasiado rápido.

Bum, bum, bum.

Mi mano se mueve por debajo de la camiseta que le di anoche, es de ella para siempre ahora y acaricio la piel de su espalda. Su lengua es suave contra la mía, aterciopelada y perfecta, sabe a necesidad, calidez y una promesa.

Mía.

Bum, bum, bum.

Joder, corazón, ¡ahora no!

Ignoro mis latidos y poseo su boca, nunca abrí tanto mi mandíbula, nunca gemí mientras besaba, nunca sentí este frenesí.

Bum, bum, bum.

—¡Ay! —grito, siento mi pecho apretujarse sin control.

Lauren sabe lo que me está ocurriendo y se aleja de mí como si tuviera lepra, se aleja porque sabe que ella es la que me provoca esto.

—No, ven aquí —gimo mientras sujeto mi pecho como si estuviera a punto de abrirse.

—Silas, respira, intenta calmarte —dice, pero cada vez la escucho más lejos—. Recuerda la respiración, Silas...

—Gracias por venir, Mike.

Tienes que estar jodiendo...

¿Acaso uno no puede apagar su sistema nervioso en paz en este lugar?

Lauren está hablando otra vez con el maldito doctor, esta vez en MI CASA, en la habitación de invitados donde estaba a PUNTO de foll...

—Señor Walker. —Escucho su voz, gruesa y masculina, la odio.

—Estoy bien..., estoy bien... —Lentamente me siento en la cama de invitados.

La busco por la habitación, está sobre el lado derecho de la cama, mordiendo sus uñas nerviosamente, le lanzo la peor mirada.

Una que entiende muy bien:

Traicionera.

Ella junta sus cejas en el medio de la frente y muerde su labio inferior.

Lo siento, dice.

Sus orejas están rojas, como cada vez que se pone nerviosa, mueve su cuerpo casi meciéndose para adelante y atrás.

—Estoy bien —digo firmemente hacia ella, quiero que se tranquilice, parece fuera de sí.

Vuelvo al doctor Mike con cara de pocos amigos y me pregunto cómo demonios consiguió dar con él y cómo demonios llegó tan rápido.

—Lo sé —responde el doctor como si le hablara a un loco, dándome la razón solo para que me calle. Toma su estetoscopio y lo apoya en mi espalda—. Respire profundamente.

Eso hago, tres veces.

Cambia el estetoscopio de lugar, ahora lo coloca sobre el "bloqueador de coños", *mi corazón*.

—Voy a darle una medicación, quiero que la tome durante un mes, luego lo quiero en mi consultorio. —Voltea mientras acomoda el estetoscopio sobre su cuello.

¿Siempre tuvo brazos tan anchos? ¿Por qué no está usando su maldito uniforme de doctor? Una simple bata blanca que bloquee cualquier músculo de su cuerpo. Ahora viste una camisa pegada al cuerpo y unos pantalones negros.

—Sí, sí claro, ahí estaremos —dice Lauren, su tono complaciente.

Doctor Mike sonríe hacia ella y ella le devuelve una sonrisa tímida.

Por el amor de Dios...

El maldito se vuelve a enfocar en el enfermo de la habitación, parece que Lauren lo tiene embobado y dice:

—Son las fiestas, es casi obligatorio que se tome este tiempo para calmarse y pasar un buen rato.

Eso estaba intentando hacer, hasta que interrumpiste.

—Entendido, ¿ya hemos terminado? —respondo rudamente. Si mi madre estuviera aquí, pondría cara de desaprobación, seguramente.

—Sí, —se levanta y camina hacia Lauren—, cualquier emergencia, sabes dónde encontrarme.

Apoya la mano sobre el hombro de Lauren. ¿Por qué apoya su mano? No estoy muerto pedazo de hijo de...

—Lo acompaño a la salida.

Cuando los dos voltean para irse, quiero gritarles, pero no tengo las fuerzas, a lo lejos escucho un «Sabes que puedes tutearme, ¿verdad? Tenemos la misma edad».

—Maldito idiota —susurro para mí mismo.

Me levanto de la cama con dificultad y vuelvo a mirar el diálogo, eso me devuelve el humor porque la primera barrera entre Lauren y yo ya está rota, ahora solo queda remar en barro hasta llegar a la meta final.

15

LAUREN

PRESENTE

Mike es sumamente agradable, es fácil conversar con él, tiene una sonrisa genuina y siento cierta liviandad cuando está en la habitación, todo lo contrario a lo que me pasa cuando Silas está en el mismo perímetro que yo.

—Gracias por todo y otra vez, siento muchísimo molestarte a estas horas.

Coloca una mano dentro del bolsillo de su pantalón pinzado y sonríe dulcemente.

—Es mi trabajo Lauren, no te mortifiques, aparte, es un precio que estoy dispuesto a pagar.

Sonrío y acomodo mi cabello detrás de las orejas, algo cambia en su mirada que me pone un poco ansiosa.

—Me pregunto si cuando todo esto termine estarás libre para tomar un café conmigo.

Mi cerebro comienza a analizar su comentario, estas son las situaciones que nunca leo correctamente.

¿Está invitándome a salir o está simplemente siendo amable?

Porque una vez, un chico que conocí en la universidad me "invitó" a tomar un café y me preparé para la ocasión. Usé mi vestido de verano y hasta me pinté las uñas de los pies, pero cuando él llegó, venía de correr, su sudadera estaba mojada y traía olor a todo eso que hizo antes de quedar conmigo, no hace falta aclarar que ese episodio fue razón suficiente para dudar de todos los hombres que me invitaron a salir alguna vez.

¿Qué digo?

¿Qué hago?

¿Está siendo amable conmigo o está flirteando?

—¿Te veo en un mes? —sonrío tímidamente.

Su sonrisa vuelve a cambiar, ya no llega a sus ojos.

—Eres astuta, no respondiste mi pregunta, pero tampoco me rechazaste, me conformo con eso. —Da un paso hacia atrás y levanta su mano para saludarme—. Nos vemos en un mes.

Estrecho la mano con él y sonrío otra vez como una tonta.

Cuando entro al piso de Silas, lo encuentro de brazos cruzados bajo el marco de su habitación de invitados, lugar donde hace un momento casi...

—¿Qué pasa en un mes? —dice con un tono acusatorio.

—Tu cita con él —respondo más rápido de lo normal, de golpe me encuentro acomodando cosas que no tengo idea dónde van, estoy dispuesta a hacer lo que sea con tal de no mirarlo a los ojos.

—Lauren... —Lo miro menos de un segundo y mis tripas se retuercen al ver su rostro—. Ven aquí.

—Tienes que ir a descansar —digo como si no lo escuchara—. Debes cuidar ese corazón si quieres seguir siendo el CEO de Property Group y...

—Lauren, sabes que no me gusta repetir las cosas. Ven aquí.

Tomo aire y camino hasta estar frente a él, pero a una distancia prudente.

—Tenemos cosas que terminar. —Descruza sus brazos y rompe con la distancia que generé.

—No, claramente tu corazón no puede con algo así, aparte no está bien, eres mi jefe, así que, si hay algo positivo de todo esto, es que nos detuvo a tiempo.

Levanta sus cejas y esboza una sonrisa.

—¿Tu jefe?, ahora soy «tu jefe», tengo más autoridad sobre un lápiz que contigo.

—Sí, jefe, no podemos romper la barrera otra vez, no puedo... —busco palabras que suenen fuerte para detenerlo—, no puedo perder el trabajo, lo necesito.

Y sirve, porque se detiene.

—¿Por qué perderías el trabajo? —*¿Realmente no lo entiende?*

Me exaspera.

Elevo mis brazos en el aire, irritada por su actitud.

—A ver, déjame pensar, ¿es poco profesional? Eso, por un lado; segundo, conozco tu reputación y créeme, no encaja con la mía, para nada; tercero, no estoy dispuesta a sentirme humillada cuando entren y salgan mujeres de tu oficina y yo...

—Espera, espera, ¿qué mujeres?, ¿qué reputación?

Aunque está vestido con pantalones de chándal, Silas impone su presencia. Para empezar, mide al menos una cabeza y media más que yo, a lo ancho y a lo largo, por eso su voz elevada me empieza a intimidar.

No retrocedas ahora, Lauren.

—Silas, ya sabes de qué hablo. —Me doy media vuelta, intentando terminar esta conversación, pero me sigue, como perro adiestrado.

O como un lobo a su presa.

—¿Qué mujeres viste «entrando y saliendo de mi oficina»? porque si viste cosas que yo no, entonces tengo que llamar a seguridad... o al psiquiatra.

Me detengo del otro lado de la gigante isla para tener un fuerte que lo mantenga distanciado de mí, ¡necesito espacio para pensar!

Esto es tan típico de Silas, enmarañar mi cerebro, inundarme con pensamientos confusos y encender cada célula de mi cuerpo.

Me pasó en el colegio y me pasa ahora. La única diferencia es que esta vez su papel también es de jefe, evitarlo es imposible.

—Bueno, pero eso no significa que no vaya a ocurrir, yo me conozco Silas, no lidio bien con situaciones donde las cosas no son claras y tengo que estar adivinando lo que pasa, y sé que eres como un picaflor que va de flor en flor...

—¿Picaflor? ¿¡Qué demonios!? Hace menos de una hora no era un picaflor, ¡era tuyo! —grita y me doy cuenta que está agitado. Sus ojos azules están cargados de ira y su mandíbula está tensa.

No puede estar enfadado, su corazón va a explotar.

El silencio cae entre los dos, frío e incómodo.

—No creo que esté bien hablar esto ahora, necesitas recuperarte —digo mirando a mis pies.

Silas no responde, tengo miedo de mirarlo y que se me rompa el corazón, pero lo hago de todas maneras. Lo único que encuentro es decepción y una sola vez vi decepción en su rostro, fue aquella noche que prefiero no recordar.

Esta noche duermo en el cuarto de invitados junto con las frases de Hades y Perséfone. Todavía no puedo creer verlas en la pared. Silas Walker tiene en su piso de noventa millones de dólares, un recuerdo que nos involucra a los dos.

¿Qué significa?, ¿acaso siguió pensando en mí a través de los años? ¿O es un artista que se enamoró de su creación?

Emma es buena descifrando estas cosas, leyendo a los hombres y eso, tiene más experiencia que yo y sé que ella va a poder decirme qué demonios significa todo esto.

Cuando le diga que lo besé va a gritarme, lo sé.

La noche cae y con ella el silencio, no sé por qué sigo aquí, hay una fuerza que no me deja ir. Silas está tan solo y es tan orgulloso, la única explicación lógica de por qué no quiere llamar a su familia, que dejarlo se siente erróneo y desalmado. Siento que es mi responsabilidad y más de una vez voy a su cuarto y lo espío, reviso que su cuerpo se eleve en cada respiración y luego vuelvo a mi cuarto.

¿Qué estoy haciendo? No soy su novia, ni su madre, soy su asistente, no es este mi lugar.

***

Un movimiento me despierta.

Los colores del cuarto son anaranjados, el amanecer está aquí de nuevo, y Silas también. Apenas abro mis ojos y lo veo deslizarse dentro de la cama acomodándose cerca de mí, sin tocar un solo punto de mi cuerpo y comienza a roncar.

Supongo que esta es su forma de hacer las paces.

Trabajo desde la cama entonces, es viernes y parece un buen día para tomar el mando de la empresa y ayudar a Silas con sus correos y otros andares de CEO. Entre los emails del día, encuentro uno de Estela, preguntándole cómo estoy desempeñando mi papel, contándole que en poco tiempo va a tener a una niña y que le gustaría que la conozca, al menos una vez.

Qué extraño, suena casi como una súplica a un amante, más que una invitación a un jefe. Pero bueno, sé que llevan muchos años trabajando juntos, seguramente ella sabe que Silas no está interesado en bebés y todas esas cosas.

A las once de la mañana vuelve a moverse y se estira levantando sus brazos por encima de su cabeza. Con ojos perdidos se enfoca en mí, pero no sonríe.

—¿Cómo te sientes? —pregunto, dejando el portátil en la mesita de noche.

—Como si hubiera dormido una eternidad. —Mira su reloj y abre los ojos, cuando se da cuenta lo tarde que es se sienta de golpe en la cama y lo detengo.

—Tranquilo, no hay nada que hacer hoy, he movido tus reuniones, ya me encargué de tus hermanos y les deseé a todos tus empleados una feliz Navidad en tu nombre.

—Pero falta una semana —se queja.

—Ya sé, Scrooge[1], pero la gente normal se toma estos días para pasar tiempo con su familia, deberías hacer lo mismo.

Chista como un viejo enfadado y cascarrabias, dejándose caer en la cama.

—Mi familia me genera más estrés que el trabajo, créeme.

Ninguno de los dos menciona la conversación de anoche, tampoco el hecho de que comenzamos la noche en camas separadas y terminamos la mañana en la misma.

El día transcurre como el de ayer, la única diferencia es que libero la agenda de Silas para la semana entrante, así no debe preocuparse por nada más que su salud.

A las cinco de la tarde, me cambio a mis ropas de oficina y comienzo a recoger mis cosas.

—¿Dónde vas? —escucho su voz detrás de mí.

—A mi casa, Silas, tengo que volver en algún momento. —Trato de ser fría y firme, por una simple razón, si lo miro, no voy a querer irme de aquí.

Después de dos días, creo que es hora de que me vaya, ya no hay más excusas y honestamente quiero darme una ducha y ponerme mi ropa de cama.

—Pero...

Volteo y lo enfrento.

—Llámame si me necesitas, voy a trabajar desde casa el resto de la semana. —El único sonido son mis tacones sobre el suelo de mármol, camino decidida a la puerta, pero sé muy bien que, inconscientemente, quiero que me ruegue que me quede, que me diga que todavía no está listo para romper esta burbuja, que mi presencia lo hace sentir mucho mejor...

Lo único que recibo es silencio.

———————

—LAUREN, ¡no eres su madre! —grita Emma del otro lado—. Ni su esposa, ni te paga para ese tipo de cuidado.

—Lo sé, pero no podía dejarlo solo Em, estaba asustado.

—Eres demasiado buena, estamos hablando de Silas Walker, tendrías que dejarlo caer por un precipicio y, aun así, seguirías en desventaja.

Me río.

Estoy haciendo una videollamada con mi hermana, ella está sentada con su portátil en la mesa de la cocina, de fondo puedo ver las palmeras de Miami desde la ventana de su cocina.

Yo, por otro lado, tengo puestos mis guantes y gorro de invierno dentro de mi apartamento porque se rompió la calefacción y el dueño dice que no consigue a nadie que venga a repararla hasta después de las fiestas.

—Es mi jefe ahora, no hay mucho que pueda hacer, aparte, no tiene a nadie y me pidió que no llamase a ningún familiar.

—¿Y por eso te quedaste dos noches en su casa? Quizá debas ponerte un collar de perro con su número telefónico y un chip, así cuando te pierda de vista, puede controlar tu vida después de tu horario laboral.

—Pfff —me río—. No seas mala Em, ya estoy en mi casa y nos estamos hablando por correo.

—Ven a Miami para Navidad, puedes darte gustos así.

—No, tengo que ahorrar todo lo que pueda, si Estela vuelve, va a querer su trabajo de vuelta y estoy segura que Silas va a dárselo.

—¡Aah! —grita con exasperación—. Odio que trabajes para él.

No es tan malo, quiero decir.

No lo paso mal, al contrario, disfruto mucho del trabajo. Él lo hace sumamente divertido.

Esta última semana, pude conocer los edificios más exclusivos de Manhattan, aprendí tantas cosas que siento que mi cerebro no tiene más lugar de almacenamiento.

En mis otros trabajos prácticamente no me levantaba de mi escritorio, pero Silas me tiene de aquí para allá y me explica todo como un mentor debería hacer.

Sinceramente este es un lado de Silas que nunca conocí y siento que vale la pena.

—No te preocupes por mí, estoy bien.

—Te creo y eso es lo que me preocupa, Silas siempre te pudo, pero nunca olvides las cosas que te hizo en el colegio.

—No lo haré... —digo como si le hablara a mi madre después de escuchar un sermón.

<u>1</u> Ebenezer **Scrooge** es el nombre del protagonista de la novela Cuento de Navidad, del escritor Charles Dickens. Y se caracteriza por ser un hombre de corazón duro, egoísta y al que le disgusta la Navidad.

16

SILAS

PRESENTE

—¿**P**or qué Lauren liberó tu calendario? —La voz de Luca sale por mi móvil.

Suspiro y masajeo mi frente con la punta de los dedos. ¿Desde cuándo tengo que darle explicaciones a alguien? Pero sé que Luca me llama como hermano y no como el dueño de Property Group Miami.

—Voy a tomarme esta semana libre. —Esa es toda la explicación que va a obtener de mí.

Decirle a mi familia sobre mi pequeño incidente solo va a traerme más estrés, mi padre va a cuestionarse si estoy listo para ser el CEO y mis hermanos van a transformarse en pirañas humanas.

Luca no responde por al menos tres segundos.

—Una semana, ¿eh? —*¿Por qué demonios su tono es de sospecha?*

—¿Qué? —pregunto a la defensiva.

—Nada, es la primera vez desde que tomaste el cargo que te tomas la semana de Navidad. Siempre dices que es la semana más ocupada del año. —Su tono es de burla.

¡Es la más ocupada del año! ¡Maldición!

—Sí, pero Lauren dijo que...

—No tienes que explicarme nada hermano. —ahora su tono vuelve a ser el del viejo Luca, frío, distante y de ultratumba—, las Green tienen ese efecto normalmente.

¿Las Green?

—¿Estás follando con Emma Green otra vez? —Ahora soy yo el interrogador.

—No —responde anormalmente rápido—, la compañía donde trabaja está trabajando con nosotros aquí y estoy viéndola a menudo, pero no como tú crees.

—Recuerdas lo que ocurrió con ella, ¿no?

—Lo recuerdo —suspira con pesadez—. No hace falta que caminemos por los senderos del pasado hermano, al fin y al cabo, los dos fuimos jodidos por ellas.

Nunca supe con detalle qué ocurrió entre ellos, obviamente Luca es un tipo reservado, pero se podía ver a la legua, qué tan destrozado estaba por perderla.

Me levanto de la silla y camino a la cocina, abro la nevera y mi mano se posa en una fría lata de cerveza, pero mágicamente aparece la cara de Lauren sobre mi hombro, moviendo la cabeza de un lado a otro, torciendo la boca como lo hace cada vez que está en desacuerdo, me hace sonreír ese gesto. Así que cambio de objetivo y tomo una botella de agua.

—¿Hablaste con mamá sobre Navidad? —pregunto, y me las

arreglo para abrir la botella apoyando el móvil en mi hombro y dejando caer mi cuerpo sobre el sillón.

—Sí, está esperándonos como todos los malditos años.

—¿Qué tan mal crees que se va a poner si no voy? —Le doy un trago a la botella justo cuando responde Luca.

—Ni se te ocurra, Silas —amenaza y me hace reír haciendo que escupa el agua por todo el lugar—. No me dejes solo en esto.

La primera razón por la cual no quiero ir es mi corazón, la segunda es Lauren, después de todo lo que hizo por mí, dejarla sola en Navidad se siente cruel y... sinceramente prefiero pasarla con ella que con toda mi familia.

La realización me golpea en el pecho. Quiero pasar tiempo con Lauren.

Mierda, estoy peor de lo que pensé.

Navidad es en pocos días y mi única comunicación con Lauren fue por correo, se siente fría y extremadamente profesional, como una secretaria de verdad y odio esa sensación.

Necesito la cercanía.

—No te preocupes, voy a ir, pero quizá vaya acompañado.

Sonrío maliciosamente al teléfono, mientras escucho la risa de Luca.

Nueva York se hace odiar en invierno, por eso llevo un abrigo negro, largo hasta las rodillas, guantes de cuero, bufanda y boina, e inclusive con todo eso, siento el frío que se cuela por los pasillos del edificio de Lauren. En mi mano, un regalo en son de paz y una propuesta que espero que no rechace.

Toco la puerta y espero ansioso por el movimiento de su sombra por debajo, sé que me está mirando por la mirilla, por eso pongo la mano para dejarla ciega, es capaz de pretender que no está ahí y mi plan se vendría abajo por completo.

Bueno, eso es una mentira, tiraría la puerta abajo si no me abre.

Lauren va a ser la mejor distracción que pueda obtener, mis padres y hermanos van a estar tan sorprendidos por verla ahí, que las preguntas sobre mis negocios y mi salud van a desaparecer detrás de bambalinas y yo voy a sobrevivir a una Navidad sin estrés, ni presiones.

Simple y perfecto.

—¿Quién es? —pregunta precavidamente desde el otro lado.

—Yo —respondo acomodando el regalo debajo de mi brazo.

—¿Quién es yo?

Reviro mis ojos y luego recuerdo que es Lauren.

—*Tu jefe* —respondo con saña.

Sí, todavía no supero la conversación del otro día.

La puerta se abre lentamente y Lauren aparece del otro lado.

Recorro su cuerpo, tomándome todo el tiempo del mundo, lleva un pijama de invierno con un patrón de árboles navideños pequeños, gorro con un pompón en la punta y guantes, se ve encantadora y lista para Navidad.

Pero a la vez puedo ver el frío que siente en este maldito lugar.

—¿Qué haces aquí?

—¿Puedo pasar?

Lauren posa sus ojos sobre el regalo y luego sobre mí otra vez, finalmente asiente y abre la puerta para que pase.

Hay villancicos sonando de fondo, se siente olor a café recién hecho y tiene un pequeño arbolito con luces sobre su escritorio. La sensación de hogar es palpable y acogedora. Esta caja de zapatos es mucho más placentera que mi ático ahora que me doy cuenta.

—¿Qué pasó con tu calefacción?

—Se rompió, hasta la semana que viene no pueden repararla. ¿Cómo te sientes? —pregunta antes de que pueda dar mi opinión sobre la temperatura de este lugar.

Respuesta honesta:

Mal, mi casa apesta sin ti, los amaneceres son solo colores sin sentido en el cielo y extraño dormir contigo a mi lado.

Respuesta verbal:

—Bien, mucho mejor, de hecho, estoy saliendo para Los Hamptons a la casa de mis padres, pero quería darte esto primero... —Le entrego el regalo—. Espero que te guste.

Lauren sonríe... SONRÍE abiertamente y solo para mí. Toma la caja, corre hasta el sillón y lo apoya sobre sus piernas, se ve feliz, tal como se veía un niño el día de Navidad.

¿Me pregunto cómo fueron sus Navidades cuando era niña? ¿Tuvo todos los regalos que quiso? ¿Mintió sobre gustarle alguno? ¿Cuándo se enteró que Papá Noel no existía, qué sintió al respecto?

Abre la caja e inspecciona con detalle.

—Valentino lanzó una nueva colección para Navidad, con ropa orgánica, cien por ciento algodón, es ecológico y suave, como te gusta.

Cruzo mis brazos, intentando mantener la ansiedad dentro de mi pecho, me apoyo contra la pared y la observo acariciarlo.

Es un vestido negro, pero aparentemente es el último grito de la moda, aunque sé que a ella solo le interesan dos cosas, que no haya dañado el medio ambiente y que sea reconfortante al tacto.

—Es precioso... —Su rostro está estoico y casi indescifrable—. Gracias.

—Feliz Navidad, Lauren —digo casi secretamente y mirando al suelo.

Ella se levanta y camina hacia mí, se pone de puntillas y deja un beso rápido en mi cachete.

—Feliz Navidad, Silas.

Su cercanía hace lo mismo que me hizo toda la vida, cuando era pequeño pensaba que me ahogaba, pero ahora me doy cuenta que lo que en realidad despierta es la necesidad de tocarla, retenerla entre mis brazos, de sentir que somos uno en un abrazo y es tan abrumadora que sentía que me faltaba el aire.

Miro sus ojos verdes, se ven vulnerables, confundidos y sé por qué.

Ella siente la misma explosión entre los dos.

—Yo también tengo algo para ti —sonríe.

Dime que eres tú, dime que eres tú.

Una imagen de Lauren vistiendo sólo un moño en el medio del pecho aparece y trago saliva con fuerza.

—Ah, ¿sí?

Sale corriendo hasta su cuarto y vuelve con una pequeña caja negra.

—No tuve tiempo para envolverlo, pensaba dártelo cuando volviéramos al trabajo.

No sé qué es, casi que no me interesa. *El regalo* me hace darme cuenta que los dos pensamos en el otro para Navidad y una sonrisa se desparrama por mi rostro.

Qué reconfortante es la sensación de saber que Lauren pensó en mí.

Abro la cajita.

—Es un brazalete que mide tu presión y tu ritmo cardiaco, cuando pasa cierto número, te dice que tienes que detenerte y te guía con respiración o meditación, sé que no es tu estilo, pero es discreto y...

—Me encanta, gracias. —Ahora es mi turno, me inclino y beso la comisura de sus labios con precisión predeterminada y sutileza.

Lauren se queda completamente quieta mientras lo hago y tengo la sensación que si me aprovecho del momento ella me va a dejar besar sus labios.

Pero debo ser paciente.

—Qué lástima que no tengo ningún evento elegante para usar el vestido, pero mi prima va a casarse en unos meses, seguro que...

—Eh, de hecho, creo que sería increíble que lo uses mañana.

Frunce el ceño otra vez, absolutamente perdida.

—Te estoy invitando a que vengas conmigo a los Hamptons.

17

LAUREN

PRESENTE

—No. Me doy media vuelta y me muevo hacia la cocina, aunque son apenas unos pasos.

—Lauren, vamos, no quiero que estés aquí sola. —Escucho la petición de Silas, sus palabras ruegan, pero él se queda anclado en el lugar.

—No quiero tu lástima, Silas.

—¿Vas a pasar la Navidad aquí? Vamos, te estoy ofreciendo un fin de semana en los Hamptons, no tienes que hablarme si no quieres, solo ven, pasa el rato con mi familia, luego te traigo aquí y puedes ser miserable por el resto del año.

—¡No soy miserable!

—¡Lo sé! ¡Sabes a lo que me refiero! —grita exasperado. Siento que cada vez que estamos en el mismo cuarto terminamos gritándonos, pero él también lo nota, por eso baja el volumen y se tranquiliza—. Te necesito conmigo.

Eso hace que me detenga.

—Silas... —No quiero oír esto, porque sé que no puedo decirle que no.

—Escúchame, si no voy, voy a romperle el corazón a mi madre, pero no sé si puedo sobrevivir unos días con ellos sin que *mi* corazón quiera salir por la garganta. Te necesito ahí, tú... tú me calmas.

Creo que mi cerebro está a punto de hervir, pero luego recuerdo que había preparado todo para hacer té y la tetera está silbando. La quito del fuego y busco mi taza de Mickey vestido de Santa Claus, siempre me saca una sonrisa.

—No me mientas, me quieres ahí para que tu familia se enfoque en otra cosa y no en ti.

Su rostro vira y sé que lo atrapé en una mentira.

—¿Ves Silas? Esto es a lo que me refiero, pretendes ser Hades, ¡pero en realidad eres Zeus! Manipulador y...

—Sabes que me calmas, no me digas que no lo notaste antes, por favor, ven conmigo, solo tres días.

—No.

Quita su boina y pasa la mano por su cabello color caramelo con exasperación. Camina de un lado a otro, buscando la manera de convencerme. Sus pasos se escuchan pesados sobre el viejo suelo de madera, las tablas crujen quejándose del peso que tienen encima.

Yo pretendo que no está en la habitación mientras vierto el agua en la taza.

Se detiene.

—Dime qué quieres, es tuyo, ayúdame a negociar. —Mueve sus manos frenéticamente.

Muevo el saquito de arriba abajo, viendo cómo el agua se tiñe a un color más oscuro y pienso mi respuesta con cuidado.

Quizá esta sea mi única oportunidad, algo que quise hacer toda mi vida.

—Tengo algo en mente.

—Lo que sea. —Su voz está más cerca, casi detrás mío.

—Escucha mi condición primero —digo sobre mi hombro—. Cuando llegue el momento donde yo esté lista, voy a hacerte una serie de preguntas. —Volteo y tomo un sorbo con la taza entre mis manos, Silas me observa como si estuviera tomando cola de carpintero—. Preguntas que siempre quise hacerte y que necesito que sean honestas.

—Pregúntame.

—No, ahora no, cuando esté lista dije, pero tienes que prometerme que vas a ser completamente honesto.

—Palabra de chico explorador. —Levanta su mano derecha en el aire.

—¿Fuiste un chico explorador?

—Solo durante un tiempo, luego me echaron porque casi incendio una reserva ecológica.

PASADO

P OR SEGUNDA VEZ me invitan a una fiesta.

Es la celebración por el éxito que tuvo nuestro diálogo con la gente de teatro y otras clases que también participaron. Lamentablemente es en la casa de Silas y los recuerdos de este lugar siempre son nefastos, pero vine de todas maneras, no sola, pero mi hermana anda por ahí.

El año ya casi termina y no voy a volver a ver a ninguno de estos seres humanos, ¿qué es un esfuerzo más?

La obra sí fue un éxito, los actores lo interpretaron increíblemente bien y sentí que debía ser parte de esto, aunque todo el mundo felicite a Silas, es más, algunos hasta felicitan a su «novia» por tener una pareja tan creativa.

Michelle es la novia temporal de Silas o, al menos los rumores dicen que será su novia hasta que termine el colegio, lo cual es inminente. No me cae bien ella, es mala, no precisamente conmigo, sino con un montón de alumnos de Willow High, pero es una de las chicas más guapas y tiene todo el sentido que termine con alguien igual de atractivo.

Después de algunas horas de alcohol, todos comienzan a sentirse más sueltos y eso es normalmente la señal que necesito para irme, pero entonces miro por la ventana de la cocina a Silas sentado en una tumbona, con sus codos apoyados sobre sus rodillas, mirando fijamente la piscina iluminada. Algo en su expresión me llama, como si verlo apenado fuese una imagen insoportable que tengo que silenciar.

Camino con pasos lentos hacia él, intentando no hacer ruido. Cuando yo estoy así de triste, todo suena demasiado fuerte para mis oídos.

—¿Qué haces aquí? —gruñe hacia donde estoy, sé que estoy en las sombras, pero logra verme de todas maneras.

—¿Estás bien? —pregunto en un susurro.

—¿Y a ti qué te importa, Conejita? —Sus ojos no se despegan del movimiento del agua y puedo ver el reflejo moverse por su rostro, proyectando ondas azules entre sus ojos.

—Lo siento... —Me doy la vuelta y busco la salida.

—No, espera... —Se levanta y trota hacia mí—. ¿A dónde vas?

—A mi casa, ya es hora.

—Si te molesta la música puedes usar mi lugar de «auto-pena», está disponible. —Señala la tumbona donde estaba sentado hace unos segundos.

Me hace sonreír, pero luego se me borra, ¿estaba teniendo pena de sí mismo entonces?

—No es solo la música el problema.

Silas coloca las manos en su cadera y asiente.

—Lo sé, te estoy invitando de todas maneras, ¿no te das cuenta?

—No, lo siento. —Bajo la mirada, por primera vez me da vergüenza ser como soy. ¿Por qué no puedo leer a la gente como lo hacen todos los demás?

—¿Disfrutaste la obra? —Su tono de golpe cambia, es más amable y menos... *Silas*. Es más, creo que nunca me hizo una pregunta personal antes, mucho menos para saber mi opinión sobre algo.

—¡Sí! —Se me iluminan los ojos por tener un tema que conversar con él, un tema que es solo nuestro—. Me gustaron las cosas que agregaron al final.

—¿Te refieres al beso?

Para darle un cierre a la obra, los chicos de teatro agregaron una escena más donde los dos se besan en el inframundo.

—Bueno, sí..., era lo que necesitaba el diálogo para tener un cierre, ¿no te parece?

Silas parece pensativo por un momento.

—Puede ser que un cierre sea todo lo necesario. —Muerde su labio inferior nerviosamente—. Quizá eso sea exactamente lo que necesitamos.

—No entiendo.

—El año está a punto de acabarse, en poco tiempo los dos iremos a diferentes universidades y no volveremos a vernos el rostro, quizá un beso recíproco sea todo lo que necesitemos para cerrar... esto —dice señalando entre nosotros.

—¿Esto? No hay 'esto', Silas. —Mi sangre empieza a hervir. *¿Vive en un mundo paralelo donde yo soy otra persona? No entiendo cómo puede sentir atracción física cuando me odia completamente.*

Sus ojos celestes cambian y se enfocan en mí como si no existiera nada más, siento que su energía me clava en el suelo. Los únicos sonidos entre nosotros es el bullicio de la fiesta dentro de la casa y los grillos que cantan alrededor de la piscina.

Quiero retroceder de golpe sintiéndome intimidada por la intensidad que destila.

—Somos solo tú y yo ahora, Lauren —dice mi nombre como si le costara—, aquí y ahora, no hay nadie más, no hay pasado, ni futuro para nosotros, este es el momento donde nos desquitamos el uno con el otro.

—¿Qué? ¿Desquitarse...?

Moviéndose rápido como un zorro, Silas da un paso hacia adelante, me toma de la cintura y entierra su boca en la mía.

Esta vez es tierno, sus labios están suaves y tibios, solo los está apoyando en mí. Esta vez espera por mí para desarrollarse como quiere.

Yo no creí desear esto, nunca, quizá solo en mis fantasías, donde

Silas es amable conmigo, pero algo en mí se despierta en el momento que siento sus labios otra vez, el fuego que nunca se extingue cuando está cerca.

El que no olvidé desde que me besó.

Abro la boca un poco y lo dejo entrar.

Mi primer beso.

El real, el que quiero.

Los brazos de Silas me rodean, atrayéndome a él. Nuestros cuerpos se pegan y me encuentro levantando los brazos y poniéndome de puntillas para envolverlo y tenerlo aún más cerca, aunque es físicamente imposible.

No hay más cercanía.

Nunca creí que Silas fuese tan suave con sus besos, con una mano acaricia mi rostro y la otra mi cuello. Nunca voy a entender por qué fue siempre tan frío conmigo si podía ser así, tan cálido y delicado.

Siento que nos besamos por horas, días, semanas hasta que sus labios se despegan de mí y sus ojos me miran con una sonrisa.

Por un segundo tengo miedo que todo sea otro chiste de Silas, que todos aparezcan detrás de los arbustos y que comiencen a reírse de mí, pero no ocurre nada de eso, Silas no suelta mi rostro y sus ojos no me abandonan.

—¿Me perdí esto todos estos años? Qué idiota soy.

¿Estoy presenciando el renacimiento de un villano?

Apoyo mis manos en su cuello.

—Silas... —No sé qué voy a decir, pero no hace falta que diga nada, por primera vez está comunicativo sin agredirme verbalmente y no me deja hablar.

—Quédate conmigo esta noche, si no estás en mi cama hoy, voy a perder la cabeza. —Apoya su frente sobre la mía y cierra sus ojos como si sintiera dolor físico.

Creí que no iba a poder estar más cerca de él, pero nuestras ropas de golpe son una barrera que quema sobre mi piel.

Quiero decir que sí...

Quiero despedirme de él como acaba de decir.

Quiero tener un pedazo de Silas por siempre, una memoria que no sea nefasta.

Antes de dejarme responder, Silas vuelve a enterrar su boca en la mía y comienza un beso denso y apasionado que me arrastra a un mar de sensaciones indescriptibles, haciéndome sentir lánguida, mareada; sin embargo, recuerdo que tiene novia, que está dentro de la casa, que todo mi tiempo en el colegio me trató horrible y que, gracias a él, el colegio entero se acostumbró a ese maltrato.

Retrocedo.

—No.

Sus ojos cambian, sus cejas se unen en el medio y puedo ver que pierde el control, se aferra a mi cintura, casi rogándome.

—Por favor, Conejita...

Me suelto de sus garras, por un segundo casi caigo en la trampa.

—Ya te di bastante, te dejé pisotearme, maltratarme... Pero basta. Mi cuerpo es el límite y no está disponible para ti.

Me doy media vuelta, es el momento de irme y cuando mi cabeza se decide nada la detiene.

—¡Lauren!

Escucho a Silas llamarme como nunca lo hizo, con desesperación y un dejo de miedo en sus cuerdas vocales.

Camino con decisión por el costado de la casa para ir en busca de mi coche, Emma puede encontrar otro modo de volver seguramente y aparte es preferible que camine por fuera de la fiesta, así nadie ve mis lágrimas.

Pero dentro de la oscuridad, alguien coloca su mano en mi boca y me sumerge en los arbustos.

PRESENTE

La canción Beautiful Day de U2 suena de fondo.

Sé que es una de sus bandas favoritas porque solía usar camisetas de la banda cuando íbamos al colegio.

Silas conduce y tararea la canción por lo bajo. Yo miro por la ventana y aprecio el momento.

Se siente liviano, Silas está feliz y es contagioso.

Me preparé una maleta rápidamente, no tenía ropa para pasar un fin de semana en los Hamptons pero con astucia pude combinar algunas cosas para que no me confundan con la criada.

Silas viene de familia adinerada y sé que no se toman la vida a la ligera cuando se trata de apariencias, al menos sus padres.

Cuando vivíamos en la misma ciudad, recuerdo que la madre de Silas, quien si mal no recuerdo se llama Mary, siempre vestía impecable, parecía una modelo de revista; el padre por su parte, vestía un poco más como *el resto de nosotros*, solía sonreír más y siempre colaboraba con dinero en el colegio, como la mayoría de las familias ricas.

—¿En qué estás pensando? —pregunta Silas mientras baja el volumen de la música.

—En tus padres, estaba recordándolos.

—¿Y qué recuerdas?

Este Silas parece realmente interesado en mi vida, en mis opiniones.

Es nuevo esto.

—Que tu padre sonríe más que tu madre —digo buscando el pasado en mi cerebro—, que tu madre siempre vestía increíble y que todas las madres la odiaban. —Me río por lo bajo por recordar cosas tan insignificantes como los celos de mujeres mayores.

Silas también se ríe, eso hace que mire sus labios y recuerde el beso que me dio hace una semana. El fuego que encendió en mí, la necesidad casi primitiva de mi cuerpo, una necesidad que solo sentí una vez.

El día que casi duermo con Silas.

—Mi madre solo se arreglaba para salir de casa —confiesa—, dentro siempre vestía con ropa deportiva. Y sí, recuerdas muy bien, mi madre no sonríe mucho porque le tiene miedo a las arrugas, aunque se pasa el día dentro del quirófano. —Cuando habla de su madre se le escucha amargado y hasta me atrevo a decir que irritado por ella.

—¿Crees que me reconocerán? —Silas me mira y recorre mi rostro por unos segundos. *¿Qué busca?*

—No lo sé... —dice, sonando no muy convencido—. No fui muy abierto con mis padres cuando íbamos al colegio, tampoco conocían a mis amigos.

—Yo tampoco... —pienso para mí misma, pero me encuentro diciéndolo en voz alta, esto es algo que me pasa seguido cuando Silas está en la habitación o en este caso, en el coche.

Clavo mis ojos en la ruta y comienzo a pensar en el pasado, mi madre siempre me dijo que los padres de Silas no participaban con nada en el colegio, excepto con dinero. Mis padres se involucraban en ferias y fiestas, ellos siempre estuvieron allí, aunque si lo pienso bien, ellos tampoco conocieron amigos míos o al menos no supieron nunca lo que pasaba ahí.

—¿Sigues en contacto con alguien? —pregunta mirándome de costado, pero sin perder el control del coche.

Me río por la pregunta que acaba de hacer. Él sabe muy bien que no tenía amigos en el colegio.

—No, aunque me encontré a Mateo hace como dos años. —Silas se tensa de golpe y, secretamente, disfruto de ello—. Estaba con su esposa y su hija haciendo turismo en Central Park.

Sus dedos estaban blancos gracias a cómo apretaba el volante, pero de golpe se sueltan.

—¿Hija? Wow, supongo que todo el mundo ya vive una vida de adulto, ¿no? —Sus ojos parecen perderse en sus pensamientos, casi como si se hubiera inhibido mentalmente de la situación.

¿Dónde estará?

A veces me pasa que me inhibo de una conversación, es como si mi cerebro no pudiera escuchar a nadie, ni prestar atención a ninguna situación, excepto desarrollar el pensamiento que tiene en ese momento.

—Sí, todos parecen tener su vida resuelta.

Menos nosotros.

—Bueno, pero quizá nosotros necesitamos más tiempo.

Me doy la vuelta de golpe, con cara de horror.

—Sí, lo dijiste en voz alta.

Maldición.

—Odio cuando me pasa eso.

Silas ríe y le da palmaditas a mi rodilla, se siente demasiado íntimo el tacto y un calor sube por mi cuerpo.

—A mí me gusta, es como si pudiera leer tus pensamientos de vez en cuando.

—¡Sí, pero no es justo porque yo no puedo leer los tuyos! —Mi voz se escucha como la de una niña caprichosa.

—Oh, mi mente está abierta a ti, Lauren, solo que no quieres escuchar lo que pienso.

Me quedo callada ante ese comentario, puede que tenga razón, hay algo en Silas que se desbloqueó conmigo desde que tuvo el prein-farto y me da miedo descubrir qué es.

Me da miedo porque tengo que controlar lo que yo siento. Si tuviera que dibujarlo, es un nudo negro con muchas vueltas, cada vuelta representa algo.

Amor.

Odio.

Lujuria.

Admiración.

La casa de los padres de Silas es increíble, por fuera tiene toda la fachada de casa de playa, blanca con madera clara, un porche en la entrada decorado con palmeras y sillas mecedoras.

Silas está sacando mi maleta del maletero cuando la puerta se abre y la madre sale con una sonrisa o al menos un intento de ella. Silas no mentía cuando dijo que su madre se pasaba el día en el quiró-fano, sus pómulos están elevados y sus ojos anormalmente abiertos.

—¡Silas! —grita entusiasmada mientras baja por los tres escalones a la calle.

—Hola mamá —dice Silas, y parece ensayado, como que el tono es apagado y despegado de su cuerpo—. Ella es Lauren —me señala—, mi amiga.

Miro a Silas arrojando dardos con mis ojos, se suponía que tenía que decir secretaria y que estaba aquí para seguir trabajando horas extras.

Mary Walker inspecciona mi cuerpo de la cabeza hasta los pies y una sonrisa tensa aparece en sus labios hinchados.

—Lauren, un placer conocerte. —Estira su mano y espera que la estreche con ella, claramente no tiene registro de mi existencia antes de este día.

—Igualmente señora Walker, gracias por recibirme.

—Pasad, pasad, tus hermanos no llegaron todavía, pero sé que van a estar aquí en nada.

Por dentro, la casa es impecable, blancos, dorados y azules resaltan el lujo que hay aquí dentro. Todo está decorado con muérdagos y luces navideñas. Me detengo en el recibidor a observar mi alrededor, si pudiera abrir la boca y chorrear saliva lo haría.

Siento la mano de Silas en mi espalda baja, incentivándome a seguir caminando.

—¿Y papá? —pregunta Silas, todavía con su mano en mí, guiándome para seguir a su madre.

—Santino Moran lo invitó a su campo de golf, va a estar aquí para el mediodía o al menos eso prometió —dice con un dejo de rencor en su lengua—. Pero no nos centremos en eso, venid que os llevo a vuestro cuarto, debéis estar cansados del viaje.

¿Vuestro cuarto? ¿En singular?

Miro a Silas de reojo y él pretende no ver mi alteración, por eso tomo su camisa y tiro un poco de ella.

—¡No voy a dormir en el mismo cuarto! —modulo lo más bajo que puedo para que me entienda.

Silas levanta los hombros despreocupadamente.

—No va a ser la primera vez que durmamos juntos —dice en mi oído, haciendo que corra adrenalina desde mis brazos hasta los dedos de los pies.

Mary abre la puerta y nos enseña una habitación hermosa, de paredes ultrablancas y el suelo de un roble claro, todas las ventanas apuntan al mar y el sonido de las olas se filtra por el balcón.

Silas pasa por mi lado y susurra:

—Límpiate la baba —con una media sonrisa, eso hace que me recomponga y me enfoque en Mary otra vez, quien está bajo el marco de la puerta.

—Tienes una casa hermosa, Mary —digo con plena honestidad, no soy una persona que le gusten los lujos, pero esto...

—Gracias querida, fue un regalo de Thomas para sus hijos hace muchos años, ahora la usamos para pasar las fiestas juntos, ya que los tengo desparramados por todo el país.

Cuando le diga a Emma dónde estoy, va a odiarme por el resto de nuestros días.

Silas se para bajo el marco de la puerta y comienza a cerrarla en la cara de su madre.

—¿Nos vemos al mediodía?

—Sí, sí, la comida estará lista a la una, estad preparados. —La madre, sin ofenderse, se retira y estamos solos.

Lo cual significa que finalmente puedo decirle todo lo que quería decirle.

—¿Cómo vas a echarla así? —grito un susurro.

—Es una entrometida, nos hice un favor, aparte, tú no la conoces tanto como yo. Esto del cuarto fue una prueba, créeme, es mejor controlarla que dejarla que invada tu vida.

Y de golpe me doy cuenta que la madre de Silas no tiene el papel de madre como la mía, no tiene un hombro para llorar, ni un consejo, su madre es prácticamente una desconocida.

—Oye, no me mires así —dice con un tono acusatorio—, mi madre pasó más tiempo en Cancún que en su casa con sus hijos, no tiene mi respeto y a esta altura nadie espera nada de ella.

—¡Está bien! ¡No iba a opinar de todas maneras!

Levanta una ceja, juzgándome.

—Nos conocemos bien, Lauren, sé cuando estás juzgando a alguien silenciosamente.

Levanto las manos en son de paz.

—Si dormimos en el mismo cuarto van a creer que...

—¿Por qué te importa la opinión de mis padres?

—¿Te olvidas que trabajo con tus hermanos? ¿Y que tu padre me vio el otro día por cámara?

Eso hace que se detenga y piense.

—Bueno, cuanto más inconcluso todo mejor, más preguntas en sus mentes que no están relacionadas conmigo o mi rendimiento en la empresa. —Sonríe abiertamente y yo solo quiero matarlo.

Ya me estoy arrepintiendo, tendría que haberme quedado en mi piso. El frío y la soledad eran seguramente más fáciles de lidiar que Silas y su liviandad cuando se trata de los dos.

¿Realmente no le molesta lo que piensen sus padres o simplemente quiere que se haga realidad?

18

SILAS

PRESENTE

L uca fue el primero en llegar y en cuanto posó los ojos sobre Lauren, una media sonrisa odiosa apareció en su rostro.

Ese es Luca, sin decir una palabra, logra irritarte.

Oliver fue el segundo, quien la saludó con cordialidad Texana, me miró sospechosamente por unos segundos, pero Oliver es bueno pretendiendo, así que lo dejó pasar.

Y Killian... bueno, digamos que él se toma todo a la ligera, no le interesa una mierda mi vida o qué mujeres traigo a casa de mis padres.

Aunque Lauren es la primera.

Durante el almuerzo la dinámica del grupo es tal como la imaginé, mi familia encuentra a Lauren el foco de entretenimiento y cuando las preguntas se vuelven personales, me meto en la conversación y la desvío.

Mi padre está sentado en la cabecera, mi madre está a su izquierda y yo a la derecha, Lauren está sentada a mi lado y Oliver a su izquierda, Luca está sentado al lado de mamá, justo enfrente de Lauren y Killian al lado.

Mi madre es sorprendentemente amable con Lauren y creo que se debe a que se dejó engañar por su apariencia. Sí, Lauren podría ser la típica hija de millonario, su cabello es rubio y brillante, su cuerpo es delgado y viste con una camisa entallada que parece muy cara. No lo sé, siempre me pareció que podría ser una modelo si quisiera, pero ninguno de mis hermanos está chorreando baba sobre la mesa, lo cual es raro.

Pero esa es mi madre: apariencias, apellidos importantes y cuentas bancarias es todo lo que le importa.

Por suerte ninguno de mis hermanos salió a ella, aunque todos nadamos en dinero, la posición económica del resto es poco relevante por no decir *nada*.

—¿Cómo te estás adaptando a las oficinas, Lauren? —pregunta mi padre mientras corta un pedazo de carne de su plato y lo lleva a la boca.

—¿Oficinas? —interrumpe mi madre antes de que Lauren pueda responder—. ¿Eres arquitecta, Lauren?

—Mamá —la llamo para tomar las riendas de esta conversación y de la información que se va a intercambiar en los próximos segundos —, Lauren es mi asistente ejecutiva.

—Oh —*Ahí está, la decepción de Mary Walker*—, pero dijiste que era tu amiga.

—Lo es —digo mirando a Lauren, quiero ver que tan incómoda

puede ponerla mi familia, si pasa esta prueba de fuego puede que termine casado con ella—, pero también es mi secretaria, nos conocemos desde hace muchos años y está sustituyendo a Estela.

Luca oculta su sonrisa detrás de un vaso de vino.

Lauren sonríe tensamente y se enfoca en mi padre.

—Muy bien, gracias por preguntar. —Su tono educado y amable resurge a pesar de que mi madre haya mostrado qué tan grosera puede ser.

Porque todos sabemos que no hizo ningún esfuerzo para ocultar la decepción.

—¿Es tu primera vez trabajando en una empresa de bienes raíces?

—Oh no —responde apoyando los cubiertos sobre el plato y dándole toda la atención a mi padre—, ya trabajé en varias, como Johnson's y también Knox & Associates.

Mi padre se endereza en la silla, como si esto le resultara conmovedor.

—¡Oh! Me imagino que Silas está exprimiéndote el cerebro para quitarte información de la competencia, ¿no? —Se ríe y mis hermanos lo acompañan con una risa falsa.

—Exprimida está, seguramente —dice Luca por lo bajo.

Lo pateo por debajo de la mesa.

—Sí —ríe Lauren—, estamos trabajando mucho en eso.

Mi padre se acomoda en la mesa, inclinando su cuerpo como si pudiera hablarle en secreto en una mesa llena de gente.

—Cuando decidí retirarme, me costó mucho soltar el mando, pero creo que Silas está yendo por buen camino.

¿Yendo por buen camino? Estoy rompiéndome el maldito trasero todo el día, no quiero un *buen camino,* quiero que reconozca delante de toda mi familia que...

Oh no...

Bum, bum, bum.

Maldito corazón.

Mi respiración se acelera, mi pecho sube y baja y comienzo a sentir calor. Abro los primeros tres botones de mi camisa para dejar entrar aire fresco, pero parece que esto crece y se eleva.

Ahora no, cálmate, no puedes perder la cabeza ahora.

Hasta que siento la mano de Lauren sobre mi pierna, tibia y reconfortante, con su dedo pulgar me acaricia y por un segundo me pierdo en la sensación de sentirla y mi corazón se calma.

Recuerdos de la cercanía de su cuerpo me invaden y relamo mis labios al recordar cómo gimió en mi boca, cómo la envolví en mis brazos y la presioné sobre mi pecho...

Siento los ojos de Luca sobre mí y cuando elevo la mirada lo encuentro inspeccionando con detenimiento.

—No creo que sea justo decir que está *yendo por el buen camino,* creo que ya llegó a la meta final, de hecho, el New York Times lo puso en el top diez de los CEOs más jóvenes de Estados Unidos. Honestamente a veces no puedo seguirle el ritmo con su trabajo, es eficiente y sabe resolver problemas con rapidez, creo que hasta me atrevería a decir que es el mejor jefe que tuve hasta ahora.

Silencio cae en la mesa y todos me observan para ver mi reacción y estoy intentando contener mi sonrisa, pero no puedo.

Lauren sigue acariciándome lentamente y yo no puedo dejar de mirarla, quiero desaparecer con ella en este mismo instante y mandar a la mierda a mi familia.

—Bueno, es bueno saber la opinión de los empleados —dice mi padre carraspeando su garganta—. ¿En qué quieres especializarte en el futuro? Asumo que no quieres ser secretaria toda la vida.

—¿Qué tiene de malo ser secretaria? —arremete Oliver cuando nota que mi padre busca batalla con Lauren.

—Oh no, nada en absoluto —responde moviendo la copa de vino entre sus dedos—, pero puedo ver que Lauren es una mujer ambiciosa, estoy seguro que aspira a algo más.

—Sí —dice ella—, quiero tener mi propia empresa de Bienes Raíces eventualmente, pero quiero especializarme en construcciones ecológicas.

¿Por qué yo no sabía esto?

—Me hace mucha ilusión que la compañía esté dándole oportunidades a jóvenes empresarios —responde mi padre—. Siempre lo dije, somos los mejores y es nuestra responsabilidad prepararle el camino a los demás.

—No estoy de acuerdo —aclara Killian—, si le preparamos el camino, probablemente venga alguien más joven que nosotros, con una visión nueva y bonita, —mira a Lauren y le guiña un ojo— y pasaremos a ser esas empresas dinosaurios que no evolucionan en el mercado.

—Por esa razón contraté una nueva empresa de marketing para Miami —agrega Luca—. Necesitamos estar al día con las tendencias.

Y solo eso basta para disparar una conversación de negocios entre mi padre y mis hermanos.

Yo... yo sigo sintiendo algo extraño en mi pecho, pero no creo que sea mi corazón esta vez, al menos no por las mismas razones que antes.

—Gracias —susurro en su oído.

—¿Por qué? Dije la verdad.

Creo que Lauren no sabe lo mucho que significa para mí esto, que alguien me llene de palabras el oído sin criticar absolutamente todo como hace mi padre, es algo que nunca experimenté.

Apoyo mi mano sobre la de ella, disfrutando de esta microintimidad que tenemos en una mesa llena de hombres que gritan y una madre observadora.

Honestamente, ya no me importa nada más, excepto las caricias de La Alquimista.

Tras el almuerzo, mi madre roba a Lauren para ir a comprar lo que sea que le haya faltado para el árbol navideño *o al menos eso dijo*. Estoy seguro que está invadiendo su vida personal haciendo preguntas completamente fuera de lugar e innecesarias.

Por esa razón, le envío un mensaje a Lauren:

«**Silas:** No le respondas nada que no quieras o no te sientas cómoda, después lidiaré yo con mi madre.»

Segundos después me responde:

«**Conejita:** No hay preguntas en la costa, estamos en territorio no hostil.»

Libero una carcajada explosiva y la conversación que tenían mis hermanos con mi padre se detiene abruptamente.

Cinco pares de ojos me miran inquisitivamente.

Estamos en el salón de la casa, algunos tomando café y otros con cigarros entre los dedos.

—¿Qué fue eso? —pregunta Oliver.

—¿Eso qué?

—Ese sonido que salió de tu boca.

—Se llama risa, Oliver.

—Lo sé, pero nunca sale de ti.

Agarro un cojín y lo revoleo apuntando directamente a su cabeza. Se ríe maliciosamente.

—Muchachos, control por favor —murmura mi padre mientras mira su puro cubano como si fuera una reliquia antigua—. Silas, no hace falta que te diga que no quiero ninguna demanda por acoso para la empresa, ¿no?

Aquí vamos.

—No te preocupes por la empresa —digo por lo bajo mientras me levanto y me sirvo un vaso de Whisky, aunque no debería.

—Yo solo te advierto que es fácil perderse en una cara bonita...

Lauren no es solo una cara bonita, Lauren es un universo y que lo reduzca a algo solo físico me revuelve las tripas.

—Dije que no te preocupes, papá. —Lo enfrento con un tono más severo de lo normal.

Eso hace que me mire desafiante, esperando que le falte el respeto de alguna manera, pero lo único que hago es tomarme todo el vaso de un solo trago.

Nunca tuvimos una relación cercana con mis padres, siempre tuve la teoría que nosotros cuatro somos solamente legado para la empresa, por eso mi padre me trata como si fuera mi jefe. De alguna manera lo resiento por ello, porque estaba claro que necesitaba un guía durante mi adolescencia.

Lo único que tuve fue un padre a distancia.

Mis hermanos nos observan atentamente, nunca elevé el tono de voz en esta casa, pero por Lauren me doy cuenta que soy capaz de muchas cosas que nunca creí antes.

—Y tú... —señalo a Kill—, deja de coquetear con ella.

Killian levanta sus manos en el aire en rendición, pero no agrega nada más, sabe que mi humor de golpe ya no es el mismo que antes.

Luca carraspea un poco su garganta y desvía el tema, mencionando un nuevo proyecto que está desarrollando en Miami, sabe muy bien que mi padre no puede ignorar una conversación que involucra dinero.

Tengo que darle las gracias luego.

Lauren y mi madre llegan para la cena con una infinidad tremenda de bolsas. Camino rápidamente hacia ellas para quitarles todo el peso.

—¿Qué es todo esto? —pregunto mientras dejo las bolsas sobre la mesa de la cocina.

—Oh, ya sabes cuánto me gusta hacer regalos en Navidad —dice mi madre, desmereciendo la cantidad cómica de bolsas de las mejores marcas.

—¿Estás bien? —pregunto en un susurro solo para Lauren mientras la tomo del brazo con delicadeza, no me había dado cuenta que la había extrañado tanto hasta que la vi de vuelta.

Demonios, la extrañé.

—Sí —sonríe tiernamente—, ¿crees que pueda ir a bañarme antes de la cena?

—Depende —respondo seriamente.

—¿De qué?

—De si puedo acompañarte o no.

Lauren me empuja y yo rió fuertemente, haciendo que mi madre me observe con cuidado, por suerte no escuchó lo que dije.

La cena transcurre con normalidad, no hay preguntas incómodas, ni miradas sospechosas y no más guiños de Killian para Lauren, gracias a Dios.

Cuando Lauren se retira a dormir, corro detrás de ella, bueno, no corro, no estoy tan desesperado, pero camino rápido. Lo suficientemente rápido para que mis padres me miren raro.

Los dejo atrás y llego a ella.

—Lauren —la llamo justo cuando sube por las escaleras, ella está un escalón más arriba que yo. Parece cansada y lista para ir a la cama —, si quieres que duerma en otra habitación está bien, sé que no fue gracioso para ti lo de los cuartos con mi madre, puedo compartir el cuarto con cualquiera de mis hermanos.

Ella me escucha con atención y de golpe leo un poco de decepción en sus ojos y mi corazón comienza a latir fuerte.

Pero esta vez es de emoción.

—¿Tienes hueco en otro lado? —pregunta mirando sobre mi hombro, casi como buscando dónde puedo dormir.

—Sí, no te preocupes. —Sonrío sin mostrar mis dientes, intento ocultar la decepción que va a ser dormir bajo el mismo techo que Lauren, pero no en la misma cama.

Ella deposita un beso en mi mejilla y dice:

—Buenas noches, Silas.

19

LAUREN

PASADO

La sensación del agua sobre cada centímetro de mi cuerpo hundiéndome me pone en *modo supervivencia*. Una mano fuerza mi cabeza para que se mantenga sumergida.

Tiene mucha fuerza.

No puedo salir, no me lo permite.

Alguien cubrió mi rostro y me arrastró desde el pasillo externo de la casa, hasta la piscina, no pude ver quién fue ni cuántas personas había ahí.

Solo sé que, si no salgo a la superficie en los próximos segundos, mis pulmones van a colapsar.

Cuando creo que no puedo aguantar más la respiración, la mano que me sostiene me saca a la superficie por solo unos segundos, permitiéndome tomar aire, pero luego me vuelve a sumergir.

En esos pocos segundos me doy cuenta que las que gritan son mujeres.

Mis manos intentan desprenderla de mi cabello, pero puedo sentir la fuerza en una mano gigante.

¿Silas? No, se escuchan gritos agudos y voces femeninas y él será muchas cosas, pero violento físicamente nunca lo fue.

Los gritos desde abajo del agua se escuchan más fuertes que antes, pero a la vez lejanos y distorsionados.

Me retuerzo de un lado al otro, intentando liberarme de la mano, pero sus dedos están aferrados a mi cabello.

Mis pulmones arden, mi pecho se aprieta y siento que me quedan pocos segundos de conciencia, lo sé.

De pronto los gritos cambian, hay algo más terrorífico cerca, algo que los asusta.

La mano que me sostiene deja de hacer fuerza e inmediatamente me empujo hasta la superficie para poder respirar y sin tantos reparos, tomo una gran bocanada, llenando mis pulmones, haciendo que estos ardan cuando dejo entrar el aire. Mi cabello está pegado sobre mi rostro y la burbuja que me aislaba se rompió y todos los gritos explotan en mis oídos.

Escucho gente corriendo y algunos: «Vamos, ¡vamos!»

Alguien se tira al agua justo a mi lado y Silas me sostiene mientras toso y busco aire desesperadamente.

—¡¿Estás bien?! —grita mientras me lleva a la orilla, yo lo empujo con fuerza, con odio, mientras me sostengo del borde.

— ¡¿Cómo pudiste!? —grito con lágrimas en mis ojos, no estoy pensando con claridad, el susto y la desesperación están haciéndome decir cualquier cosa. Pero él permitió esto, él creó este maltrato en el colegio.

Silas me mira confundido.

—¡Yo no fui! Lauren...

Intento salir de la piscina y él me ayuda a salir, empujándome desde mis caderas con las dos manos.

Su cabello está adosado a su cabeza, su ropa pegada a su cuerpo, resaltando cada abdominal, cada respiración agitada en su pecho.

—Silas, ¿qué quieres que hagamos con él?

Detrás mío están los tres hermanos Walker, sosteniendo a Matt contra el suelo. Killian sujeta sus manos sobre la espalda, Oliver sus pies y Luca está con un pie sobre la cabeza.

—Llama a la policía —dice Silas.

Se pone de cuclillas a mi lado e inspecciona mi cuerpo, su mirada inquieta, su ira contenida.

—Lo siento.

—¿Fuiste tú o no?

—No, Conejita, ¿cómo voy a ser capaz de...?

—Entonces no lo sientas. —Me levanto del suelo rápidamente, pero el mareo me noquea y me caigo otra vez.

Silas me sostiene entre sus brazos, me levanta y me apoya en una tumbona.

—¡Soltadme! —grita Matt —¡Silas! Esto fue idea de tu novia, ¡yo no tengo nada que ver!

Puedo sentir el momento exacto donde Silas se transforma en otra persona. La energía cambia, parece pesada y aplastante. Camina hacia Matt, toma impulso y le da una patada en el rostro.

Los tres hermanos sisean por el dolor que les provoca solo de verlo, yo aparto la vista porque es muy duro de ver.

Silas levanta su cabeza del suelo, forzándolo a que lo mire a los ojos.

—¿Escuchas el sonido? —Las sirenas de la ambulancia y de la policía se escuchan a la distancia—. Están viniendo ¿y sabes qué, pedazo de mierda? Tengo cámaras por toda la propiedad, así que llama a tu papi y pide al abogado de la familia, porque vas a pasar unos cuantos añitos en la trena.

Sin prestarle atención a la respuesta, vuelve a mí y me envuelve con una toalla que estaba prolijamente colocada en un aparador.

La policía entra corriendo, junto con paramédicos, Silas los llama y me señala.

Me encuentro en una ambulancia, aunque les dije que me sentía bien, pero tienen que revisar que no haya ninguna contusión o agua en los pulmones, o al menos eso entendí. Silas viene conmigo al hospital, evita mirarme cuando lo estoy observando y se mantiene en silencio durante todo el proceso donde los médicos y las enfermeras entran y salen del cuarto.

—Lamento haberte culpado sin pruebas. —Mi voz está rasposa y baja, pero sé que me escucha porque al fin me mira a los ojos.

—Te di suficientes razones durante todos estos años para que creas que soy capaz de algo así —dice entre dientes, parece que intenta frenar la furia que tiene dentro.

—No —confieso—, creí que eras tú al principio, porque sabía que era un hombre y sí, dudé por un segundo, pero no podía creer que fueras capaz de algo así, fuiste muchas cosas, pero físicamente violento jamás.

Cuando digo esas palabras, camina hacia la cama y se para a mi lado.

—Michelle nos vio, ya sabes, el beso y mi patético intento de pasar una noche contigo —dice mirando a mis piernas—, le pidió ayuda al idiota de Matt y a sus amigas.

—¿Dónde estabas tú? —pregunto.

—Cuando te fuiste me metí en la casa de invitados para estar solo un rato. —Sus mejillas se ponen rojas de golpe—. Escuché los gritos y creí que estaban borrachas, pero algo me dijo que echara un vistazo por las dudas y cuando te vi bajo el agua yo... —Se cruza de brazos y carraspea su garganta como si quisiera desatorar cosas atascadas allí —. No te preocupes, van a pagar por lo que te hicieron, cada uno de ellos. —Da un paso adelante, deposita un beso sobre mi frente y se retira de la habitación sin decir nada más.

PRESENTE

Lo PRIMERO QUE hago en cuanto me despierto es mirar por la ventana de mi cuarto, la vista da al mar y a una pequeña playa que parece exclusiva de la casa Walker.

Abro las puertas y salgo al balcón, el aire frío me baña el rostro, pero el sol está asomándose sobre el mar y eso es una vista que no me puedo perder.

Parece que no importa en qué lugar esté, si involucra a los Walker, voy a tener un amanecer o atardecer, o los dos.

Tomo un jersey color crema y me abrigo para disfrutar de este momento. Me acurruco dentro de las suaves y calientes fibras y me apoyo sobre el balcón para apreciar este momento.

Ciertamente es mejor que mi pequeño apartamento.

Las olas rompen en la orilla; las gaviotas van en busca de su desayuno y el viento salado acaricia mi rostro.

Tomo aire profundamente, absorbiendo todo esto.

Tengo que grabar en mi memoria este momento, no voy a tener todas las Navidades estas vistas, aunque me gustaría compartirlo con mi hermana y mis padres, pero quién sabe, quizá algún día tenga tanto dinero que seré capaz de darles unas vistas así.

—¡Ey! —escucho.

Miro hacia abajo y encuentro a Silas con dos tazas en la mano, las levanta para mostrármelas y mueve la cabeza para indicarme los sillones de exterior que hay sobre la plataforma del jardín—. ¡Ven a desayunar!

Sonrío y salgo en su búsqueda.

Ayer fue difícil pasar el día con su madre, tuve que aclarar reiteradas veces que no tenía ningún tipo de relación con Silas y eso llevaba a más preguntas, como:

¿Eres soltera entonces? ¿De qué trabajan tus padres? ¿Por qué no fuiste a visitarlos para las fiestas? Y así, durante varias horas.

Qué divertido.

—Café recién hecho —dice mientras entrega la taza y se sienta en el sillón.

Me siento a su lado y cruzo las piernas para tener los dos pies sobre la suave tela del sillón.

Silas tiene un jersey del mismo color que el mío, pero de cuello alto, debajo tiene unos pantalones verde musgo que le quedan de muerte.

Siempre tuvo buen gusto para vestir, elegante pero no extravagante. Sus hermanos por otro lado, son enteramente diferentes, Luca siempre viste de negro y siempre lo hacía cuando íbamos al colegio, ahora que vive en Miami no entiendo cómo puede seguir vistiendo así. Oliver ayer llevaba unos vaqueros con una camisa blanca entallada, Killian se burlaba de él porque decía que se vestía como un Cowboy, pero Killian no tenía una vestimenta demasiado alejada a la de Oliver.

Los hermanos Walker se comportan raro entre ellos, parece que hay cierta hermandad, pero luego comienzan a competir y, lo juro, parece que son desconocidos jugando en el casino.

—Gracias —digo antes de dar un sorbo, hace bastante frío y una taza de café es todo lo que necesito.

—¿Qué tal has dormido? —pregunta mirando hacia el mar.

Aprovecho su distracción para mirarlo con detenimiento, no

parece estar muy descansado, las ojeras son un poco más oscuras y sus ojos están hinchados.

—Mejor que tú, seguro —bromeo, pero eso hace que me mire y comience a masajear su cuello.

—Ese sillón será muy caro, pero no está hecho para dormir toda la noche.

—¿Sillón? —inquiero apoyando la taza en mi regazo—. Creí que ibas a compartir el cuarto con tus hermanos.

—Pfff, los tres me cerraron la puerta en la cara, terminé durmiendo en el sillón del salón.

Ahora me siento mal.

—Silas... —lo regaño—. ¿Por qué no viniste a la habitación?

Sus ojos celestes me miran con complicidad y luego esconde su rostro tras la taza.

—No quería invadirte, mi madre está haciendo ese trabajo por mí. —Se ríe y yo lo imito hasta que las risas se dispersan y nos mantenemos en silencio.

—Estoy lista para hacerte algunas preguntas.

Silas se acomoda en el sillón, colocando una mano sobre el respaldo demasiado cerca de mi hombro y apunta su cuerpo hacia mí.

—Dispara.

Acomodo la taza entre mis manos y comienzo:

—La noche del incidente, dijiste que estabas en la casa de la piscina cuando escuchaste los gritos, ¿lo recuerdas?

Silas asiente.

—Sí, va a ser difícil olvidar esa noche.

—¿Qué estabas haciendo ahí?

Una media sonrisa aparece de golpe.

—No sé si quiero que lo sepas. —Me mantengo en silencio expectante, *siempre funciona con la gente. La incomodidad los hace hablar* —. ¡Está bien!, ¡está bien! Estaba, ya sabes, ocupándome de mi erección.

Ahora soy yo la que ríe.

—Estás bromeando, ¿no? —Río a carcajadas y él me acompaña con la sonrisa más bonita que vi en mi vida.

—No, pero no pude llegar a nada —Vuelve a reír, pero poco a poco su sonrisa se difumina—. Ese día no me daban las piernas para correr hacia ti, pensé que no llegaría a tiempo.

—Pero sí llegaste —respondo con la misma seriedad—, lamentablemente no supe ver las cosas con claridad cuando te vi y no hay un día que no piense en lo mal que hice al acusarte.

—No te preocupes, había mucha conmoción en ese momento, cualquiera hubiese pensado lo mismo.

—¿Qué ocurrió después?

Sé que Matt fue preso y que lo liberaron tres años después, pero la policía reportó que estaba completamente desfigurado cuando se lo llevaron a comisaría, asumí que era por la patada que Silas incrustó en su rostro.

—Le dimos una paliza con mis hermanos en cuanto lo liberaron —dice con los ojos perdidos en el mar—, allí fue donde me hice esto. —Señala la cicatriz que tiene en la ceja.

Nunca voy a avalar la violencia, pero ese día, estaba agradecida por su defensa, por primera vez me sentí protegida en el colegio.

Solo quedaba una semana de clases, pero ninguno de los hermanos Walker volvieron esa semana, por ende, esa noche y ese beso en la frente fue la última vez que vi a Silas.

—¿Por qué no volviste al colegio?

—Pasamos una noche en la comisaría y mis padres se enteraron, como castigo nos hicieron hacer trabajo comunitario durante toda esa semana.

—Lo siento, por mi culpa vosotros...

—No, no fue tu culpa —interrumpe—, fue mía, debí haber sabido que eso iba a pasar, Michelle presentaba síntomas de locura, igual que todos esos.

—¿Sabes qué ocurrió con ellos?

—Michelle se quedó embarazada al año de haber terminado el colegio, se convirtió en madre soltera porque el sátrapa con el que andaba se dio a la fuga. Cuando el caso de Matt terminó, lo condenaron a tres años, sé que ahora trabaja de fontanero en una ciudad de quince mil habitantes y las demás no tengo idea, ¿puedo preguntarte yo ahora?

—No sabía que tenías preguntas para mí, claro, pregúntame.

Silas toma aire profundo del mar y luego exhala.

—¿Alguna vez te arrepentiste?

Frunzo el ceño en confusión.

—Cuando le dijiste que no a mí propuesta —aclara.

—Aah... —digo por lo bajo, entendiendo un poco mejor. Mis mejillas de golpe se sienten calientes y mis orejas son puro fuego. —. Durante muchos años me pregunté qué hubiera pasado si me hubiese quedado, primero porque la conclusión de esa noche fue horrible, entonces era fácil comparar un supuesto perfecto, pero luego, cuando sané mentalmente, me seguía preguntando qué hubiese pasado esa noche.

Silas me presta mucha atención.

—Yo sé que hubiese pasado.

—¿Ah sí?

—Sí —dice con su sonrisa de oreja a oreja—. Sé que te hubiese llevado a mi cuarto y hubiese cerrado con llave para que nadie nos interrumpiera. Hubiese quitado tu ropa y besado tu piel, especialmente tus hombros, siempre tuve algo por tus hombros. —Deja que una pequeña risa salga de su boca y con la punta de sus dedos toca mi hombro izquierdo—. Hubiese besado tus pechos, tu estómago, te hubiese confesado lo idiota que fui por no descubrir a tiempo lo que despertabas en mí, mientras me hundía dentro tuyo, hasta hacerte llegar al menos cuatro veces. Estoy seguro que ibas a querer irte antes del amanecer, pero yo te hubiese rogado de rodillas para que durmieras conmigo al menos una vez antes de entrar en la vida de adultos que íbamos a padecer, donde los dos nos hubiésemos olvidado del otro.

»Probablemente hubiésemos terminado cada uno con familia e hijos y sí, quizá fuésemos felices, pero los dos seguiríamos pensando en el otro en los momentos más vulnerables, porque la pregunta de qué hubiese pasado latiría para siempre.

Silas termina de pronunciar su fantasía y el silencio cae entre los dos.

Pude visualizar absolutamente todo lo que dijo: pude verlo besando mi cuerpo, pude verlo cerrando la puerta y sentir su cercanía cuando nuestras pieles desnudas se tocaban. Pude sentir tanto que solo pude hacer una cosa en la realidad: besarlo.

20

SILAS

PRESENTE

Con un movimiento lento y delicado, Lauren se inclina hasta que sus labios tocan los míos.

De todos nuestros besos, esta es la primera vez que ella lo inicia y ese detalle no pasa desapercibido.

Al principio me muevo con cuidado, casi esperando que se arrepienta, pero cuando siento que su respiración se acelera, me sumerjo en su boca con el hambre que tuve desde que la besé en mi casa. Me inclino a un lado y luego al otro, explorando cada centímetro de sus

labios, sintiendo la suavidad de ellos, explorando la electricidad inne-
gable entre los dos. En algún momento la taza de café desaparece de
mis manos y puedo darme el lujo de acercarla más a mí, hasta tenerla
sentada sobre mis piernas.

Soy adicto a su tacto.

A su aliento.

A su lengua.

—Silas... —susurra tiernamente sobre mi boca—, estamos en la
casa de tus padres.

—A la mierda mis padres —digo, besándola de vuelta y ente-
rrando mis manos en su cintura con entusiasmo. Quiero más, no me
importa quién mierda esté en la casa o si alguien nos ve.

Es Lauren, siempre tuvo prioridad en mi vida, siempre fue la
mujer que esperé.

—Silas...

—Necesito esto. —Mi tono suena desesperado, mis manos impul-
sivas y mi boca demandante.

Sus labios, sus gemidos.

Es demasiado.

—Pero tu corazón...

—Déjalo, nunca estuvo tan contento.

Esas palabras relajan suficiente su cuerpo como para permitirme
empujarla sobre el sillón y subirme sobre ella, como el animal desesperado que soy.

Sé que ella está atontada con mis caricias, la excitación crece
entre los dos mientras mis manos se deslizan por su pierna hasta
llegar a su trasero y enterrar mis dedos en su piel.

Inconscientemente queriendo entrar en ella de alguna manera.

Mi lengua la acaricia, la estimula, dándole una pequeña anticipación de lo que ocurrirá cuando al fin la tenga toda. De cuánto podré
excitarla, cuando sus largas piernas se abran para mí.

*Maldición, tengo que controlarme, si no voy a terminar frotán-
dome sobre ella como un maldito púber.*

Pero se siente tan bien tenerla para mí, tan natural y acertado.

Un carraspeo hace que empiece a insultar a todos los dioses existentes en el mundo. Levanto la mirada y encuentro a Luca apoyado tranquilamente sobre la pared, lleva puesta una bata negra y una taza en su mano.

Parece el villano de una película.

—Mamá me envió a ofreceros desayuno, pero creo que estáis bien servidos.

Lauren me empuja lejos de ella, se arregla el cabello y sus ropas frenéticamente.

—Luca, lo siento —dice, *¿por qué demonios pide perdón?* Si supiera las cosas que hizo mi hermano bajo el techo de mis padres, no estaría tan avergonzada—. Esto es una falta total de respeto, estamos en la casa de tus padres.

Luca me mira con una sonrisa cómplice y yo solo le doy la mirada que sabe que tiene un solo significado: *voy a matarte.*

—Tranquila Lauren, en esta casa nadie es un santo, especialmente mis padres, no te ofusques. Pero os recomiendo hacer eso donde mis padres no puedan veros, ya sabes, para no generar un revuelo. —Se da media vuelta y desaparece en la casa.

Muerdo mis labios para contener la sonrisa y Lauren me empuja irritada.

—¡No te rías!

—Vamos a desayunar —digo, levantándome del sillón.

En silencio caminamos hacia la puerta, pero antes de entrar y pretender que no somos nada, la empujo contra la pared más cercana y le robo un beso.

—Para el resto del día —susurro, y ella sonríe tan abiertamente que tardo en soltarla.

Creía que las lágrimas de Lauren me excitaban, qué equivocado estaba, es su sonrisa lo que me pone de rodillas.

Durante el resto del día, lo pasamos con mis hermanos, jugando juegos de mesa, conversando y pasando un buen rato. No hablamos de negocios si las mujeres están en la habitación, principalmente porque sabemos que es aburrido y hasta a veces embarazoso no tener otro tema de conversación con tu familia más que sobre dinero, es un pensamiento que me deprime por momentos, pero nunca me encontré deseando hablar de la empresa.

La presencia de Lauren ilumina el día. Se lleva bien con mis hermanos, inclusive más de una vez intentaron molestarla y ella se defendió como nunca, siempre entre risas y café. Mi padre parece encantado con ella y con sus respuestas únicas, mi madre todavía no la entiende del todo, pero es amable con ella.

Yo me encuentro mirándola varias veces mientras ella no lo nota y me pregunto: ¿Qué quiero de Lauren Green? La respuesta grita desde mi alma tan fuerte que ya no puedo ignorarla.

Cuando cae la noche cada uno va a su cuarto a prepararse para la cena navideña y yo la espero en la puerta de su cuarto ansioso por alguna extraña razón.

Cuando la puerta se abre, me doy cuenta del por qué.

Lauren lleva puesto el vestido que le regalé, su cabello está arreglado y cae en ondas sobre sus hombros, no lleva sus gafas y el verde de su iris brilla con intensidad.

Me quedo sin palabras.

Se ve impecable, increíble e irreal.

Abro la boca, pero no hay palabras, ni en mi mente, es como que olvidé ser humano.

—Estoy lista —dice con una sonrisa.

Mi mente quizá no sepa qué demonios hacer con esta mujer, ¿pero mi cuerpo...? Mi cuerpo la acorrala entre la puerta de su cuarto y mi boca.

—Puedo ver eso... Te ves... —susurro acariciando su cintura, mis manos se ven grandes sobre ella y me pregunto cómo se verán cuando estén directamente sobre su piel.

—¿Muy bien? Lo sé, este vestido es mágico, gracias.

Sonrío, ella parece estar de buen humor y liviana y eso significa que yo también lo estoy.

Tomo su mano y la llevo conmigo.

—Vamos, terminemos con esto cuanto antes.

Mi madre siempre contrata gente para tener una mesa decorada y comida exquisita, no estoy diciendo que sea innecesario, pero es estúpido. A ver, lo único que queremos todos es pasar una fiesta en familia y tener camareros que te sirvan la comida en el plato solo provoca incomodidad y es banal.

Y sé que Lauren lo está odiando, la conozco muy bien.

Se tensa cada vez que ve entrar a una de las camareras con un plato de comida. Debería haberle advertido, porque sé lo que está pensando, esa persona tendría que estar con su familia y no aquí y eso la angustia. Por eso deslizo mi mano sobre su pierna cada vez que la veo afligida, ella me sonríe tensamente y pretende no estar agobiada con todo esto.

—Este año no se esmeraron mucho —dice mi padre refiriéndose al servicio de Nochebuena, mientras come su plato repleto de comida.

—Estoy de acuerdo —dice mi madre—, esto es lo que pasa cuando contratas a la misma gente durante varios años, se ponen cómodos, Thomas. Te lo dije, ya no brindan el mismo servicio y calidad.

Lauren se tensa de nuevo, por eso esta vez deslizo mi mano hacia arriba sobre su muslo y eso roba toda su atención.

Me estoy acostumbrando rápido a querer tenerla solo para mí.

—¿Qué haces? —susurra con dientes apretados.

—Te distraigo —sonrío diabólicamente.

—Para ya. —Toma mi mano e intenta alejarla, pero no tiene la suficiente fuerza.

—Hagamos un trato, tú dejas de preocuparte por las camareras y yo dejo de tocarte en la mesa navideña —digo entre sonrisas—, a menos que busques tener tu regalo antes —agrego arrastrando mis dedos más arriba que antes.

Guiño un ojo.

Sí, estoy hablando de un orgasmo y ella lo entendió también porque sus orejas se ponen rojas.

Lauren de golpe se centra en mis hermanos, pero nadie está prestándonos atención, la conversación se volvió a distorsionar y ahora están todos discutiendo sobre el mercado gastronómico.

—Nadie va a salvarte, Conejita —digo subiendo la mano lentamente hasta comenzar a subir su vestido.

—Está bien, está bien. —Se da por vencida.

Inconscientemente, coloco mi brazo sobre el respaldo de su silla y la atraigo hacia mí, eso sí capta la atención de todos, especialmente de mis padres.

Pretendo no darme cuenta, mientras pincho algo con el tenedor y me lo llevo a la boca.

Cuando todos se acomodan a la nueva dinámica entre los dos, las conversaciones siguen. De alguna manera mi padre conecta temas como un parásito contagiando células y termina preguntando sobre el proyecto.

Qué suerte la mía.

—¿Qué tan avanzado está eso, Silas?

—Va por buen camino —respondo con irritación, usando las mismas palabras que él—, vamos a continuar con las negociaciones a partir de enero.

—No, es demasiado tiempo, sabes que no puedes dejarlos reposar por ahí, adelántala.

—No me parece que sea buena idea —contradigo a mi padre y eso lo saca de quicio, lo sé porque junta sus cejas y deja su copa de vino sobre la mesa.

—No me importa tu opinión Silas, es mi empresa, así es como quiero que funcione.

Bum, bum, bum.

—De hecho, señor Walker... —Lauren interviene con el tono más dulce e inocente que escuché en su repertorio, todos en la mesa la miran con temor, porque nadie contradice a mi padre.

—Thomas —dice él, y eso hace que nos miremos Luca y yo, cruzando miradas inquietas.

Ella sonríe tiernamente.

—Thomas, los inversionistas fueron los que aconsejaron posponer las negociaciones hasta enero, jactándose de que son todos hombres y mujeres de familia y que necesitaban pasar tiempo con ellos antes de comenzar el año. Silas propuso detener el proyecto por dos semanas y ya sabemos que eso dio frutos, por ejemplo, el señor Lee dijo que ya no ve empresas que pongan a las familias por encima de los negocios y que eso hablaba muy bien de los Walker, y la señora Lennon dijo que iba a usar las fiestas de fin de año para atraer más inversionistas, porque creía conocer gente que podría estar interesada pero que no vería hasta las fiestas de fin de año —dice mirándome con complicidad.

Mi padre la escucha con atención y cuando Lauren termina de hablar se hace un pequeño silencio, hasta que Thomas Walker asiente.

—Puede que tengas razón.

No lo puedo creer, ¿mi padre le dio la razón?

Lauren no aparta la mirada de mis ojos y yo me derramo en ella, en su rostro, su amabilidad y entereza.

Creo estar cayendo en sus pupilas y a medida que me caigo, me enamoro.

Nunca nadie me rescató de ninguna situación, jamás, y estaba tan acostumbrado a remar solo.

Saber que nada menos que *Lauren Green* es quien me defiende con uñas y dientes ante un tirano como lo es mi padre, me llena el pecho de una sustancia completamente nueva:

Amor.

Después de la cena, el postre y el café, las mujeres se retiran a sus cuartos. Lauren fue a hacer una videollamada con su familia y los hombres nos quedamos conversando en la mesa.

Puedo escucharla hablar con sus padres y hermana, hay carcajadas de por medio y me doy cuenta lo diferente que hubiese sido la cena si ellos estuvieran en la habitación, quizá las próximas Navidades podríamos ir a verlos.

¿Qué cojones?, ¿las próximas Navidades?, ¿qué demonios estoy pensando? Lauren no es mi esposa, ni novia, ni nada, ella está aquí para distraer a mi familia y está haciendo un muy buen trabajo.

Puede que también me esté distrayendo a mí, pero eso es otra cosa.

Mi padre se retira a las doce, mis hermanos y yo nos quedamos un rato más.

—¿Ya le pediste matrimonio? —pregunta Luca.

Me atraganto con mi vaso de whiskey.

—¿De qué coño estás hablando? —digo limpiando mi boca e inspeccionando mi camisa con el rostro indignado.

Luca sonríe y mis otros hermanos lo siguen con la misma muesca.

—Silas, —se inclina sobre la mesa y habla con mucha pausa, como si le hablara a alguien que no entiende nada de la vida—, estás enamorado de esa mujer, deja de negarlo y deja de pretender que no pasa nada entre vosotros, ya perdiste demasiado tiempo.

—Estoy con Luca —agrega Oliver quien está desparramado en la silla, parece que bebió más de lo que debía y me pregunto si está todo bien con él.

—¿Os estáis escuchando? ¿Matrimonio? ¿Desde cuándo sois fanáticos del compromiso?

—Desde que vimos su interacción —dice Killian—. Entiendo que sea muy precipitado, pero que no se te escape —me apunta con el dedo—, no vas a encontrar muchas mujeres que te defiendan enfrente de papá como lo hizo ella.

—Sí —coincide Oliver arrastrando las palabras— y que no termine en la calle, juro por Dios que por un segundo creí que iba a matarla, pero luego sonrió.

—Yo también —agrega Luca—, todavía no puedo creer lo bien que reaccionó, yo también quiero una asistente así. —Ríe y todos lo seguimos.

—Aparte, ninguna mujer se puede resistir a un anillo —dice Killian—. Pon una roca en su dedo ya.

—Claramente no conoces a Lauren lo suficiente. —Me río por lo bajo, pensando en todas las cosas que me diría si le doy un anillo de compromiso, seguramente expondría algo como que puedo comprar al menos veinte casas en África con el precio de ese anillo o que ese diamante fue robado de territorio sagrado de algún país que no sé ni el nombre.

—Pero tú sí y ahí es donde quiero llegar, haz lo que tengas que hacer, pero hazlo —empuja Luca de vuelta, ¿por qué insiste tanto?—. Le haría bien a la compañía que su CEO sea un hombre de familia después de todo. —Guiña hacia mí y se ríe dentro de su vaso de whiskey.

Cuando ya no escucho la risa de Lauren, me retiro de la mesa con la excusa de que tengo que ir al baño, pero sé que mis hermanos saben cuál es mi destino. Toco la puerta tres veces y espero a que abra, sé que es tarde, pero no puedo terminar la Nochebuena sin saludarla.

Cuando abre, está con el mismo pijama que vi cuando fui a buscarla el día anterior.

Parece que a mi polla no le importa qué lleve puesto, siempre va a reaccionar cuando esté ella en el mismo ambiente.

—¿Tienes más preguntas para mí? —digo lo primero que se me ocurre, lo que sea que me permita pasar tiempo con ella a solas.

Lauren pretende pensar, colocando su dedo índice sobre la mejilla, es tan adorable que tengo que mirar para otro lado para no arrojarme sobre ella como un cavernícola.

—Sí, ¿quieres pasar?

—Quiero hacer más cosas, pero sí, me conformo con esto.

Camina hasta el centro de su cuarto y yo cierro la puerta detrás de mí. Ella se sienta en un sillón al lado de la ventana y yo a los pies de la cama.

—¿Cómo está tu familia? —pregunto mientras tomo el vestido que llevaba puesto antes, que está doblado prolijamente sobre la cama.

Imágenes de ella desvistiéndose aparecen en mi mente, pero las elimino antes de que produzcan un desastre en este cuarto.

—Están bien, gracias por preguntar. —Sube los pies al sillón y abraza sus rodillas, puedo ver en su mirada que tiene las preguntas listas para mí, así que dejo su vestido y me sostengo con mis manos apoyadas en el colchón.

—¿Qué es lo que más odias en la vida?

A mí mismo.

—A las personas —digo en cambio.

Lauren se ríe, piensa que estoy haciendo un chiste así que busco rápidamente algo más que decir, mi primera respuesta no es muy divertida.

—Aparte...

—No tengo tiempo para odiar.

—Eso es más profundo de lo que imaginas —dice levantando una ceja—. ¿Cuál era tu clase favorita en el colegio?

—Eso es fácil, literatura, era muy sencilla aprobar. —*Y era la única que compartía contigo,* digo para mis adentros.

—¿Quién era tu mejor amigo?

—Ninguno de todos los que piensas, si fuese el caso, mantendría contacto con ellos y no hablo con nadie, lo más cercano a un amigo es Luca para mí, ¿quién es tu mejor amiga?

—Emma, siempre lo fue.

Asiento pensativamente.

—¿Cuántas veces te rompieron el corazón?

—Una.

—¿Quién? —se muestra intrigada.

—No importa quién, la misma pregunta para ti, ¿te rompieron el corazón?

Lauren apoya su mentón sobre las rodillas y piensa.

—Todavía no. —Su mirada es vacía y no mira nada en particular, parece perdida en su mente infinita—. ¿Te sientes solo por momentos?

Todo el maldito tiempo.

—A veces, pero no lo veo como algo malo, cuando nadie llena el espacio, estar solo es mejor.

Hasta que Lauren Green volvió a mi vida y plantó campamento.

—Concuerdo, aprendí desde muy pequeña que estar sola es más productivo que estar acompañada todo el tiempo, no quita que quiera pasar tiempo con mis allegados, solo que, tengo mis límites.

—Si alguna vez toco ese límite, déjamelo saber.

Lauren asiente con una sonrisa, su mirada cambia de golpe, ¿es eso realización?

—¿Por qué me odiabas en el colegio?

Sus ojos me miran fijamente, expectantes y ansiosos, tengo la sensación que esta era en realidad la pregunta que siempre quiso hacer.

—¿Recuerdas la primera vez que nos vimos?

PASADO

Es el primer año del último ciclo de este prototipo de vida, ¿se entiende?, en solo tres años termino el colegio y seré libre de toda esta mierda.

El colegio ya es mío, gracias a mis padres y su dinero, me puedo salir con la mía sin consecuencias. Pocos, por no decir ningún profesor, quiere despertar la ira de los Walker, estoy casi seguro que en su primer día de trabajo les avisan cuáles son los alumnos intocables.

Mis hermanos y yo.

Y ninguno de nosotros se niega a este trato preferencial, ¡ey! Si puede hacer nuestra vida mejor, entonces vamos a por ello.

Camino por primera vez por el pasillo de las taquillas. A nosotros nos informaron qué taquilla teníamos y cuál es la contraseña una semana antes que al resto.

Mi hermano Killian dijo que vio en el Instagram de alguna de las chicas de aquí, que ya estaban enviándose la información de qué taquilla era para cada hermano, parece que lo necesitan para comunicarse con nosotros, dejar regalos o vaya a saber uno qué más.

Cuando llego a la mía, encuentro a una rubia intentando desbloquear mi contraseña y fallar en el intento.

—No va a funcionar, si quieres dejarme una carta en mi taquilla puedes dármela personalmente —digo con una sonrisa seductora, siempre funciona.

Desde pequeño supe que mi rostro abría puertas, todavía no tengo dieciocho, pero sé que cuando los tenga no va a haber nada que me impida tener lo que quiera.

La rubia voltea, su rostro está tan enfadado que me hace reír por la nariz, ya sabes, es una risa millennial exclusivamente.

Sus ojos son verdes y lleva unas gafas con un marco rosa pálido, su rostro tiene forma de corazón y unas pecas se desparraman por su nariz y pómulos. Es un tipo de belleza suave, de esas bellezas que son únicas y para nada convencionales.

—¿Disculpa?

Señalo con el dedo el desastre que está haciendo.

—Esta es mi taquilla.

—No, no lo es, es la mía. —Voltea y sigue colocando los números mal.

—Estoy seguro que es la mía, mira. —La empujo un poco para colocarme enfrente, pero espero a que voltee para poner mi clave.

Ella revira los ojos irritadamente y mira para otro lado.

Tal como dije, la taquilla se abre, por ende, estiro la mano esperando por la carta, la rubia mira mi mano y luego me mira a los ojos.

—¿Qué?

—Quiero mi carta.

—¿Por qué te escribiría una carta? Acabo de conocerte, aparte te tengo enfrente de mí, si quisiera decirte algo usaría la comunicación verbal.

O sea que sí estaba confundida de taquilla.

—Díselo a ellas entonces. —Señalo todas las cartas que claramente fueron arrojadas dentro de la taquilla.

La rubia mira sobre mi hombro, pero ignora completamente lo que acabo de mostrarle.

—Adiós. —Voltea y comienza a alejarse.

—¡Espera! —digo, tocando su hombro con las puntas de mis dedos.

La rubia voltea, mira mi mano y luego a mí. Me siento raro, por eso la quito tan rápido como la puse.

—¿Sabes cuál es el tuyo al menos?

—No, voy a hablar con administración.

—¿Quieres que te ayude? —*¿Por qué estoy desesperado por retenerla unos minutos más?*

—Acabo de decir que voy a buscar ayuda, si hay alguien cualificado para ayudarme son exactamente ellos. ¿Por qué te ofrecerías? Eres un alumno más, como yo.

—No soy un alumno más, soy un Walker.

—¿Se supone que significa algo esa palabra?

Escucho risas detrás mío, mis hermanos y sus amigos.

Comienzo a sentir mis mejillas calentarse.

—Oh, créeme, a partir de este momento, significará algo para ti, tu peor pesadilla —digo entre dientes apretados.

La rubia se ríe.

—Estoy segura que esa frase sonó mucho mejor en tu cabeza que en la vida real, ¿no?

Las risas se multiplican, volteo y empujo a mis hermanos para que detengan esto.

Vuelvo hacia la rubia para dejar caer toda mi ira sobre ella, pero ya no está.

PRESENTE

—A sí que me odiabas porque te hice sentir vergüenza.

—Lo dices como si no justificara mi odio —Río sabiendo que estoy siendo algo infantil—. Odié no haberte deslumbrado como lo habías hecho tú, ese fue mi problema.

—No entiendo.

—Lauren, —su nombre en mi lengua parece prohibido, intenté despojarla de su identidad tantas veces cuando era pequeño, que todavía suena anormal—, moviste cosas en mí ese día, cosas que no supe identificar a esa edad, pero ahora me doy cuenta lo que eran y creo que tú también.

»Tú parecías de otra galaxia y llevabas un repelente contra mí, estabas completamente inafectada por mi presencia. Cada vez que te vi después de ese día, sentía que me volvía más obsesivo, más posesivo contigo y eso me hizo sentir patético e insignificante. Era un dios en el colegio, pero para ti era un simple mortal.

—Tú no querías a alguien que te tratara como un igual Silas, querías a alguien que te viera como un dios y esa persona no era yo, por eso buscabas chicas que besaban el suelo que pisabas.

189

Sus palabras me dejan aturdido y en silencio proceso esta nueva realización.

—Por eso nadie me satisfacía... —digo por lo bajo, más para mí que para ella.

La realización me pega fuerte en el estómago.

Ningún beso me dejó temblando como los besos de Lauren.

¿Eso significa que el sexo va a ser igual?

—Probablemente.

Levanto los ojos y encuentro a Lauren levantándose del sillón y caminando hacia la cama, por un segundo creo que respondía mis pensamientos, pero ella respondía la pregunta anterior.

Se detiene delante de mí.

Mis piernas se abren para recibirla y mis brazos se apoyan en su cintura automáticamente, mi cuerpo sabe que ella le pertenece, siempre lo supo.

Acaricia mi rostro con compasión.

—Tú necesitas a alguien que te ponga los pies sobre la tierra.

—¿Como Hades hizo con Perséfone? —susurro mirando su boca con un hambre insoportable.

Si no la beso en este momento, creo que voy a perder la cabeza.

—Fue Perséfone quien lo puso de rodillas, en más de una ocasión. —Su tono amigable se contradice con la seriedad en su rostro, ella también está sedienta.

—No necesito a alguien que me ponga los pies sobre la tierra Lauren, necesito a alguien que me deje de rodillas y solo tú eres capaz de hacer eso, el problema es que creo que yo no te afecto como tú a mí.

—¿Qué te hace pensar eso?

Estamos siendo absolutamente vulnerables tanto mental como físicamente. Sus manos me acarician con altruismo, mientras yo me aferro a ella como un hombre necesitado de afecto, sus palabras me guían y yo solo quiero escuchar una cosa de ella.

—Siempre vi odio en tus ojos —susurro.

—Siempre viste una chica escapando de su atormentador, nunca me viste en privado, deseando que nuestra realidad fuese otra, donde tú no eras tan malvado conmigo y donde yo era exactamente lo que necesitabas.

—Tú eras lo que necesitaba, Lauren, antes y ahora —susurro mientras la siento a horcajadas sobre mis piernas y anexo nuestros cuerpos.

No estoy mintiendo, mi cuerpo la desea, mi mente está sedienta por tenerla solo para mí, al menos una vez.

Una noche.

Capturo su nuca y la atraigo hacia mí para besarla violentamente.

Lauren deja caer su peso sobre mí mientras mis manos acarician su cuerpo, hasta llegar a su trasero y apretar tan fuerte que estoy seguro que le va a dejar moretones. Giro su cuerpo y la acuesto sobre la cama, ella me envuelve entre sus piernas y me atrapa, casi como rogando más de mí.

Maldición, esta es mi fantasía hecha realidad.

Quito el pijama por sobre su cabeza y me encuentro con sus pechos descubiertos.

Mierda.

—¿Todo este tiempo estuviste sin sujetador? —Agarro sus dos pechos entre mis manos y los masajeo mientras lamo sus duros pezones.

—No uso ropa interior cuando voy a dormir —dice ella con una sonrisa y eso causa que mi erección se vuelva más dolorosa que antes.

—Necesito comprobar eso... —Bajo sus pantalones hasta sus muslos y gimo al ver su coño tan expuesto.

Mi boca besa su pelvis y dejo rastros hasta llegar al lugar donde quiero estar.

Lauren gime en el mismo momento que mi lengua recorre sus pliegues y yo cubro su boca rápidamente con mi mano, no queremos la atención de nadie.

—Mmm, sabes tan bien, tan dulce —susurro—. Quiero lamerte hasta la próxima Navidad.

Y no creo tener suficiente en ese entonces.

Lauren mueve su cuerpo, ondulándose por el placer que le doy, sus manos se entierran en mi cabello y mueve su cadera para cabalgar mi rostro.

Es tan erótico y sensual que tengo que calmar al Silas de los dieciocho años, para no acabar aquí y ahora, pero es demasiado tenerla aquí para mí.

Rendida, finalmente.

Sus gemidos, mi nombre en un susurro cuando estoy en su zona más vulnerable.

—Sí, Silas, ahí... —dice con apuro, sus movimientos se vuelven más rápidos y frenéticos y yo alejo mi mano de su boca para dejarla ser, no quiero que se desmaye cuando se venga sobre mi lengua.

Su cuerpo se tensa, su boca se abre, pero no hay sonidos, solo la sensación que el orgasmo le genera de la cabeza a los pies.

Cuando su cuerpo se relaja, mira hacia abajo y me encuentra absolutamente complacido.

—Lauren Green, teniendo sexo oral en la casa de los padres de su jefe, ¡qué escándalo! No puedo esperar a que se enteren las amigas de mi madre.

Lauren se sonríe, pero luego cambia a una mirada más seria.

—Es un chiste, Conejita —digo relamiéndome los labios—. Relájate.

—¿Por qué me sigues llamando así? Antes me odiabas, pero ahora... —Intenta sentarse en la cama, pero escalo sobre ella, impidiéndoselo.

—Nunca usé ese nombre porque te odiara, Lauren —explico—, lo usaba porque siempre me pareciste adorable, como un conejito, sé que suena estúpido, pero en su momento me parecía adecuado. Gracias a eso comencé a coleccionar conejos de cerámica de todas partes del mundo, hasta que ese idiota decidió abrirte la cabeza con uno.

Lauren me escucha con atención.

—Cuando escucho ese nombre, tengo miedo que vuelvas a ser el mismo Silas Walker del colegio.

Esa frase me afecta más de lo que debería, me incomoda y me pregunto si alguna vez va a volver a confiar en mí.

—Lamento mucho todo, nunca planeé ser tan idiota, tan ciego. —Dejo rastros de besos en su pecho y luego sobre su cuello—. Déjame compensarte, otra vez.

—Silas, no podemos tener sexo aquí.

—Lo sé, no seas tan mal pensada, solo estaba advirtiéndote. No mentí cuando dije que voy a lamerte hasta la próxima Navidad. —Sonrío diabólicamente.

—Yo también quiero hacerte lo mismo —susurra.

Me detengo.

—Lauren Green —digo con una mano en el pecho y cara de sorprendido—. ¿Quién iba a decir que eras una chica perversa?

Lauren sonríe con malicia.

Desabrocha mis vaqueros y libera a mi duro miembro.

Se ve grande, venoso y rabioso.

Listo para recibir el calor de su boca.

Conejita desliza sus labios por mi polla y siento que mis ojos van a salirse de sus órbitas.

—Mierda... —gimo mientras veo su cabeza subir y bajar. Tomo su cabello entre mis manos y la guío, mostrándole el ritmo que quiero—. Dios, Conejita, no me digas dónde demonios aprendiste a hacer sexo oral así, no quiero saberlo.

Muerdo mis labios y me concentro en su calor, en su lengua lamiéndome como si fuese su helado preferido.

—Oh, si... —imploro—. Sí, Lauren, más rápido.

Antes de poder advertirle, me vengo desprevenidamente en su boca, mientras toco el cielo con las manos.

No creo ser capaz de detener esto ahora, no solo lo que quiero hacerle a su cuerpo, sino esto que brota en mí.

Me despierto aferrado a Lauren, como si supiera que en cualquier momento va a salir despavorida de mis brazos. Entierro mi nariz en su cabello y huelo profundamente, sigo encontrando el mismo perfume que sentía cuando éramos pequeños y estoy casi seguro que sigue usando el mismo champú.

Ah, también provoca el mismo efecto, una erección inmanejable.

Dejo un beso en su cuello, haciendo que gima con sueño y se acomode más cerca de mí para seguir durmiendo.

—No, no, Conejita, es hora de abrir los regalos —murmuro en su oído.

Voltea para mirarme y con ojos dormidos dice:

—Feliz Navidad, Silas —mientras su rostro está un poco hinchado, tiene marcas de la almohada.

Maldición, se ve absolutamente hermosa.

Dejo un beso en sus labios y respondo:

—Feliz Navidad, Lauren.

Anoche, después del mejor sexo oral que tuve nunca jamás, Lauren me dejó jugar con su cuerpo hasta que se quedó dormida tras su cuarto orgasmo.

Mi polla estaba muy en desacuerdo, pero sé que no podemos follar aquí por varias razones, primero quiero que sea en *mi* cama y segundo, quiero privacidad, aquí mis hermanos vigilan mis movimientos con la misma precisión que el FBI. Así que planeo volver esta tarde, rompiendo toda ley de tránsito habidas y por haber para llevarla directamente a mi apartamento.

El cuerpo de Lauren se siente tibio, aún está atontada y por alguna razón eso me vuelve loco, beso su cuello lentamente y acaricio su pecho derecho mientras ella gime y muerde sus labios.

—¿Puedo tenerte así un rato más?

Maldición, siento que en cualquier momento comienzo a frotarme contra su pierna como un perro en celo.

—Deben estar esperándonos... —susurra, su voz se escucha sensual, sé que estoy excitándola con mis manos insaciables.

—¿Te dije que odio las fiestas?

194

Dejo un último beso sobre sus labios y los dos nos cambiamos para afrontar el último día de tortura y abstención sexual.

Las ventanas del comedor dan al mar, las olas se escuchan romper a lo lejos y el viento hoy es fuerte y silba con furia.

Mis padres desayunan en silencio. Mi padre mira el telediario con detenimiento y mi madre su móvil, hay música navideña de fondo, olor a café y a canela.

Típica mañana de Navidad en la casa de los Walker.

Mi padre se entusiasma cuando nos ve sorpresivamente y nos llama a la mesa, obligando a Lauren a sentarse a su lado, seguramente para hacerle más preguntas de la competencia. Me encargo de poner una taza de café frente a ella antes de sentarme del lado contrario.

Mis hermanos bajan diez minutos más tarde, se escucha un *feliz Navidad* a repetición y el sonido de los besos.

Después del desayuno, mi madre nos arrastra hasta el alto e imponente árbol navideño con detalles dorados. Hay al menos cuatro regalos para cada persona de esta habitación a los pies del árbol.

Yo saco de mi bolsillo el regalo de Lauren y me lo coloco en la muñeca, ella me observa y sonríe abiertamente. Por suerte mis hermanos son inteligentes y ninguno pregunta qué es, pero quería llevarlo puesto.

Por la simple razón de que fue un regalo que ella compró para mí y la sensación es nueva y agradable.

—Lauren... —dice Luca mientras carraspea su garganta—. Emma quería que te diera esto.

—¿Emma? —pregunta mientras toma el regalo, es una pequeña caja con un papel rosa.

Así que la pequeña Emma no le dijo a la hermana que se está follando a Luca otra vez, interesante.

—Sí, la vi el otro día y cuando dije que venía aquí, me pidió que le hiciera el favor.

—¿Y qué pediste a cambio? —murmura Killian mientras pretende servirse una segunda taza de café.

Luca responde con un puñetazo en su hombro.

Lauren lo abre con cuidado y mira su interior. Yo espío de costado intentando descifrar qué es.

En cuanto lo ve comienza a reírse a carcajadas, nunca la vi reírse tanto y a todos nos contagia la risa eventualmente, pero sus orejas están tan rojas como la nariz del reno Rudolf y ahora quiero saber qué es más que nunca.

—¿Qué es? —pregunta Luca entre risas, seguramente está tan intrigado como yo.

Lauren nos muestra a todos.

—Es solo un chiste interno —dice mirándolo con una sonrisa.

Es un collar para perros con una pequeña placa de identificación que dice:

Soy Lauren Green, si me pierdo, llamar al 4569853654.

—Pero, ese es mi número —digo extrañado.

—Sí, como dije, es un chiste interno, lo siento. —Inclina su cabeza y hace una muesca con su boca, que hace cada vez que esta incómoda.

No sé qué estaba diciendo, ya me distraje con sus labios.

Durante la siguiente hora, mi madre reparte regalos, sorprendentemente había regalos en mi nombre para el resto de la familia. Mi cara de confusión no se le escapa a Lauren y me guiña un ojo con una sonrisa.

Tengo que darle las gracias luego y se me ocurren algunas maneras de compensarla.

Ella también recibió regalos, mi madre rápidamente dejó algunas cosas como una bolsa, aros y anillos, nada personal ni extravagante, normal para alguien que no la conoce lo suficiente.

Después del almuerzo, mi padre propuso un juego de póker, otros años estaría contento con tal de tener cualquier actividad que ocupe el tiempo con mi familia disfuncional, pero ¿hoy? Hoy quiero incendiar todo y salir de aquí.

Pero le doy el gusto, sentándome con mis hermanos y Lauren a jugar.

Ella nos patea el trasero a todos con su sonrisa inocente.

Cuando se hacen las cinco de la tarde, comienzo a recoger mis cosas y las de ella. Tengo la excusa perfecta para irme de aquí, y esa es que mis hermanos tienen vuelos que tomar en unas pocas horas y es mejor que los lleve al aeropuerto con tiempo.

Para las ocho estoy solo con Lauren otra vez y no sé cómo proponerle pasar la noche conmigo.

¿Debería dejarla a ver cómo reacciona?, ¿insistirle?, ¿ignorarla?

Joder, nunca estuve tan indeciso al momento de conquistar a una chica.

Pero Lauren no es solo una chica, ¿no? Es algo más, algo más grande, una galaxia.

—Así que, ¿qué haces esta noche? —*Qué sutil Silas, cualquiera pensaría que tienes un máster en esto.*

—Oh, probablemente ponerme al día con pagos y cosas aburridas —dice mirando distraídamente por la ventanilla a medida que entramos en Manhattan, sé que no se da cuenta de mi pobre intento de decirle que quiero follarla hasta el infinito—, ¿tú?

Aprieto el volante hasta tener los nudillos blancos, vacilante por mi respuesta. La miro de reojo y vuelvo a enfocarme en la autopista, parece que todo Manhattan vuelve a casa.

—Nada interesante —digo esperando ver su reacción, pero parece no percibir la tensión que llevo en el cuerpo—, ¿no tienes más preguntas para mí?

Con eso, Lauren mira mis ojos y sonríe.

—No, por hoy no.

Maldición.

Estaciono en la puerta de su apartamento y apago el coche, los dos miramos al frente, sin decir una palabra.

—Bueno...

—Te acompaño hasta arriba —digo demasiado rápido, tan rápido como la excusa vino a mi mente.

Salgo del coche y corro al otro lado para abrir su puerta, pero Lauren ya está haciendo esa tarea, no se deja atender por nadie.

Subimos por el ascensor en silencio y ella comienza a buscar sus llaves en su bolso con anticipación y me pregunto si lo hace por una cuestión de seguridad o porque está incómoda conmigo aquí y busca una actividad para no hacer notar la tensión demasiado.

Coloco mis manos en los bolsillos de los vaqueros y la vigilo mientras abre con manos nerviosas la puerta, una vez dentro deja sus cosas y me sonríe.

No me muevo, ni libero mis manos, no confío en ellas.

—Gracias por estas fiestas, fueron increíbles —dice mientras se apoya sobre el marco.

Antes de responder, suspiro y observo sus ojos, no lleva sus gafas rojas y me recuerda a la Lauren inocente de la infancia. La Alquimista que no me dejaba dormir y solo puedo pensar en cómo quiero tomarla.

—Me alegra que lo hayas pasado bien —sonrío tensamente—. Bueno yo... —Señalo sobre mi hombro.

—Sí, claro, no te quiero entretener. —Señala mi camino de regreso.

El problema es que no quiero irme.

No puedo irme.

Uno.

Dos.

Tres.

Cuatro segundos de silencio y de nuestros ojos comiéndonos.

—A la mierda —digo desencadenando mis manos y dando un paso al frente.

Nuestras bocas se juntan otra vez y todo explota a nuestro alrededor como el cuatro de julio.

El rostro de Lauren parece pequeño cuando mis dos manos lo sostienen y sus gemidos me encienden más que cualquier película pornográfica que haya visto jamás y sí, vi más de las que quiero admitir.

—Pídeme que me quede. —Mi voz se escucha agitada.

—Silas... —*Oh no, su tono no me gusta nada.*

Un lamento sale de mí inesperadamente, sabiendo que va a rechazarme.

—No es buena idea, yo necesito este trabajo.

—¿Por qué no pensaste eso cuando mi lengua estaba dándote orgasmos, Conejita? —digo con una sonrisa malvada.

—No estaba pensando con claridad. —Sus ojos no me miran, su voz es apagada.

Ya no hay risas aquí y se me desliza de las manos.

—No puedes controlar nuestro destino, Lauren, ¿no puedes por una vez en tu vida navegar sin rumbo?

Suelto su rostro, pero no me alejo de ella.

—Nada sale bien si no hay rumbo, necesito saber qué planeas conmigo, porque si es solo una follada que quedó pendiente yo...

—No, no lo es —interrumpo y no puedo creer lo que estoy escuchando.

De pronto el corazón comienza a hacer lo suyo cuando no entiende lo que está pasando. Si ayer estábamos como nunca, nos pertenecíamos como lo hicimos siempre. ¿Qué hice mal?

—¿Puedo pensarlo un par de días? No quiero darte la respuesta errónea.

Mi corazón se hunde, pero asiento lentamente con mis manos en la cintura, debo verme derrotado de golpe.

—Tienes todo el tiempo del mundo, Conejita —sonrío sin mostrar mis dientes, dejo un beso en su frente y me voy sin mirar atrás.

No quiero que vea mi rostro, no quiero que vea el dolor inesperado que siento, el dolor que grita respuestas que no quiero escuchar.

No sé por qué me engaño a mí mismo de esta manera, cuando sé que Lauren es mucho más importante de lo que quiero admitir.

Es Lauren Green, maldición, la chica que nunca pude deslumbrar por más que lo intentara, no sé por qué creí que ahora de adulto iba a lograrlo.

21

LAUREN

PRESENTE

—¿Te gustó mi regalo? —pregunta Emma, puedo escuchar el viento en el auricular de su teléfono, está dando un paseo por la playa.

—¡Estás loca! —digo recordando la reacción de todos cuando lo abrí—. Tuve que negarles una explicación cuando lo vieron, Silas no se lo tomó bien cuando vio su número tampoco.

Emma ríe a carcajadas.

—¡Fue bastante acertado, aparte, no tienes que explicarle nada, Lauren!

—Eso es fácil para ti decirlo, no es tu jefe.

Estoy acomodando una vez más mi vestidor, con los horarios alocados que maneja Silas, tengo cada vez menos tiempo para mantener el orden visual y estricto que debo tener para poder funcionar de manera normal.

—Espera un minuto —digo deteniendo el movimiento de doblado que hacía con un pantalón—. ¿Por qué viste a Luca?

—Oh, no...

—Sí, explícate.

Luca y Emma salieron un tiempo en el colegio, me enteré que no salían más cuando un día lo vi con una chica de segundo muy cómodos en el comedor.

—*Property Group Miami* está buscando una compañía de marketing, estamos compitiendo con otra empresa para ver quién se queda con la cuenta.

Que yo sepa esto es normal, cada oficina se maneja de forma independiente, aunque Silas sea el que regenta todo, de esta manera los hermanos tienen libertad de trabajo dentro de sus propias oficinas o territorios, como le gusta pensar a Silas.

Hombres y su psicología extraña.

—¿Hace falta que te recuerde cómo saliste dañada de esa relación, Emma? —Mi tono maternal emerge con una fuerza imparable.

Es que no voy a poder olvidar cómo Luca Walker apagó toda la luz que tenía mi hermana cuando iba al colegio. Emma siempre fue una persona artística, colorida, alegre y simpática, hasta que Luca apareció en su vida y la consumió por completo.

Casi tanto como Silas hizo conmigo.

—Lo sé, no te preocupes, tengo todo bajo control.

Sé que me está mintiendo, pero es cuestión de dejarla que explore por sí misma lo que quiere, Emma es un alma libre, cuanto más la arrinconas, más guerra dará.

—Aparte, Lauren..., trabajas para Silas, pasaste la Navidad con él, vamos...

Bueno, quizá esté siendo un poco hipócrita, solo un poco y eso que dejé fuera deliberadamente temas de intercambio salival.

—Sí, pero... —Un sonido alerta mi oído, una llamada entrante, miro la pantalla y veo que Silas me está llamando—. Hablando de Roma, el burro se asoma.

—Oh, ¿entonces Silas es un burro? ¿En qué área de su cuerpo puntualmente lo es? —dice Emma riendo a carcajadas.

Reviro mis ojos, pero tengo que morder mis labios solo por recordar su... su... bate de béisbol.

—Adiós, hermanita.

Corto la llamada y tomo la entrante.

—Silas —atiendo mientras corro hasta mi notebook en caso de que me haya perdido algo en estas últimas dos horas.

Ya pasaron tres días desde la última vez que lo vi, estamos en modo «receso» supuestamente, pero Silas parece que trabaja más arduo que nunca.

Nos mantuvimos en contacto por medio de e-mails y llamadas cortas y concisas.

—¿Vas a ir a la fiesta de fin de año? —Su voz suena ansiosa y estresada.

—Eeh... —La respuesta es no, aunque fui la encargada de organizarla junto con otros departamentos.

—No puedes faltar —dice en un tono autoritario—, eres la asistente del CEO, tienes que ir.

Nos mantenemos en silencio por algunos segundos hasta que comienza a hablar otra vez, su tono más calmo y comprensivo.

—Aunque sea hasta la hora del brindis, a partir de ahí se pone un poco más pesado todo. —Su voz es suave y profunda ahora—. Si quieres puedo llevarte a casa cuando estés lista para irte. Tu casa, no la mía, no dije mi casa.

Sonrío.

¿Acaso Silas Walker está nervioso? Por alguna razón eso me hace sonreír.

Suspira, casi malhumorado o enfadado consigo mismo.

—¿Qué pasa, Silas? —digo casi en un murmullo, me siento en la cama y aguardo por una charla seria.

—Nada.

—Dime.

Resopla de vuelta.

—Tengo mucho trabajo y esto de trabajar desde casa me parece pésimo.

Su voz vuelve a cambiar y suena como un niño cuando se encapricha con algo.

—¿Me necesitas para algo? —Sé que son mis vacaciones, pero parece que eso no lo detuvo al momento de contactar conmigo al menos mil veces estos últimos tres días.

Siempre con excusas.

¿Enviaste el mail?

Necesito el número del señor Lee.

No veo el mail, ¿dónde está?

—Sí —dice simplemente sin decirme qué tarea—. ¿Qué estás haciendo ahora?

Miro silenciosamente mi ropa sobre la cama, no voy a decirle qué estaba haciendo, no porque me avergüence, pero...

Bueno sí, me da vergüenza.

—Estabas haciendo algo muy *Lauren*, ¿no? —Puedo escuchar una sonrisa en su rostro.

—Define algo *muy Lauren*.

—Milimétrico, obsesivo, organizado y visualmente perfecto.

Me río tan fuerte que tengo que sostener mi estómago.

—Puede ser.

—Lo sabía, ¿ya has terminado?

Me gusta que Silas no haga muchas preguntas, ni juzgue lo que hago en mi tiempo libre. Él simplemente lo acepta y se adapta a mí.

—Me quedan algunas cosas más.

—¿Cuánto tiempo necesitas?

—Unos cuarenta y cinco minutos.

—Ok, en cuarenta y cinco minutos paso por ti.

—¿A dónde vamos?

—No lo sé.

Estoy en la calle esperando a Silas por varias razones, todas difíciles de digerir. La primera porque me sentía ansiosa, no sé a dónde vamos y eso siempre me dispara un poco de nerviosismo, la segunda es porque voy a ver a Silas después del fin de semana revelador que pasamos, donde aparecieron cosas que no estuve dispuesta a interpretar, tercero, ¿dije Silas ya? Ah... no sé por qué viene, ¿viene a discutir cosas relacionadas al trabajo? ¿Personales? ¿Tiene dolor en su pecho?

—¿Por qué te estás enmarañando? —escucho su profunda voz gritar desde su coche, tiene la ventanilla bajada y está inclinado sobre el asiento del acompañante para hacerse ver.

Solo una vez dentro del coche lo miro a los ojos, tiene una gorra negra con el símbolo de NYC en el medio, está vestido con una simple sudadera negra y unos pantalones de chándal del mismo color. Yo, por otro lado, llevo unos simples vaqueros y una cazadora.

—No me estaba enmarañando, estaba...

Levanta una ceja, retándome a mentirle en la cara.

—Bueno sí, estaba "enmarañándome" —digo haciendo comillas en el aire—. ¿Dónde vamos?

—Tú dirás... —dice mientras arranca y comienza a adentrarse en el tráfico insoportable de Manhattan.

Los taxis parecen rodearnos, los ciclistas se escabullen entre los coches y los altos edificios parecen que nos comen.

—Mmm, depende de tu humor.

—Estoy de buen humor ahora.

—¿Y antes no?

—No —responde rápidamente—, ¿quieres ir a tomar un chocolate caliente? Hace frío.

Mis ojos comienzan a brillar cuando escucho la palabra mágica, Silas espía para mi lado y me da una sonrisa.

—Tengo el lugar perfecto para eso, ¿quieres mirar el menú antes de llegar?

¿Cómo sabe que tengo que hacer eso antes?

—Sé que la espontaneidad es tu peor enemigo Conejita o al menos lo era antes, ¿ha cambiado algo?

Maldición otra vez hablé en voz alta.

—Una vez que fui diagnosticada fue mucho más fácil enfrentar ciertas situaciones, mi psicóloga me ayudó mucho a lo largo de los años.

—¿Cuándo te diagnosticaron? —pregunta de reojo.

—A los veintiún años.

—Wow, ya eras grande.

—Sí —respondo mirando por la ventanilla—, a las mujeres las diagnostican más de adultas, parece que somos buenas pretendiendo encajar en la sociedad.

—No me sorprende —dice mientras coloca la luz de giro y se mete por la avenida—, vosotras tenéis que pretender todo el tiempo para evitar situaciones incómodas.

Asiento silenciosamente, no sé por qué creí que Silas iba a estar absorto con esta información, parece que es más empático con el sexo opuesto de lo que creí.

Cuando llegamos me encuentro con una reliquia de Nueva York, es el famoso café Parisino *La Vie En Rose*, que se encuentra en la Quinta Avenida a solo unas calles de su apartamento. El lugar está en una terraza espléndida, con ventanales hacia todos los puntos cardinales, es acogedor, la música es suave, creo que es jazz o algo melódico.

La decoración es francesa por supuesto, hay enredaderas cayendo sobre las esquinas y sobre nuestras cabezas.

Silas me lleva hasta la mesa más alejada, la vista es tan bonita que sacar una foto se siente mandatorio, así que eso hago y una vez que comienzo con la cámara, siento que no puedo detenerme. La última vez que saqué fotos con tanto entusiasmo fue en el Central Park una mañana de otoño, los árboles estaban tan rojos, amarillos y naranjas que cada paso que daba, parecía una postal.

—Veo que te gusta el lugar —dice con orgullo en su voz.

—Sí, había leído sobre este café en internet, pero nunca tuve ocasión de venir. —Sonrío el doble cuando la camarera deja el chocolate caliente frente a mí, junto con un pain au chocolat (también le saco foto). Silas se pidió lo mismo, pero en vez de un pan, se pidió algo que se ve delicado, minúsculo y brillante, junto con un croissant que tiene azúcar glasé y pedacitos de almendra.

—¿Cuál era tu canción preferida cuando eras adolescente? —pregunta mientras le echa azúcar a su café.

—"With you" de Linkin Park —respondo sin dudarlo, creo que escuché ese tema al menos cuatrocientas veces.

Silas asiente y toma un sorbo de su café.

—¿La tuya?

—"Eat you alive" de Limp Bizkit.

Mi cara de aversión le hace reír.

—¿Qué pasa?

—Esa canción es... un poco...

—¿Obsesiva?, ¿enfermiza? Si lo sé, pero me hablaba y eso era todo lo que necesitaba en aquel tiempo. —Sus ojos me miran fijamente, clavándome en mi asiento. Instintivamente me achico ante la intensidad.

Si mal no recuerdo, esa canción hablaba de un hombre obsesionado con una mujer que no le daba ni la hora.

Sacudo la sensación de esa canción de mi cabeza y vuelvo a mi chocolate caliente.

—¿Frase favorita? —continúa.

—Creí que la que hacía preguntas aquí, era yo.

—¿No le gustan mis preguntas, señorita Green? —dice apoyando el brazo en la silla que está a su lado, socarronamente, sé que se siente mucho más cómodo que antes.

Cruzo mis brazos y me apoyo en el respaldo de la silla, los ojos de Silas navegan por mis pechos sin ningún tipo de tapujos y creo que me gusta su atención.

Este tipo de atención.

No la que tenía en el colegio.

—No tuve una frase preferida, pero mi madre pintó en la pared de mi cuarto la frase de John Lennon que decía: *"Es raro no ser raro"* —apoyo mis codos sobre la mesa y envuelvo mis manos en la taza caliente—, creo que quería que me sintiera cómoda conmigo misma.

—¿Y lo logró?

—Mmm... la terapia ayudó más para serte sincera.

Silas vuelve a reír, su sonrisa llega a sus ojos celestes, es curioso, nunca lo vi reír en el colegio a menos que fuera con maldad.

—¿Película favorita? —retruco la pregunta.

Se toma algunos segundos antes de responder.

—300, la mejor película que vi en mi vida —dice con soberbia y seguridad excesiva—. ¿La tuya?

—Avatar.

Resopla y sonríe.

—Claro que Conejita va a ser fanática de esa película.

Tomo una servilleta de papel, la hago una bola y se la lanzo directa entre los ojos.

—¡Ey! ¿Qué fue eso? —De alguna manera, le hace reír más, toma la bolita listo para contraatacar, pero se la quito de las manos, no voy a desperdiciar una servilleta.

—Karma.

—Pero que dije que...

Lo silencio cuando meto el croissant en su boca, impidiéndole hablar, tengo que decirle a mi psicóloga lo bien que se siente hacer esto.

Silas se ríe por la nariz y desparrama todo el azúcar glasé sobre mi rostro.

—¡Silas! —digo con mi boca abierta en forma de O.

Sin parar de reír, muerde un pedazo y deja el resto en el plato, yo por el otro lado, intento desempolvar mi rostro ahora blanco.

—Ven aquí —dice, mientras estira el brazo sobre la mesa y quita el azúcar de mi nariz—. Maldición, sí que eres encantadora —susurra—. Aquí tienes más. —Toma mi mentón y lo atrae hacia él, lame mi labio inferior primero y luego el superior con la lentitud y sensualidad de un profesional.

Mi sangre comienza a calentarse. Los ojos celestes de Silas navegan sobre mis labios con hambre, lujuria y necesidad.

—¿Mejor? —pregunta.

Asiento silenciosamente.

Vuelve a sentarse sobre la silla y me da una media sonrisa porque sabe cuánto me afectó eso que hizo y yo sigo mareada por semejante acto.

—¿Cuáles son tus placeres culpables? —dice detrás de la taza.

Buena pregunta.

Escaneo la habitación, observando al resto de las personas que están pasando un buen momento como yo, el murmullo es bajo y cómodo para mis oídos, creo que nunca estuve tan cómoda en un café.

—Vamos —presiona—, no puedes ser la Madre Teresa de Calcuta, algo malo tienes que querer.

—Mmm, mi lugar de comida rápida favorita solo da tuppers que no se pueden reciclar, pero sigo comprando allí —digo con angustia mientras tapo mi rostro con las dos manos.

Silas baja mis manos y me mira con una sonrisa

—No es tan terrible, vamos, no serías humana si hicieses todo completamente bien.

—¡Ay Silas! Esos tuppers son pura basura, pero la comida de allí es tan deliciosa, te lo juro, un día voy a llevarte.

Sus ojos me sonríen.

Su boca me sonríe.

Su nariz.

Sus cejas.

Todo indica que Silas está feliz aquí y ahora, y eso solo me confunde más.

¿Estamos en una cita?

—¿Lo prometes? —Estira su mano para estrecharla conmigo, respondo dándole el apretón de manos más rudo que puedo inventar. Cuando me suelta pretende tener dolor en sus dedos.

—¿Te arrepientes de algo en esta vida? —pregunto y rápidamente meto un pedazo de pain au chocolat en mi boca, pretendiendo no estar tan ansiosa por la respuesta.

Las facciones de Silas se endurecen, sus ojos ya no me sonríen, pero me dicen algo más...

—Sí, me arrepiento de no haber sido sincero con mis sentimientos de joven y haberte hecho pagar por eso.

Bajo la mirada a mis manos, estoy retorciendo los dedos nerviosamente por debajo de la mesa ahora, de pronto no puedo hacer contacto visual con él.

—Lamento mucho haberte torturado así, créeme cuando digo que no hay un día donde no quiera volver atrás en el tiempo y dispararme en la cabeza por haberte agraviado tanto.

De golpe levanto la mirada, sorprendida por el curso repentino que dio esta conversación. Cualquier otra persona hubiera dicho que quisiera volver atrás en el tiempo para enmendar los errores, pero Silas Walker prefiere asesinarse a sí mismo.

—Silas, no digas eso. —Extiendo las manos sobre la mesa y tomo las de él casi instintivamente.

—Por mis acciones terminaste dos veces en el hospital. —Mueve su cabeza de un lado a otro, irritado con él mismo.

—No fuiste el responsable, todos tomamos nuestras decisiones y Matt hizo exactamente eso.

—Lauren, no me defiendas, no me lo merezco. Fui siempre un idiota.

—Pero ahora no.

Levanta la mirada y conecta conmigo.

—Especialmente ahora —dice con firmeza.

No quiero seguir por ese tema, así que lo cambio abruptamente.

—Dime algo bonito que recuerdes de mí, demuéstrame quién eras en realidad cuando me mirabas.

Resopla con ironía como si eso fuera demasiado fácil para él.

—Recuerdo tu sonrisa cuando alguien te felicitaba por un buen trabajo —comienza mientras mira nuestras manos enlazadas—; tu cara de concentración cuando ibas a leer al café; los grandes auriculares que usabas en el colegio, parecía que le daban otra forma a tu rostro, te hacían ver madura. Tu voz, el perfume que habías creado en el laboratorio, tus caderas moviéndose por los pasillos de Willow High... joder, recuerdo todo de ti, Lauren.

22

SILAS

PRESENTE

Volvemos a la jungla de cemento, con los bocinazos, los gritos y la gente caminando rápidamente por la calle. Estamos a dos días del último día del año y parece que se les acaba el tiempo, ¿me vería así yo también? Como un neurótico corriendo de aquí para allá.

Miro a Lauren de reojo y caigo en cuenta que esta es la primera vez en esta semana que me siento tranquilo, en paz y a estas alturas, ya ni me sorprende que la razón sea ella. Estos últimos tres días sin ella se volvieron lentos, abrumadores, el día y la noche se hacían uno, mi cuerpo se movía por mi casa sin un propósito cual espíritu sin vida.

Cada segundo que pasaba, sentía que la cabeza de Lauren corría a mil por hora lejos de mí. Pero ahora, aquí, ya no me siento tan lejos de ella.

Caminamos por la Quinta Avenida, directamente al estacionamiento donde dejé el Mercedes. Lauren camina silenciosamente a mi lado, el impulso de llevarla de la mano o atraerla bajo mi brazo y abrazarla late como mi corazón; mierda, quiero esas cosas sin siquiera haberla follado, ¿qué demonios me pasa?

Llegamos y abro la puerta para ella, después de mi confesión los dos nos mantuvimos en un silencio contemplativo, se dijeron muchas palabras y esta vez no estábamos encendidos por el calor de tenernos, lo cual me da otra reflexión.

¿Estoy enamorado? Quizá Luca tenga razón y siempre lo estuve.

Cuando me siento en el asiento del conductor, enciendo el coche, pero me detengo cuando creo escucharla hablar.

—¿Silas?

—¿Sí? —digo, mirando hacia su figura de reojo y con temor.

—Llévame a tu apartamento.

Mi corazón galopa cada vez más rápido a medida que el ascensor nos lleva a mi casa.

Contrólate, maldito virgen.

Lauren está extrañamente silenciosa, mira hacia el suelo y sujeta su bolsa con fuerza, quizá sea hora de romper con esta tensión sexual, pero me siento petrificado.

Maldición.

Deseo esto desde que tengo diecisiete años.

¿Por qué me siento tan inexperto ahora?

Las puertas se abren y entramos directamente al reino que se siente como una comarca, ya que no tengo cómo impresionarla. Esto no es una noche y nada más, esto es el comienzo de algo que quiero y voy a hacer todo lo posible por conseguirlo.

Quiero a Lauren en mi vida.

Para siempre.

Pero estoy desnudo con una mujer que me tiene agarrado de los huevos.

Muy poético, Silas.

Lauren deja su bolsa sobre el sofá, camina hasta las ventanas y observa el paisaje de la ciudad.

—¿Es muy egocéntrico decir que estamos en el centro del mundo? —pregunta apoyando su mano sobre el vidrio.

Camino detrás de ella, dando pasos lentos, como si ella fuera un perrito asustado y yo... bueno, el pobre humano que intenta hacer las cosas bien. Me detengo lo suficientemente cerca de ella para sentir su perfume, me recuerda a algo floral y sexy.

Muevo su cabello para dejar expuesta la curva entre el cuello y su hombro. Apoyo mi nariz ahí para aspirarla como si tuviera un problema de adicción.

Quizá sí lo tengo.

—Sí —susurro, mientras apoyo mis labios en su tibia piel—, pero puedes echarle la culpa a Hollywood.

Lauren inclina su cuello para darme acceso y mis manos se deslizan por su estómago y la atraigo hacia mí para sentirla, su espalda y trasero están pegados a mi estómago y mi pelvis.

—¿Por qué? —pregunta en un murmullo, mientras su respiración comienza a acelerarse.

Me gusta saber que tengo efecto sobre ella, tanto como ella para conmigo.

—Todas las historias de amor, de superación personal, de lo inimaginable hecho realidad, ocurren aquí. —Deposito otro beso, esta vez con otro tinte, suave como el terciopelo—. Es normal caminar por las calles de esta ciudad y sentir que tienes el mundo por delante.

213

Lauren voltea para enfrentarme, con sus ojos vidriosos y pesados que tienen un tinte nuevo que nunca vi: lujuria. Examina mi boca con la punta de sus dedos, ya nos besamos muchas veces, pero nunca voy a tener suficiente de ella, quiero su boca.

Quita mi gorra, la deja caer al suelo y se pone de puntillas para llegar a mí.

Siempre fui más alto que ella, pero nunca lo noté tanto como ahora, en este preciso momento se ve pequeña, frágil *y mía*.

Lauren apoya sus labios sobre los míos, sus ojos están cerrados, pero los míos están abiertos y no puedo apartar la mirada, no quiero cerrar mis ojos cuando finalmente nos reencontramos.

El beso nos funde y nos suelda, mis manos toman su cintura y la empujo hasta la ventana detrás de ella, para tenerla acorralada. La beso rudo y fuerte con Manhattan de fondo.

Nuestras lenguas se rozan descaradamente y mi boca la devora como si fuese la primera vez que la besa.

—Mierda, Lauren —gimo, levantándola por el trasero.

Ella envuelve sus piernas y se aferra desde mi cuello.

La llevo hasta mi habitación, con precisión y rapidez, esta vez va a pasar, esta vez voy a hacerla mía de una vez por todas. Dejo su cuerpo caer sobre la esponjosa cama, quito mi ropa con torpeza y ella también.

Hambrientos, desesperados el uno por el otro.

Me río ante el pensamiento que se acaba de cruzar por mi cabeza.

—¿Qué? —dice ella inocentemente.

Trepo sobre la cama, hasta tenerla debajo de mí.

—Seremos adultos ahora, pero parecemos dos adolescentes sin experiencia. —Vuelvo a su boca y recorro cada rincón—. Al menos eso me haces sentir cada vez que puedo tocarte.

—¿Cuántas veces fantaseaste con este momento mientras pretendías odiarme? —pregunta mientras acaricia mi espalda descubierta con la punta de sus dedos.

Me detengo y fijo mis ojos celestes en los verdes de ella.

—Perdí la cuenta.

En un movimiento rápido, desabrocho su sujetador y sus senos se desparraman enfrente de mí y relamo mis labios en pura hambruna. Luego sigue su braga de algodón blanca, la deslizo por sus piernas lentamente, sé que me estoy torturando, pero es lo mínimo que me merezco.

Gateo hacia atrás y la observo.

—Eres malditamente hermosa —afirmo, deslizando mi mano por su estómago—, todo lo que siempre deseé y me odié por no conseguirlo.

—Deja de hablar y ven aquí —dice tirando de mi brazo.

Nos besamos con una sonrisa.

Piel contra piel, los dos nos acariciamos como personas desesperadas por afecto. Mi boca recorre todo, sin pasar por alto ni un centímetro de este cuerpo que tanto anhelé, que amé y que aún lo hago.

Rozo nuestras partes, generando fricción y presión, armando un nivel de deseo que nunca experimenté, hasta que ya no lo soporto.

Sus ojos parecen pesados por la lujuria y enfocados solamente en mí, nunca vi esta mirada y me siento un idiota por no haber hecho esto antes.

Me introduzco en ella solo un poco, pero me congelo en el lugar cuando me doy cuenta de algo.

Protección.

—Uso pastillas —aclara rápidamente cuando ve mi pánico.

Condón, cierto... no puedo creer que haya olvidado el maldito condón.

—Estoy limpio —confieso—, nunca estuve con nadie sin protección.

Lauren Green sonríe y sin perder el tiempo me hundo en ella.

Absorbo la sensación, el calor que siento, lo apretado que está mi miembro en ella. Embisto lento, sintiendo cada centímetro de su interior.

—Mierda... —susurro apoyando mi frente en su hombro—, oh, por el amor de Dios —balbuceo palabras sin sentido.

—¿Qué ocurre? —escucho su voz preocupada.

—Demasiado placer, joder, voy a venirme como un maldito muchacho en menos de un minuto.

Está tan apretada, tan tibia y suave en su interior.

Lauren se ríe, pero mueve sus caderas, obligándome a salir y volver entrar, ella gime mi nombre como siempre fantaseé y me abraza cerca de su cuerpo, sus senos pegados a mis pectorales y sus piernas envueltas en mi cadera.

Nunca experimenté tanto placer en una posición tan básica como esta, *tan vainilla*. Pero de vuelta, nunca estuve con una mujer como ella.

No hay otra Lauren en el mundo.

El ritmo se acelera, nuestra mirada fusionada.

—Silas... —gime.

Respondo con un gruñido cuando escucho mi nombre en un jadeo y empujo más rápido, más profundo.

—Di mi nombre otra vez —digo sin aire en mis pulmones.

—Silas —repite, aunque no creo que sea porque se lo haya pedido, creo que está tan sumergida en esto como yo.

Soy el que le está dando placer, el que la posee en este momento, tanto como ella a mí y funcionamos tan bien juntos, que me da pánico.

Puedo sentir el momento en el que Lauren Green se viene porque aprieta mi polla, ordeñándola casi por completo y dejando que me vacíe en ella.

No suelo gemir cuando follo, pero parece que no puedo cerrar mi maldita boca. No cuando Lauren está debajo de mí, recibiendo mi semen, acariciando mi espalda.

No cuando Lauren está.

Grrrr.

Me despierto por el ruido que hace mi estómago.

Miro hacia mi derecha y encuentro a Lauren durmiendo en forma fetal bajo mi brazo. Tibia, suave, pacífica.

Grrrr.

Se escucha de vuelta, esta vez es el estómago de ella.

Miro el reloj y entiendo por qué estamos así, son las nueve de la noche y ninguno de los dos comió nada desde ese chocolate caliente.

Acaricio su pierna con cuidado.

—Conejita —susurro—, ¿tienes hambre?

Responde con un sonido absolutamente adorable, pero nunca abre los ojos.

No recuerdo cuándo fue la última vez que me levanté de la cama con una sonrisa.

Preparo lo único que sé hacer: huevos revueltos, con un poco de bacon aparte, por si ella no quiere y abro una botella de vino. Siento que debería abrir el champán para celebrar este momento en mi vida, pero mi voz interna me dice que pretenda estar un poco más calmado, si no voy a espantarla.

O peor, puedo arruinar todo.

Escucho sus pies arrastrándose detrás de mí, cuando volteo encuentro a Lauren bostezando del otro lado de la isla, mientras estira sus brazos por sobre su cabeza. Lleva nada más que el jersey que tenía hoy por la tarde, pero sus piernas están al descubierto.

—¿Qué hora es? —dice con una voz áspera, se sienta en un taburete y apoya sus dos codos sobre el mármol.

Mis pies caminan hacia ella, como si su gravedad me tragara. Me paro detrás y la envuelvo en un abrazo íntimo, largo y silencioso.

—Las nueve y media de la noche —digo apoyando mi boca en su oído—. Estoy haciendo algo que podría llamarse cena si usas la imaginación. —Termino depositando un beso en su cachete.

Ella me mira con ojos hambrientos mientras me alejo, la pregunta es si es hambre de comida o de Silas.

De más está decir que prefiero la última opción.

—Cualquier cosa que aparezca frente a mí, será víctima de mis dientes —dice—, yo no juzgo a la comida.

—Eso es una gran mentira —señalo mientras doy la vuelta al bacon, el sonido chispeante es tan fuerte que casi no la escucho.

Lauren abre su boca exageradamente demandando una explicación.

—La segunda vez que hablamos en el colegio fue un jueves, estaba en la cafetería y mi bandeja estaba llena de comida, tenía entrenamiento ese día. Tú estabas esperando en la fila y cuando pasé por ahí, miraste mi bandeja y pusiste cara de asco.

Lauren cubre su rostro con vergüenza.

—Y te dije que eras un asesino serial por comer tres tipos de animales diferentes en la misma comida. —Puedo ver el rubor entre los dedos y sus orejas encendidas.

—¿Recuerdas qué te respondí? —La miro de reojo mientras juego con el bacon, moviéndolo de un lado a otro sobre la sartén.

—Que, por culpa de personas como yo, el mundo odiaba a los vegetarianos.

Preparo los platos y dejo el bacon, los huevos y la ensalada de tomate delante de ella, puedo ver cómo traga saliva con fuerza.

—Exacto. —Tan rápido como me siento, agarro el tenedor y comienzo a devorar la comida.

—Todos se rieron y a partir de ese día, todo escaló. —Su voz se apaga, deja de comer y comienza a jugar con su comida.

Se sirve un plato y pone una tira de bacon.

—¿Cuándo dejaste de ser vegetariana?

—Durante la universidad, fue muy difícil sostener el presupuesto y con los horarios que tenía, vivía a base de ramen instantáneo, hasta que un día me dio un pico de presión y me tuvieron que internar.

Detengo el tenedor en el aire, siento mis cejas juntarse en el medio de mi frente en disconformidad total. La imagen de Lauren internada hace que me revuelva las tripas.

Algo habré hecho porque ella de golpe deposita sus ojos en mí y comienza a hablar rápidamente, como si necesitara calmarme.

—Fueron un par de días nada más, después comencé a comer un poco más equilibrado y todo estuvo bien. Ahora tengo el dinero para hacerlo, así que trato de evitar la carne lo más que puedo...

—¿Quién cuidó de ti?

Una media sonrisa aparece.

—Emma y un novio que tuve en esa época.

Asiento y lleno mi boca de comida, para no demostrar la repentina molestia que me trae el cambio de tema.

¿Por qué me hago esto?

—Era dulce y nos llevamos bien por algunos años, pero luego fuimos por caminos separados.

—¿Por qué? —inquiero, jugando a no estar tan interesado en él, mientras preparo mi nota mental para anotar todo lo que ese idiota hizo mal para que Lauren Green se le escapara de las manos.

Un momento.

La realización me golpea en el pecho y me enderezo físicamente cuando me doy cuenta lo que quiero de Lauren Green.

Y la respuesta es tan simple que me siento un idiota.

Lo único que quiero de Lauren Green es... ella.

Ella.

Demonios, quiero que sea mía y quiero que ella me quiera a mí también.

De pronto escucho su voz y noto que estuvo hablando todo este rato donde tuve la epifanía más grande de mi vida.

Quiero a Lauren Green, me voy a casar con ella.

—Así que por eso fuimos por caminos separados, fue la decisión correcta —dice mientras pincha la comida del plato—. ¿Tuviste alguna novia alguna vez? —pregunta y se llena la boca como hice yo.

Espero que tú.

Sonrío ante mis palabras.

—Define la palabra novia.

Ella revira los ojos como hace siempre, pero espera por mi respuesta.

—¡Aah! ¿Te refieres a una relación monógama?

—Sí, Silas, vamos. —Pretende estar irritada.

Quiero decirle que ella va a ser la primera y la última, casi que las palabras se me salen de la boca y la ansiedad me genera un nudo en el estómago, pero elijo seguir pretendiendo ser ignorante en cuanto a lo que quiero para mi vida.

Necesito paciencia con Lauren, sé que puedo conquistarla, solo que... lentamente.

—No, quizá podría decir que salí con alguna por más de un par de meses, pero nunca llegó a mayores.

—¿Eran demasiado imperfectas para Silas Walker? —bromea mientras me empuja con su hombro levemente.

—No eran Lauren Green —respondo, clavándola con mis ojos en su asiento.

Lauren se pone seria y luego vuelve a empujarme.

—Vamos, no bromees.

Ahora todo es tan claro que es casi una obviedad. Siempre busqué algo en las mujeres, algo que siempre faltaba, no estaba seguro qué era, pero ahora lo sé, buscaba rastros de Lauren. Algo que me recordara a ella, que me enamorara y nunca lo encontré.

Hasta que la encontré a ella otra vez.

—No bromeo, no lo sabía, pero me pasé toda la vida buscándote en rostros desconocidos, ahora que al fin te tengo frente a mí, lo comprendo.

Su sonrisa se desvanece y se transforma en algo más, confusión y miedo.

No, no te me escapes Conejita, que este zorro no piensa dejarte ir.

Estiro mi mano, acaricio su rostro y miro a sus ojos firmemente.

—No estoy bromeando —repito con verdad severa—. Tómate todo el tiempo del mundo para asimilarlo, pero Lauren, esta vez no voy a perderte de vista.

Puedo ver cómo traga con dificultad gracias a mis palabras, pero estoy feliz por haberlas dicho, porque yo no tengo nada que pensar, es ella y voy a hacer lo que sea necesario para conquistarla.

Sus ojos me recorren, buscando la mentira, la mala pasada, pero solo encuentran honestidad y por sobre todo, una promesa.

—Silas... —respira mi nombre, su boca se prepara para decir algo, pero no salen palabras de ahí.

Y no encuentro un momento mejor que este para sellar mi confesión con un beso.

23

LAUREN

PRESENTE

S ilas enlaza nuestras bocas y sus manos rodean mi cintura posesivamente, como si no quisiera que me vaya, como si la solución para todos sus problemas fuera anclarme en este taburete.

¿Esto está pasando de verdad? Es imposible callar el miedo que corre por debajo de mi excitación.

Estar con él hace unas horas fue sensorial.

El placer arrebatador y extrañamente romántico.

Silas fue firme pero delicado, después de una sesión de placer extremo, me llevó a su bañera y me bañó mientras mirábamos el atardecer en Manhattan.

Fue tan romántico y protector, una faceta completamente nueva en Silas. O una que nunca me dejó explorar.

Ahora me sube a la isla e invade mi espacio, empujando su duro cuerpo contra el mío, dejando su peso caer sobre mí y tomando control total de los dos. Entierra su nariz en mi cuello y lame hasta mi mandíbula como un animal salvaje dejándose llevar por sus instintos más primitivos.

—Maldición —gime con enojo genuino—. ¿Qué me haces, Lauren?

Abruptamente me carga sobre su hombro y me lleva a su cuarto.

—¡¿Qué haces?! ¡Acabamos de comer! —grito sosteniéndome como puedo para no caerme, pero sé que no lo voy a hacer, las manos de Silas me sostienen firmemente desde mi trasero.

—Necesito tenerte, *ahora*.

En cuanto me arroja sobre su cama, quita su ropa, dejando al descubierto su pecho tonificado; sus piernas musculosas y varoniles; su piel dorada y su largo e hinchado miembro.

Trago saliva nerviosamente ante semejante adonis.

Silas arranca la poca ropa que tenía, voltea mi cuerpo y me toma de la cintura, posicionándome en cuatro.

Con su dedo índice recorre desde mis pliegues hasta el agujero prohibido y mi cuerpo se alerta ante la semejante intromisión, pero Silas me mantiene inmóvil.

—¿Confías en mí, Conejita? —Su voz es pesada, ida, salvaje.

—¿Sí...?

—Sí o no —dice estimulándome *AHÍ*.

¿Cuál fue la pregunta? Al no responder, toma mis nalgas con sus dos grandes manos y pasa la lengua.

—¡Oh, Dios! —grito, cerrando los ojos, porque la ola de placer es descomunal.

—¿Sí o no? —vuelve a preguntar.

—S-sí —logro responder.

—Entonces déjame darte placer, déjame demostrarte cuánto quiero verte acabar una y otra vez hasta que tus piernas no puedan sostenerte.

—E-está bien-n.

—Así me gusta —dice siniestramente.

Su tono suena poseído, determinado.

Su lengua comienza a acariciar mi trasero, mientras su dedo índice penetra mi vagina. Entra y sale, entra y sale sin piedad.

—¡Silas...! —gimo y me sostengo de la sábana hasta que mis nudillos se vuelven blancos.

De pronto me siento llena por dentro, llena de él, de su cuerpo, su voz, su perfume varonil.

—Dímelo... —dice mientras sigue estimulándome—. ¿Quieres que te folle aquí?

Sí quiero.

SÍ QUIERO.

—Solo te quiero a ti, por favor.

—Vas a hacer que me venga solo con tus palabras, Lauren. —Quita su dedo y se coloca en la puerta de mi coño para entrar—. ¿Quieres mi polla? Dímelo.

—Quiero sentirte —gimoteo.

—Soy todo tuyo, amor —declara, y abruptamente me penetra.

Sus embestidas son feroces.

Su gemido inhumano.

Sus dedos están enterrados en mi cadera.

Me folla con violencia, con pasión, con odio y amor. Me folla como siempre imaginé que Silas Walker me follaría.

—Joder —dice entre dientes apretados—. Tan apretada, tan mojada para mí.

Sé que no me está hablando a mí, Silas está perdido en lo apasionado, sensual y lujurioso que es todo esto.

La base de mi estómago se tensa y la necesidad burbujeante comienza a hervir dentro de mí.

—¡Silas! —advierto.

—Lo sé... ¡lo sé! Maldición, Lauren, llega sobre mi polla por favor.

En el mismo momento que mi orgasmo flota y explota en todo mi sistema, Silas se viene, desparramando todo su semen dentro de mí.

Por unos segundos nos mantenemos convulsivos y delirantes.

Sentimientos frescos resurgen en mí, sentimientos que nunca experimenté antes y tengo que morder mis labios para no expresarlos.

Silas sale de mi interior y me arrastra con él a la cama, envolviéndome con sus grandes brazos y piernas.

—¿Conejita? —murmura, mitad dormido, mitad despierto.

—¿Sí?

—Estás en problemas. —Su voz es apenas audible.

Es una amenaza, una firme pero entonces, ¿por qué estoy sonriendo?

Esta vez soy la primera en despertar.

Silas duerme a mi lado, con una mano sobre mi estómago y la otra debajo de su almohada. Está completamente desnudo, su torso se ve fuerte, esculpido y ancho. Él siempre tuvo el cuerpo de un atleta, recuerdo que entrenaba muchísimo y creo que eso no ha cambiado.

Siento que mi boca se llena de saliva de solo mirarlo, pero ¿cómo puedo seguir deseándolo después de las cosas que hicimos anoche?

Las cosas que le dejé hacerle a mi cuerpo.

Los lugares que tocó... Lamió.

Dios, nunca tuve sexo así con nadie.

Tan pasional, feroz, pero a la vez tierno y protector.

—Siempre me miraste a escondidas, pero demonios, ahora ni lo disimulas —dice con sus ojos cerrados.

Me río.

—¿Cómo sabías que te estaba mirando? ¡Tenías los ojos cerrados!

Se ríe contra su almohada, una risa profunda y hermosa.

Abre sus ojos y los posa justo sobre mí.

—Siempre supe cuándo me mirabas en el colegio y no van a cambiar las cosas ahora que puedo mirarte tan abiertamente.

Acomoda su brazo rodeando mi cintura y atrayéndome a su lado, ahora mi espalda está pegada a su pecho.

—Pensé que estaba haciendo un buen trabajo espiándote —digo en voz baja, es raro hablar tan libremente sobre esto.

Silas era un tabú.

Un secreto que solo yo sabía y nunca verbalicé.

—No, lamento decirte que apestabas haciendo eso. —Apoya su mentón en mi cuello y su mano acaricia mi brazo—. Pero no recuerdo una sensación mejor que sentir tus ojos fijos en mí cuando creías que no me daba cuenta. ¿Qué pensabas en esos momentos?

Dejo mi mirada perdida en los naranjas de Manhattan y pienso mi respuesta con detenimiento.

—Siempre me pregunté qué tenía yo, que te hacía odiarme tanto, intentaba descubrirte creo, conocer tus gustos para ver si podía...

—No había nada malo en ti, Lauren —interrumpe—. En todo caso fue tu perfección imperfecta lo que me hizo comportarme como un idiota. Eras tan única, tan excepcional, que este púber no supo cómo controlar lo que despertabas en mí.

—¿Y ahora?

—Sigo sin poder controlarme —sonríe, mientras arrastra su mano hasta mi vagina—, pero ahora puedo explorarte como siempre fantaseé.

SILAS ME PIDIÓ que pasara el día con él usando su corazón como excusa, tantas veces ya que tendría que ser ilegal. Vimos una serie en Netflix y comimos en la cama, aparte de hacer otras cosas; fue un día tan mundano, la presencia del otro se volvió natural, como si nos conociéramos de toda la vida.

Y un poco así es, creo que los dos estábamos tan obsesionados con el otro que no hay sorpresas, ni cosas inesperadas.

Nos pasamos evitándonos toda la vida y de golpe, no podemos quitarnos las manos de encima.

—¿Qué haces? —dice cuando me encuentra recogiendo mis cosas.

—Recoger mis pertenencias, es hora de irme a casa. —No estoy loca por irme, pero quiero darle un poco de espacio, pasaron muchas cosas en menos de veinticuatro horas y no hablo solo de sexo. Sé que él necesita tiempo para procesar todo como yo.

—¿Este es uno de esos momentos donde Lauren Green cree que le está haciendo un favor a alguien? —pregunta mientras cruza sus brazos, lleva puesta una camiseta y unos calzoncillos negros, *nada más*.

Sigue siendo raro que conozca tanto sobre mí.

—No, no es eso —miento—. Tengo que ir a mi casa, ya sabes, necesito mis cosas y...

—Tráelas aquí —dice obligándome a soltar mi bolsa, la arroja sobre el sillón y obstruye mi paso hacia la puerta.

—¿Traerlas? Silas, tendría que ir y venir mil veces por mis cosas, no tiene sentido.

Revira sus ojos.

—Tráelas aquí, permanentemente.

—¡Eso es aún peor! —digo exasperada. ¿Quizá su corazón no esté funcionando lo suficiente y no le esté llegando sangre al cerebro?

—Lauren —dice mi nombre firmemente, sostiene mis hombros pidiendo mi absoluta atención—, estoy proponiéndote vivir conmigo.

Vivir conmigo.

¿Vivir con él?

—¡Silas! —grito, empujándolo del pecho, lo hace reír por alguna razón—. ¿Estás loco?

—Sí, Lauren. Desde que te conocí no quiero que te vayas, no quiero perderte de vista, porque en el momento que comiences a enmarañarte, vas a salir corriendo lejos de mí y no quiero eso, no lo voy a permitir.

Tomo aire y exhalo lentamente.

—No.

—Bueno, entonces déjame comprar todo lo que sea que necesites de tu casa.

—¡Es lo mismo! —rió incrédula.

Copia mi sonrisa.

—No quiero que te vayas, quédate conmigo. —Su sonrisa se desvanece, sus manos me arrastran hasta él, aprisionándome y me derrito ahí, en sus brazos, mientras me besa como si no hubiera un mañana.

24

SILAS

PRESENTE

Reírse en momentos de estrés es infantil, inmaduro y muy Silas Walker.

Antes de darme cuenta, le estaba proponiendo a Lauren vivir conmigo, después de un día de tenernos, ya le propuse eso, entonces ¿qué voy a hacer al mes?, ¿al año?

Dios, que idiota.

Cuando cae la noche, la mesa de café está repleta de tuppers de comida rápida, latas abiertas y envoltorios olvidados.

Es la segunda película del día que vemos y no tenemos idea de qué se trata, porque no puedo quitar mis manos de su cuerpo.

Lauren despierta cosas imposibles en mí.

Siempre lo hizo.

Siempre nos pertenecimos y al fin, después de tantos años, podemos ser.

Y durante todos estos años que estuvimos alejados, ella estuvo presente, latente en mí todo el maldito tiempo. Cuando introduje el concepto de Wabi-Sabi en mi vida fue por ella. La imperfección trae consigo exquisitez absoluta ante mis ojos.

Una fisura en una pieza de cerámica la hace única.

Un desperfecto en la madera, trae carácter.

La piedra desgastada es irrepetible.

Inconscientemente sabía que Lauren Green existía en el mismo mundo que yo y aunque estaba lejos de mí, también estaba cerca.

Eso es Lauren y por eso encaja en mi casa, mi vida, mi filosofía.

Ella es la pieza faltante en mi vida incompleta, siempre lo fue.

Luca tenía razón, siempre estuve enamorado de ella y fui un necio en enfocarme en el sentimiento erróneo.

Creo estar a tiempo para enmendar las cosas con ella, hacerla finalmente mía y ser suyo.

POR LA MAÑANA trabajo silenciosamente desde la cama, con mi portátil sobre mis piernas, mi cuerpo desnudo y en paz. Mientras ella duerme a mi lado, su espalda está descubierta, su cabello rubio desparramado por su almohada.

Su almohada.

Es de ella de ahora en adelante.

Deslizo mi dedo por su columna, rastreando su piel, memorizándola, apreciando con un tipo nuevo de felicidad cuán afortunado soy por tenerla.

Cuando despierta la veo cómo se estira relajadamente y sonrío.

—Buenos día —susurro. Dejo mi portátil en el suelo y me arrastro hacia ella, cubriéndonos bajo las sábanas.

—¿Por qué estás trabajando? —protesta—. Son las fiestas.

—Necesitaba entretener mis manos para no despertarte de vuelta, pero no lo logré.

Las últimas noches me desperté con una erección para derribar pirámides, necesitaba enterrarme en ella para calmarme, para aliviar el impulso y recordarle a mi cuerpo que Lauren sigue aquí.

Pero ella se pasó todo el día bostezando porque no la dejé en paz. Me sentí mal, y por sobre todo, egoísta, aunque siempre la compensé con orgasmos por soportar a este hombre insaciable.

¿Cómo podría tener suficiente de ella? Mírala.

—¿Quién dijo que no quiero ser despertada? —Hay una sonrisa en su voz.

—Lo hubieras dicho antes, ¡mujer! —Cubro nuestros cuerpos por completo y me apodero del suyo, otra vez.

Durante los siguientes tres días Lauren Green es completamente mía.

Hicimos las compras juntos.

La hice reír más veces de lo que creí posible.

Le hice el amor y la follé sobre el mármol, la ducha, la cama de invitados, el sillón y contra el ventanal en un atardecer mientras escuchábamos U2.

Lauren se instala en mi corazón, lugar donde siempre debió estar y yo hago lo posible para que ella sienta lo mismo.

El treinta de diciembre, casi una semana después, la llevo a su apartamento, solo porque ella insistió que ya su ropa no era usable y estar desnuda todo el día no era una opción, eso dijo al menos cuando insistí en el tema.

Subo con ella y me detengo en la puerta porque si entro sé que no voy a detenerme.

Beso sus labios con delicadeza.

—No te encariñes con este lugar —murmuro una advertencia.

—Silas... —ríe y mira lejos de mí, no puede lidiar con mi intensidad.

—Que no te sorprenda si se incendia un día. —Dejo un beso rápido y doy pasos lejos de ella—. Mañana paso por ti.

Mañana es la fiesta de fin de año de la empresa, pienso ir solo para que el CEO esté presente y en cuanto sean las doce, salir pitando de allí para traerla de vuelta a mi reino y atarla a mi cama.

DEDICO mi día a agotarme físicamente en el gimnasio, pero antes de darme cuenta, tengo el móvil en la mano y estoy enviándole un mensaje.

Como un cachorro necesitado.

«**Silas W:** Paso por ti a las siete.»

«**Conejita:** ¿Vamos a llegar juntos a la fiesta? No creo que sea buena idea, los demás podrían interpretarlo mal.»

Mis cejas se unen en el medio.

¿Mal?

«**Silas W:** ¿Desde cuándo me importa lo que piense el resto? Eres mi cita de la noche, le guste o no al resto.»

LAUREN SE TOMA UNOS MINUTOS, HASTA QUE RESPONDE:

«**Conejita:** Te espero a las 7 <3»

La fiesta es en un salón no muy lejos de mi apartamento, esto es algo que Estela había comenzado, pero terminó Lauren y sinceramente hicieron un trabajo increíble.

Lástima que Estela se haya perdido el resultado, pero asumo que está disfrutando de sus últimos días de embarazada y gracias a Dios que decidió tener esa niña, si no fuera por ello no tendría a Lauren en mi vida.

La espero en la puerta de su edificio y, cuando aparece, tengo que tragar saliva como un maldito animal.

Lleva un vestido que nunca vi y digo que *nunca* lo vi, porque *nunca* hubiese olvidado ese vestido.

En mi vida.

Es rojo, pegado al cuerpo; sus piernas descubiertas se ven malditamente increíbles, largas y eternas. Sus tacones son negros, su cabello rubio llueve sobre sus hombros.

Ella me sonríe abiertamente y ya sé que no puedo ignorar la sensación dentro de mí cada vez que me mira así.

Como si yo fuese alguien importante en su vida.

Como si yo fuese el único ser humano en la calle.

Como si nada más importara.

Sé que estoy absolutamente enamorado de ella y no sé cómo frenar la energía explosiva que siento cuando la tengo delante. No quiero asustarla, ya bastante daño hice pidiéndole que viva conmigo después de una noche de sexo eterna.

Carraspeo mi garganta antes de comenzar a hablar.

—Eres la criatura más hermosa que vi en mi vida, Lauren Green.

Sus orejas se encienden inmediatamente, sus cachetes también.

—Gracias, Silas, tú te ves increíble también.

Me despego del Mercedes y doy dos pasos hacia ella, levanto su mentón delicadamente y deposito el beso más suave que puedo manejar en este momento.

—A la mierda la fiesta, ven a mi apartamento —gruño.

Lauren sonríe sobre mis labios y dice:

—¿Y pasar el fin de año solos?

—No necesito a nadie más que a ti. —Creo que nunca le hablé con tanta seriedad y honestidad, pero este soy yo, Silas Walker sabe cuándo quiere algo.

Lauren se ríe como si hubiera dicho algo gracioso y se aleja de mí para llegar al coche.

A regañadientes abro su puerta y con mucha elegancia se sienta en los asientos de cuero.

El camino hacia la fiesta comienza silencioso, pero de golpe Lauren comienza a hablar.

—Silas...

No me gusta su tono.

La miro de reojo, con una ceja levantada, de golpe me siento a la defensiva.

—Conejita... —digo su apodo, maldición, dije que estaba a la defensiva, no lo puedo evitar, pero ella no vuelve a quejarse por el nombre.

—No quiero que la oficina se entere de... de lo que sea que es esto. —Señala entre los dos.

La defensa de antes se vuelve más densa, mis dientes rechinan.

—¿Por qué no? —Tomo la palanca de cambios y comienzo a moverla con un poco más de violencia de la necesaria, pero necesito algo con lo que desquitarme.

¿Se avergüenza de mí?

—Porque van a pensar mal de mí, lo sabes, ¿hay algo más cliché que una secretaria teniendo sexo con su jefe?

Coloco la luz de giro y comienzo a atravesar carriles como un taxista neoyorquino, los bocinazos aparecen y algunos gritos se pueden escuchar a lo lejos.

—¿Qué haces? —dice ella sosteniéndose de la puerta.

Me detengo frente al Central Park, clavando los frenos hasta que siento el suelo del coche, abro la puerta y voy directo al parquímetro, meto mi tarjeta de crédito. Aparece un cartel que me pregunta cuánto tiempo voy a estar allí, pero no aparece la opción *Hasta que Lauren entre en razón.*

Podrían ser días…

Cuando vuelvo al coche, encuentro a Lauren mirándome como si hubiera perdido la cabeza.

—¿Secretaria teniendo sexo con el jefe?, ¿de verdad Lauren? —digo, golpeando mis manos en mis muslos—. ¿Eso es lo que es esto para ti?

—Silas… Tú mismo lo dijiste, no tienes relaciones, tú solo follas, me lo has dicho mil veces ya, ¿qué quieres que entienda de eso?

—Sí, ¡pero no contigo! —digo irritadamente, *¿es ciega acaso?*—. Después de todo lo que pasamos, ¿realmente crees que esto es sexo y nada más? ¡Te invité a vivir conmigo por el amor de Dios! ¿Hay algo que grite más *quiero una relación* que eso?

Se queda en silencio, repasando mis palabras.

Yo tomo aire profundamente y calmo mi voz.

No puedo gritar cuando ella está aquí.

—Quiero que seas mía. —Levanto la mirada y conecto con ella, parece confundida—. Estoy enamorado de ti desde que te conocí. ¿Qué más necesitas de mí para comprender que eres la mujer con la que quiero estar?

—¿Estas… enamorado?

—Sí… —mi voz suena agitada.

Silencio.

—¿De mí? —comprueba una vez más, típicamente Lauren.

—Sí Lauren, de ti. —Reviro mis ojos—. No me importa una mierda qué piense el resto, eres mía y soy tuyo. Siempre lo fuiste, mi Perséfone.

Los ojos verdes de Lauren me miran, sus pestañas baten mientras procesa lo que acabo de decirle. Asiente lentamente y desvía la mirada hacia el cristal delantero. Central Park sigue vivo aunque sea de noche, quedan pocas horas hasta que cierren sus rejas y la gente camina y pasea por ahí.

—Esto cambia todo… —murmura y sospecho que es uno de esos

235

momentos donde no se da cuenta que habla en voz alta, pero no le digo que estoy escuchando sus pensamientos.

—Lauren —tomo su mano y entrelazo nuestros dedos, ella los mira con cuidado—, sé que esto va a sonar muy infantil, pero siempre quise preguntártelo en el colegio, ¿quieres ser mía?

Sus labios comienzan a sonreír y los míos también.

—Silas, ¿estás seguro? Una relación requiere muchas cosas y...

—Solo una cosa, bueno dos, tú y yo y sé que me gané mala fama, pero me gusta tenerte en mi vida, en mi cama y fui un idiota en alejarte cuando éramos pequeños. Ya te dejé ir una vez pero no va a volver a ocurrir. Maldición, no creo que tengas opción a esta altura.

Sujeta mi mano con fuerza y muerde su labio inferior intentando suprimir una sonrisa.

—Sí.

—Sí, ¿qué?

—Quiero ser tuya, Hades.

25

LAUREN

PRESENTE

S ilas no suelta mi mano mientras entramos al gran salón donde la fiesta ya ha comenzado.

La música de fondo no sobrepasa las voces, creo que es música disco la que suena, satura un poco mis oídos, pero como dice mi psicó-loga, debo enfocarme en pequeñas cosas cuando paso por momentos como este.

No llegar al punto donde me ofusco es clave.

La gente está tan enfocada en saludarlo o como dice él, lamerle el culo, que nadie nota nuestras manos.

O al menos nadie lo demuestra.

Silas no pierde oportunidad para presentarme a personas que nunca habían pisado la oficina antes, pero se detiene especialmente con los inversionistas que pusieron en pausa su proyecto.

Disfruto mucho ver trabajar a Silas, se le ve apasionado, entusiasmado y por sobre todo, es muy conocedor. Los dos hombres frente a nosotros lo escuchan con la misma concentración que yo y me pregunto si ellos sienten la misma admiración que yo.

Aunque el factor de que esté enamorada de él duplique todo mágicamente.

Todavía no puedo digerir la conversación que tuvimos en el Central Park hace unas horas, Silas Walker, el bully de mi colegio, declara sus sentimientos casi veinte años después.

Alguien toca mi hombro y tanto Silas como yo, volteamos para ver quién es.

Es Dulce, se la ve nerviosa.

—Lauren, ¿crees que puedas ver algo? Tenemos un problema. — Frunzo el ceño y Silas me mira extrañado.

—Vuelvo enseguida —digo con una sonrisa amistosa hacia los inversionistas. Todos asienten, pero Silas me sigue con la mirada mientras me voy caminando con Dulce.

—¿Qué ha pasado?

—Primero, déjame decirte que ese vestido te queda increíble, de verdad, nadie puede parar de hablar de ese vestido.

¿Por qué se detiene en detalles como ese si hay un problema? Yo tendré un grado de autismo, pero la gente no tiene sentido de urgencia.

—Gracias, Dulce, pero ¿cuál es el problema?

—Oh, ¡no hay ninguno! —dice con una sonrisa—. Solo estaba rescatándote de esa conversación, sabemos cuán demandante puede ser el señor Walker. —Revira los ojos y me lleva por el salón lleno de gente, hasta que llegamos a unos sillones donde encuentro varios compañeros de la oficina—. ¡Mirad a quién rescaté!

—¡Lauren! —gritan más de lo necesario varios a la vez, igual sonrío amablemente.

—¡Hola a todos!

El grupo se empieza a mover, haciendo hueco para que pueda sentarme en el medio de un sillón lleno de gente. Casi que entro a presión, pero sonrío y me comporto tal como lo hacen ellos.

Copia y encaja.

—Lauren, ese vestido... —dice una mujer que nunca vi—. ¿De qué diseñador es?

Miro hacia abajo, a la tela suave, roja y más pegada de lo que me gusta sentir.

—¿Mercado de pulgas? —susurro, y todos explotan en una risa que rebota en mis oídos.

Es verdad, no sé por qué se ríen.

Comienzo a buscar a Silas entre la gente, casi esperando que venga con su cara de pocos amigos y demande que su secretaria vaya a socorrerlo, pero no ocurre, lo único que puedo ver es a los camareros repartiendo copas de champán para brindar a las doce.

Miro mi reloj rápidamente, faltan quince minutos.

—Tú sí que eres divertida —dice Daniel—, la bruja de Estela nunca compartía un momento con nosotros.

—Sí, pensaba que porque se acostaba con el jefe no estaba a nuestro nivel —dice Dulce.

¿Dijo acostar? No, seguro que escuché mal.

—Bueno, pero, ¡qué bien le funcionó! ¡La dejó embarazada y ahora tiene vacaciones de por vida! —dice Dulce arrastrando las palabras, todos ríen otra vez.

¿Qué?

—Pero Estela... —susurro y me atraganto con mis palabras cuando recuerdo cómo siempre hablaba mal de su pareja.

—¿Nunca te lo dijo? —dice la misma mujer que antes—. El señor Walker la dejó embarazada, él insistió en que se hiciera un aborto, pero ella se negó.

No, no puede ser.

—Sí —dice Daniel—, pero parece que terminaron en algún tipo de acuerdo, porque te contrataron a ti y ella postea fotos al lado de una piscina todos los días.

—¿Viste esa foto? —dice Dulce con saña—. Yo creo que la envió al exilio con tal de no verle el estómago crecer todos los días.

Risas.

¿Están hablando del mismo Silas?

Mi cuerpo se levanta de golpe, parece que nadie está notando la histeria hirviendo en mí. Tengo que irme de este lugar.

Irme.

Tengo que irme.

Las palpitaciones de mi corazón las siento en mi estómago, escucho la sangre correr a toda velocidad en mis oídos.

Mis piernas comienzan a temblar, necesito desaparecer de aquí antes de tener un episodio.

—¡Ey, Lauren! —Escucho a Daniel gritar a lo lejos—. ¡Ven a recoger tu champán que ya casi son las doce!

Pero no me detengo, sigo caminando con una rapidez nunca antes necesitada, esquivando gente como si fueran la plaga misma, hasta que llego al baño de mujeres y me encierro allí.

No hay más oxígeno en este lugar.

Hay dos muchachas retocando su maquillaje, me observan en el reflejo del espejo con preocupación, mientras yo camino hacia un lavabo disponible y mojo mi rostro para ocultar las lágrimas.

—¡Diez! —Se escucha el conteo regresivo afuera, ya van a ser las doce.

Las muchachas salen corriendo, ansiosas por festejar la llegada de un año nuevo. Esa era yo hace media hora.

—¡Nueve!

Camino de un lado al otro, de golpe este vestido me sofoca, necesito arrancarlo, pero me resisto al impulso.

—¡Ocho!

—¿Lauren?

Su voz detiene mi caminar frenético y me paralizo.

La puerta empieza a abrirse.

Reacciono lo suficientemente rápido para dar dos zancadas y cerrarla en su cara.

—¡Seis!

—¡Lauren! ¿Qué ocurre?

—¡Vete!

—Voy a abrir, o te alejas de la puerta o prepárate para tener un chichón en la frente.

—¡Cinco!

La puerta se abre de golpe, como prometió y yo trastabillo, pero Silas me agarra rápidamente del brazo, evitando que caiga o me golpee.

—¡¿Qué demonios ocurre?! ¿Por qué lloras?

—¡Tres!

—¿Cómo pudiste hacer eso? —sollozo, mi mano acaricia mi pecho dando círculos, en un intento de conseguir más oxígeno.

Los ojos de Silas por primera vez parecen angustiados y eso solo confirma algo.

Es verdad.

—¡Uno!

—Lauren... —Da un paso adelante, buscando tocar mi brazo. —. Usa más palabras, no entiendo.

Niego con la cabeza repetidamente, no puedo volver a hablar.

El mutismo está aquí.

—¡Feliz año nuevo! —Se escuchan las celebraciones afuera, las cornetas sonando y la gente chocando sus copas.

—Vete. —Mis lágrimas rompen sobre mi pecho, son demasiadas.

—No, no hasta que lo hablemos, Conejita...

—¡No me llames así! —grito de golpe.

Mi mano golpea mi cabeza repetidas veces, estoy perdiendo el control como nunca antes.

—Déjame irme, si me tienes un poco de respeto, al menos déjame ir.

Silas toma la mano que golpea mi cabeza y me obliga a detenerme.

—Está bien, pero por favor, no te golpees —susurra—, vamos, te llevaré a tu casa.

—¡No! —grito perdiendo la compostura otra vez, *¡no me escucha!* —. Quiero irme sola, déjame pasar.

—¿Cómo sé que no vas a lastimarte cuando estés sola?

—No lo haré.

Se aleja de la puerta cuando me escucha gritar así, camino a su lado con miedo, como si fuera un animal a punto de lastimarme, sé que es incapaz, pero mi corazón ya no piensa lo mismo.

Abruptamente Silas se transforma en alguien desconocido, ya no me pierdo en sus ojos, ni me duele el estómago cuando miro sus ojos azules, ahora se volvió lo que siempre supe que era.

El villano.

No solo de mi historia, claramente de las de otras mujeres también.

26

SILAS

PRESENTE

Bufo una vez más mientras un coche se cruza por mi camino en la Quinta Avenida.

—Malditos turistas... —gruño por lo bajo.

Estoy llegando tarde a un almuerzo con uno de los inversionistas, el tráfico del mundo entero está hoy concentrado en Nueva York, está nevando y los caminos están peligrosos y cuando los caminos están peligrosos...

—¡TODOS LOS IMBÉCILES SALEN A CONDUCIR! —

grito por la ventana cuando una mujer me saca el dedo del medio por no dejarla cambiarse de carril.

Le envío un mensaje al señor Lee para aclararle que no suelo ser así de impuntual, que el tráfico es especial hoy y que encima mi asistente dejó de hablarme hace tres semanas.

Bueno no le digo eso del final, solo es un recuerdo para mí.

Desde el 1 de enero, cuando el reloj anunciaba el inicio del año nuevo, Lauren dejó de hablarme a menos que sea estrictamente del trabajo.

No coge mis llamadas, no desde que le prometí que era algo relacionado a una reunión y luego comencé a rogarle para que me explicara qué demonios ocurrió esa noche. Solo se comunica con mensajes de texto y correos. No abre su puerta, no sale de su casa... *Sí, me quedé más de veinticuatro horas aparcado en la puerta y sí, el parquímetro me cobró más de mil dólares.*

No logro hablar con ella.

Hice preguntas en la oficina, investigué, hasta encerré al grupo de trabajo en una sala para que hablaran.

Nadie dijo nada.

Finalmente logro aparcar el coche a unas calles del restaurante, en cuanto cierro la puerta comienzo a correr hasta el Hilton, donde me espera el señor Lee.

La recepcionista me mira de arriba abajo cuando entro, no sé si es con deseo o confusión por lo agitado que estoy.

—Soy Silas Walker, tengo una reserva...

—Sí, señor Walker, por aquí —dice amablemente la mujer, mientras me lleva a la mejor mesa del lugar.

Sospecho que la selección del lugar tiene que ver enteramente con Lauren, LO SABRÍA SI ME HABLARA, PERO NO.

El señor Lee me ve y se levanta para saludarme.

—Silas... —dice mientras estrecha la mano conmigo.

Soy al menos dos cabezas más alto que él, inclusive mucho más corpulento, pero el señor Lee es el que tiene el poder en esta reunión y eso no se me pasa de largo. Él es un inversionista japonés que confía en el mercado inmobiliario de Nueva York. Tiene al menos unos cincuenta años y billones en su cuenta bancaria.

—Perdón por la tardanza, pero ya sabe cómo es Nueva York en esta época, todos quieren ver la nieve en esta ciudad.

—Lo entiendo completamente, su asistente me llamó hace unos minutos para dejarme saber que estabas en camino y muy amablemente ordenó un tentempié para mí.

Miro la mesa y encuentro varios platos con diferentes comidas, sonrío un poco, pero por dentro mis entrañas se retuercen pensando cuánto la extraño y qué tan celoso me siento por saber que él charló con ella libremente.

—¿Empezamos entonces?

La reunión va de maravilla, a pesar de que mi mente navega en un océano de preguntas que no tienen nada que ver con lo que ocurre delante mío.

¿La asusté con lo que le dije?

¿La leí mal y no siente lo mismo que yo?

¿Por qué no me explica qué demonios pasa así lo solucionamos y comenzamos a vivir nuestra vida juntos de una vez por todas?

Detente, el señor Lee te está haciendo una pregunta.

—Claro que sí —respondo *casi* adivinando de lo que habla—, mi padre está entusiasmado por este proyecto y por supuesto, está un 100% de acuerdo.

Si lo que quiere es la aprobación de mi padre, entonces la tendrá, por más que sea ficticia.

Lee asiente, toma su copa de vino y me analiza. ¿Qué demonios mira?

—Bueno señor Walker, me convenció. —Estira su mano y la estrecha firmemente con la mía.

—Me alegro, créame, esta es una inversión a la que pocos tuvieron acceso, seleccioné personalmente la lista de inversores.

—Eso me dijo su asistente, ¿cómo era su nombre? ¿Laura?

—Lauren —digo con pena en el pecho.

Dios, la extraño.

—Lauren, sí, muy amable ella, mucho más amable que su otra asistente, debo confesar —dice riendo con un poco de vergüenza.

Imito su sonrisa.

—¿Se refiere a Estela? Sí, Lauren es mucho más... —*Dulce, amigable, sonriente, considerada, inteligente*—. Expeditiva.

Hablando de Estela, debería llamarla, creo que era por estas fechas que daba a luz al bebé.

—Y así es como uno triunfa —dice mientras se levanta y abrocha su traje—, rodeándose de personas capaces, al menos eso me enseñó mi padre y me sigue funcionando, no tendría esta vida si no.

Me levanto para saludarlo, pero el señor Lee en vez de estirar su mano, se inclina respetuosamente como hace su cultura, lo imito en el movimiento.

—Estamos en contacto. —Sonríe y camina lentamente hacia la salida, dos guardaespaldas lo acompañan.

La camarera vuelve por la mesa y le ordeno un vaso de whiskey, debería ser champán, pero no tengo con quién festejar esta victoria.

El proyecto más importante de mi vida, completamente eclipsado con mi depresión.

Solo con ella podría festejar esto, solo con ella podría ser feliz.

Desgasté tanto mi cabeza, intentando pensar diferentes alternativas, opciones, pistas sobre qué demonios ocurrió que a estas alturas estoy pensando que en realidad nada ocurrió, pero Lauren no sabía cómo terminar conmigo.

Pero, ¿por qué aceptó acompañarme esa noche del treinta y uno de diciembre entonces? ¿Por qué me pronunció su Hades?

La amo y esto está partiendo mi corazón en dos.

Una mujer entra al restaurante, con un carrito de bebé y el niño durmiendo dentro, me da una pequeña sonrisa cuando pasa a mi lado y yo se la devuelvo mientras miro al niño absolutamente desmayado en su carrito.

Eso me hace acordar a Estela, por eso cojo mi móvil y la llamo, atiende al segundo tono.

—Tarde, ya parí —dice con su tono directo de siempre.

Sonrío, había olvidado lo bien que lo pasaba con ella, los dos vivíamos nuestras penas a la par, nos volvimos buenos amigos.

Ella en su búsqueda eterna de ser madre, nunca encontraba un idiota que la hiciera feliz, mientras yo ahogaba mi necesidad de tener a Lauren en cuerpos extraños.

—Felicitaciones entonces —digo tomando un sorbo—. ¿Nombre?

—Poppy.

—Bonito.

—Sí, aunque casi no la vi, sigo internada, se complicó el parto y tengo que estar una semana en el hospital bajo supervisión.

—¿En qué hospital estás?

—St. Mary, ¿vas a venir a visitarme?

—Quizá.

Hay algo muy depresivo en estos lugares, inclusive si uno viene por una buena noticia como es Poppy, igual hay algo tétrico.

El silencio.

El olor.

Los susurros.

La seriedad.

Llevo un oso de peluche marrón y unos globos que dicen «¡Feliz cumpleaños!» No había otros en la tienda y si lo pensaba bien, este es el primer cumpleaños de Poppy.

Así que...

Toco la puerta dos veces.

—Pasa —escucho a Estela del otro lado.

Abro la puerta silenciosamente pensando que la niña está ahí, pero no, estamos solos.

—¿Feliz cumpleaños? —pregunta con una ceja arriba.

Levanto mis hombros, dándole poca importancia.

—Es todo lo que había, no pidas demasiado de la tienda del hospital.

Estela toma el osito y lo acaricia un poco. Se nota cansada, tiene ojeras debajo de sus ojos y está más pálida de lo normal.

—¿Por qué estás aquí?

—Perdí mucha sangre, quieren cerciorarse de que está todo bien y Poppy nació una semana antes de lo esperado.

Ahora es mi turno de fruncir el ceño.

—¿Qué tan grave es?

—Va a salir todo bien —dice con tensión en sus cuerdas vocales—. Ahora háblame de la oficina, cuéntame cómo está trabajando Lauren.

Suspiro, mientras arrastro una silla hasta estar a su lado.

—¿Tan mal?

Dejo caer mi cuerpo en el respaldo y cruzo mis piernas, apoyando el tobillo sobre mi rodilla.

—Estoy enamorado de ella —digo sin dar vueltas.

Estela abre su boca cómicamente.

—¿En dos meses?

—Desde toda mi vida, estaba enamorado cuando íbamos juntos al colegio y lo estoy ahora también.

—*Wow*, estás jodido.

—*Sip* —digo, apretando mis labios.

—¿Y ella?, ¿siente lo mismo?

—Eso creí, pero algo la alejó de mí hace unas semanas, todavía no logro hacerla hablar.

Estela acomoda las sábanas que la cubren pensativamente.

—Mmm, dale tiempo, seguro que necesita pensar algunas cosas, ser la amante del jefe no es fácil.

—No es mi amante —respondo con un tono más elevado del que debería tener aquí—. Si fuera por mí, me hubiese casado ayer.

—Bueno, pero es mucha presión Silas, ¿recuerdas cómo hablaban a mis espaldas en la oficina? Maldición, todas las semanas inventaban una historia nueva.

Me río recordando lo absurdo que era.

—Tenían más imaginación que J. K. Rowling.

Estela acaricia su barriga, supongo que es la costumbre por tenerla tanto tiempo.

—Es más, hace como dos semanas, mi madre me llamó porque alguien le dijo que eras el padre de Poppy.

Exploto en una carcajada.

—Solo pagué tu tratamiento de inseminación, eso no significa que sea el padre.

—Y no sabes cuánto te lo agradezco —dice.

—¿Qué no sea el padre o que haya pagado el tratamiento? —Los dos nos reímos ahora.

—Hablando en serio, si no fuera por tu ayuda nunca hubiese cumplido mi sueño de ser madre, no pienses que me olvidaré del gesto.

Acaricio su mano y le sonrío.

—No es nada Estela, lo sabes. —Teniendo millones durmiendo en mi cuenta de banco, ¿qué era un tratamiento de inseminación? Nada.

Estela de golpe se tensa y su rostro se alerta.

—Oye, no crees que le haya llegado ese rumor a Lauren, ¿no?

Mi estómago se retuerce de golpe.

Oh, mierda.

Arrastro mis manos por mi cabello y me pongo de pie, de golpe muy incómodo en la silla.

Recuerdo que fue Dulce quien la arrastró lejos de mí en la fiesta.

Voy a despedir a alguien. No, primero le voy a arrancar los malditos ojos y luego...

La puerta se abre y una enfermera entra a la habitación, con la niña en brazos.

—Es hora de comer, mamá. —Sonríe dulcemente mientras pasa a Poppy en brazos.

La miro a lo lejos y sonrío.

—Es hermosa —susurro.

Estela la mira con ojos brillantes, con un amor maternal imposible de negar.

—Gracias —susurra, tomando su pequeña mano y acariciándola.

El momento parece demasiado íntimo para que yo esté aquí, por eso deposito un beso en la frente de Estela y me retiro hacia la puerta.

—¡Silas! —llama y volteo—. Ve a hablar con ella, si es eso lo que la alejó de ti, es entendible, si necesitas que me llame, dile que puede hacerlo cuando quiera.

—Gracias. —Sonrío y me retiro justo cuando comienza a alimentarla.

27

LAUREN
PRESENTE

El golpe en la puerta hace que me sobresalte lo suficiente para golpear mis rodillas contra el escritorio.

—¡Vete! —grito sin siquiera levantarme.

—Lauren, abre —implora su voz desde el otro lado de la puerta—. Necesitamos hablar de una vez por todas.

—Envíame un mail.

—¡Ya lo hice! ¡Los ignoraste!

Es verdad.

—Bueno, prueba con una carta, quizá tengas más suerte.

—Lauren... —su tono suena más amenazante y serio que antes—, no puedes negarme, aunque sean diez minutos.

Exhalo lentamente, porque tiene razón, ya llevo tres semanas evitándolo, me escondo y hasta pretendo no estar en casa con tal de no hablar con él.

¡Es que cada vez que pienso en todo lo que me dijo sabiendo que tenía un hijo en camino me hace sentir furiosa! Si me lo hubiera dicho desde el principio sería otra historia, ¡hasta podría haber convivido con esa extraña dinámica! Pero no, Silas Walker esconde.

—¡Cinco minutos! —Comienzo a negociar.

—¡Ocho!

—¡Siete! —insisto.

—Acepto —dice su voz del otro lado de la puerta—. Ahora abre la maldita puerta antes de que la tire abajo.

Me levanto, primero paso por el espejo y reviso mi apariencia, como trabajo desde mi casa ahora, no le doy importancia, ni le pongo mucho esfuerzo a mi ropa, pero por suerte llevo unos vaqueros con una camiseta negra, aunque no sé por qué me preocupa.

Abro la puerta solo un poco y Silas entra como si un asesino viniera detrás de él con un cuchillo en la mano.

—El señor Lee cerró el contrato, va a invertir en nosotros. —El cuello de su camisa está abierto, su corbata floja y casi deshecha, no parece estar bien para ser honesta e íntimamente me gustaría pensar que es por mí.

—Esas son buenas noticias —expreso, recordando cuánto lo estresaba esto—. Enhorabuena.

—Lo mismo para ti.

—¿Yo?

—Sí, tú trabajaste tan duro como yo en este proyecto, es tu victoria también.

Tenemos al menos dos metros entre los dos y la lejanía no es solo física.

—Fui a ver a Estela también —dice, sus ojos me atraviesan, me analizan y me atrapan, esperando ver mi reacción casi con ansias. Sus manos están colocadas en su cadera, parece impaciente y... ¿jadeante?

Alejo la mirada, no quiero delatar lo mal que me hace sentir escuchar eso, no quiero pensar en ellos juntos, teniendo una familia feliz.

—Tuvo una niña —dice—. Poppy es su nombre.

Cruzo mis brazos y miro al suelo, que está absolutamente limpio, como cada rincón de este apartamento, gracias a estas últimas semanas de pura pena.

—Felicidades —susurro, aunque es casi inaudible.

—¡Lo sabía! —Aplaude y camina hacia mí achicando el vacío entre los dos, mis ojos se abren y lo miro confundida—. ¿Crees que soy el padre de Poppy?

Mi boca se abre, palabras inconclusas salen de ahí, hasta que digo:

—Lo eres —confirmando la obviedad.

—¡No! —grita enfadado—. No puedo creer que hayas sucumbido a un maldito rumor, eres una de las personas más inteligentes que conozco, ¿cómo pudiste creer algo así tan rápido?

—Espera ¿tú no eres el padre? —niego con la cabeza—, ¿quién es el padre entonces?

—¡No lo sé! ¡Algún idiota que vendió su esperma! ¡Dios! ¡No puedo creerlo! —dice cubriendo su rostro con sus manos—. ¿Crees que soy capaz de algo así? ¿De abandonar a la madre?

—¡¿Y por qué todos creen que eres el padre, entonces?! —Ahora yo también grito.

—Pagué el tratamiento, Lauren, fue un regalo que le hice a Estela. —Se ve muy enfadado y cuando camina hacia mí doy pasos hacia atrás hasta que me choco con la puerta, se detiene a centímetros de mi nariz—. ¿Cómo pudiste creerles tan fácilmente? —Su voz suena apenada, desilusionada inclusive.

Mis ojos descienden otra vez, estoy avergonzada por ser tan terca y no escucharlo antes. Silas levanta mi quijada para obligarme a mirarlo.

Nunca lo vi tan concluyente en mi vida.

—Prometí que nunca iba a volver a lastimarte, ¿tan poco vale mi palabra para ti?

—Silas... —Mis ojos se llenan de lágrimas de golpe, los cierro porque no puedo mirarlo, por más que me obligue a hacerlo.

Todos estos días lo extrañé. Extrañé sus manos, su voz por la mañana y me odié por eso.

De golpe siento pánico por el error que acabo de cometer y tengo miedo de perderlo. Esta no es la primera vez que me pasa que un rumor lo escucho como cierto.

—Lo lamento, no creo que la gente..., no estoy..., las mentiras no son algo normal para mí, no sé mentir y no entiendo bien por qué la gente lo hace, lo dijeron en la fiesta y mi cabeza se volvió loca.

Nunca tuve un ataque como el que tuve ese día, todavía recuerdo la mirada de Silas angustiada cuando me golpeaba la cabeza con mi mano repetidamente.

—¿Fue un episodio por tu condición?

Asiento.

—Lauren... —susurra deslizando su mano por mi cuello y acariciándolo—, los rumores son veneno en forma de sonido, tienes que recordar que los seres humanos a veces son una mierda y todo lo que sale de sus bocas es pura mierda también, lamento que pases por situaciones como estas, pero seguro que aprendiste la lección, ¿no?

Asiento otra vez.

—Prométeme que de ahora en adelante vas a escucharme a mí antes que a un rumor de oficina.

De vuelta, muevo la cabeza, siento que si hablo no voy a tener control sobre mi voz.

—Necesito que lo digas en voz alta.

—Sí. —Rompo en llanto—. Lo siento, lo siento por ser así, tendría que haber hablado contigo, pero ese día no pude reaccionar, fue como si mi mente tomara control sobre mí y retrocedí todo lo que avancé estos últimos años.

—Sssh. —Me lleva a su pecho y me abraza—. Entiendo, no es tu culpa, estoy contento de que hayas sido capaz de hablarlo ahora.

Me aferro de su espalda, de golpe no puedo dejarlo ir.

—Si tan solo fuera normal...

Cuando su agarre se afloja, lo imito y me encuentro con su rostro, sus ojos brillan y tienen algo escrito que hace que me duela el estómago.

—No vuelvas a decir eso —dice mirando mis labios—. Sé que no lo crees tampoco, pero eres perfecta así como eres. Maldición, eres Lauren Green, la chica que me puso de rodillas, la que hacía mi corazón latir con furia y la que lo sigue haciendo.

Asiento, mis lágrimas caen por mis cachetes y él las limpia con besos.

—Es tu forma de ser lo que me deslumbra, nunca me prives de tu mente y nunca quieras cambiar, porque te amo Lauren Green y te elijo como eres, una y mil veces si es necesario.

Una sonrisa explota desde mi garganta, mi pecho se hincha ante esas palabras tan bonitas.

—Yo también te amo Silas Walker.

28

SILAS

PRESENTE

scuchar a Lauren decir esas palabras es indescriptible y eso que a mí nunca me faltan las palabras.

En este preciso momento sé que voy a casarme con ella; que voy a tener una familia con ella, porque Lauren es mi Perséfone y yo soy su Hades, lo nuestro también estaba destinado.

Beso sus labios mientras mis manos recorren su cintura hasta aferrarme a este trasero que tanto extrañé. Lauren gime en mi boca y la poca cordura que me queda, vuela por la ventana, haciendo que levante su cuerpo para encastrarnos.

—Voy a follarte por las tres semanas que ignoraste mi trasero, Lauren —Mi voz suena más salvaje que humana—. Te advierto solo por cortesía.

—Está bien —dice ella, moviendo su cabeza rápidamente de arriba abajo.

Amo ver la necesidad en sus ojos, quiere mis manos y las quiere ya.

En pocos pasos estoy a los pies de su cama. Quito su camiseta negra y sus vaqueros tan rápido que me da vergüenza, mientras ella arranca mi corbata y camisa con la misma ansiedad que siento.

—Lo siento, pero no puedo esperar —digo, colocándome en su coño y empujando hasta donde su cuerpo me lo permite.

—¡Aah! —grita de placer mientras vuelvo a salir y entrar de ella.

—Tres semanas... —digo entre dientes apretados—, por un rumor...

Arremeto contra ella violentamente.

—Lo siento —lloriquea, perdida en el placer.

—Me debes una, GIGANTE —susurro en su oído mientras mi polla sigue embistiéndola.

—Lo que sea —gime, mientras clava las uñas en mi espalda.

Sé que está a punto de venirse y me aprovecho de ello.

—Cásate conmigo.

—¿Qu...

Antes de poder expresar el impacto ante mi propuesta, su orgasmo la invade, impidiendo que hable.

El mío viene detrás y cuando los dos terminamos de temblar, Lauren susurra:

—Acepto —con la respiración agitada.

Bajo la mirada y conectamos.

—¿Creíste qué estaba preguntando? Di por hecho que ibas a ser mi esposa el día que te vi en mi oficina después de todos esos años.

Sus brazos envuelven mi cuello.

—¿De verdad?

Beso sus labios.

—*De verdad, Perséfone y como dije antes, mi poder, mi protección y mi amor son tuyos. Seré tu esclavo si me lo permites, besaré tus pies todas las mañanas y tu boca todas las noches, dejaré que me gobiernes en mente, alma y cuerpo.*

Lauren sonríe cuando escucha nuestro diálogo. Me lo sé de memoria; estas últimas tres semanas, me pasé horas observando ese diálogo, leyéndolo una y otra vez, pensando cómo demonios hacer para retenerla en mi vida.

—Hades, me convenciste.

Siempre supe que había algo raro en mi corazón, quizá era el vacío que sentía, las grietas que tenía o lo negro que era. Fui demasiado cobarde para encontrar qué era en el pasado y ahora de adulto se vuelve a hacer notar.

—Estas apretándome la mano —susurra Lauren.

La suelto solo un poco.

—Lo siento, son los hospitales, me ponen la piel de gallina —digo mientras caminamos hacia el consultorio del Doctor Mike.

¿Por qué vengo con él? La respuesta es bastante simple, quería que viera el anillo que Lauren lleva en su dedo y... Bueno, sí, mi corazón también.

Pero lo del anillo es más importante.

—A mí tampoco me gustan —susurra para seguir la temática tétrica del ambiente.

Me detengo, ella quiere caminar un poco más, pero la fuerza de mi brazo la frena.

—¿Entonces qué hacemos aquí? Vámonos.

—No señor, —me arrastra por el corredor—, tenemos que ver los resultados con un profesional.

De mala gana dejo que me lleve, solo Lauren puede mandarme así y salir victoriosa.

—Esto te costará caro, Green —susurro en su oído.

Ella sube la mirada y me mira con picardía.

—Déjame adivinar, tengo que irme a vivir contigo.

—Eso es una obviedad.

—¿Maratón de sexo?

—Está estipulado para después de esta cita. —Llegamos a la puerta del doctor Mike y toco dos veces.

—¿Entonces?

—¡Adelante! —Se escucha, y abro la puerta sin responderle.

El doctorcito está esperándonos detrás de su escritorio, su sonrisa es amplia de dientes blancos. Tomo la mano de Lauren, la que tiene el anillo y la llevo a mi pecho para que pueda verlo.

Entonces Lauren comprende con qué tenía que pagarlo, *con vergüenza ajena.*

—Doc. —digo con una sonrisa y Lauren mira al suelo—, ¿recuerdas a Lauren? Mi prometida.

Mike se levanta y dibuja una sonrisa muy falsa en su rostro.

—Claro que sí, Lauren, qué bueno verte.

Lauren estira su mano y la estrecha con él.

Sí, sí, mira ese anillo pesado en su dedo, Mike.

—Hola, Mike —dice ella, mientras me mira con veneno saliendo de sus ojos.

Los dos nos sentamos delante de él y Mike mira su monitor y hace algunos clics hasta que abre mi archivo, lee cosas que murmura en voz alta, no entiendo qué demonios dice.

Lauren toma mi mano y me sonríe ansiosamente.

—Bueno, señor Walker —dice mientras exhala aire de sus pulmones—, su corazón parece sano.

Mis músculos se relajan, Lauren aprieta mi mano y su sonrisa se despliega por todo su rostro.

¿Ella también estaba nerviosa? Nadie nunca se preocupó por mí, es tan nueva esta sensación de saber que no estoy solo, que tengo una compañera para toda la vida. Espero que Lauren sienta la misma protección cuando se trata de este cuerpo, porque le pertenece, siempre fue la dueña, inclusive cuando no lo sabía.

—Lo que usted tiene es estrés crónico y eso es lo que está causando que su cuerpo reaccione ante él de esta manera, cuando el cuerpo se inflama...

—Listo, ya entendí —digo levantándome y abrocho mi traje.

Tanto Mike como Lauren me miran con la boca abierta, pero es la expresión de Lauren la que me obliga a explicarme.

—Estaba pasando por un mal momento, ¿vale? Fue pasajero, todo se solucionó, como puedes ver —digo tomando la mano de Lauren y mostrando el anillo—. Lauren, vamos.

Estiro mi brazo para saludar a Mike y él toma mi mano extendida inmediatamente.

—Gracias por todo, espero que no nos tengamos que volver a ver —digo con una sonrisa maléfica—. Y borra el teléfono de Lauren de tu móvil, no lo vas a necesitar.

Sin más, salgo de la habitación.

───────────

Mi plan comienza un par de semanas después de esa catástrofe.

Todavía no he logrado que se mude, pero no renuncio fácil a ningún desafío.

En su pobre intento de esquivar mi propuesta, Lauren no vio venir que iba a plantar campamento en su apartamento.

Yo por mi lado, dije que no iba a pasar un día sin ella, no tenía dudas con respecto a nuestra unión. Lo nuestro está destinado y ¿quién soy yo para negar al destino?

Así que desde el día que la tomé en su cama no me separo de su lado.

Si suena necesitado es porque lo estoy.

No fue fácil pasar tres semanas lejos de ella, no quiero volver a pasar por algo así.

Hoy mi plan comienza a desarrollarse.

Primero: espío a Lauren trabajar en su oficina, la veo muy concentrada escribiendo un contrato y sé que es algo que le va a tomar tiempo, así que vuelvo a mi oficina silenciosamente.

Segundo: cojo mi móvil y llamo a Luca. Mi complicado, pero favorito hermano.

Atiende en el quinto tono.

—Quiero hablar con Emma —digo antes de escuchar su voz.

—¿Emma?

Reviro mis ojos.

—Sí, la mujer que tienes delante de ti, la que te follas hace meses. —Apoyo mis zapatos en el escritorio y vigilo la puerta, esperando que Lauren no decida entrar en mi oficina ahora.

—¿Cómo demonios lo sabes? —Escucho una sonrisa en su voz, algo muy raro en Luca.

—Era bastante obvio, pero quiero que sepas algo antes de pasarle el móvil, voy a casarme con Lauren, ¿está bien? Así que no la cagues con la hermana otra vez, porque vas a tener que lidiar con ella por el resto de tu vida.

Luca ríe por lo bajo siniestramente como lo hizo siempre, pero no dice nada más, simplemente le entrega el móvil a su amante.

—¿Hola?

—Emma, soy Silas Walker —digo levantándome del escritorio y camino hacia el ventanal que da a Manhattan—. Necesito que me ayudes con algo.

—¿Por qué te ayudaría en algo? Trataste a mi hermana como basura durante todo el colegio.

—Eeh, primero, eso está en el pasado Emma, ponte al día, vamos. Segundo, te estás follando a mi hermano y sé que se lo ocultas a

Lauren, así que creo que no tienes opción, ¿qué dices? ¿Vas a ayudarme o no?

Emma suspira.

—Te escucho...

En pocas palabras, convenzo a Emma que me permita pagar el tratamiento de su madre, no la conozco a la señora, pero sé que para Lauren esto es muy importante y si es importante para ella, lo es para mí.

Aparte, honestamente, si destrabo el problema «dinero», mi vida será mucho más fácil de ahora en adelante. Lauren no tendrá más excusas cada vez que le ruegue para que viva conmigo, ni va a trabajar extra para tener más horas en su paga.

¿Por qué llamo a Emma y no directamente a Lauren? Porque Lauren es terca, orgullosa y no acepta caridad de nadie, en cambio Emma... bueno, ella es un poco más fácil.

Pregúntale a Luca si no.

—Silas, sabes que esto es un gran compromiso, ¿no? No puedes involucrarte así en nuestras vidas si planeas ser temporal en la vida de Lauren.

—¿Temporal? Pfff —resoplo una risa—. Voy a casarme con ella, ¿no te lo dijo?

—¡¿QUÉ?!

Este es el momento clave para terminar la llamada y eso hago.

Una hora después, Lauren camina con la tablet en sus manos y su cara de confusión.

—Silas... —llama, pero no me mira, mira directo a la pantalla—. ¿Hablaste con el abogado? Porque no responde mis llamadas y...

Levanta sus ojos y me mira.

Yo sonrío con maldad, ella conoce esa sonrisa, pero esta vez no sabe por qué me sonrío.

—¿Qué hiciste?

En ese momento le suena su móvil haciendo que frunza su ceño.

—Espera un segundo, es mi madre, tengo que atender.

—Adelante —digo, moviendo mi mano hacia ella, me recuesto en el sillón y subo mis piernas sobre el escritorio como el CEO que soy.

Lauren habla con su madre silenciosamente, su tono es de confusión, la escucha y no entiende, pero de golpe, se le enciende la lamparita y clava sus ojos sobre mí.

—Sí, mamá son buenas noticias, ¿puedo llamarte luego? Sí, yo también, ¡adiós!

Termina la llamada y en vez de caminar hacia mí, camina hacia la puerta.

Oh-oh.

Escucho el clic, sé que echó el pestillo y una vez que voltea, camina directa hacia mí con sus ojos fijos en los míos.

Hoy lleva esa falda de tubo con un pequeño tajo que hace que mi imaginación se vuelva loca. Sus gafas rojas, su cabello rubio, joder, no hay nada en esta mujer que no me encienda.

—¿Silas? —dice mientras rodea mi escritorio.

—¿Sí? —Bajo mis pies y giro mi silla para quedar frente a ella, mis piernas abiertas, listas para recibirla.

—¿Cómo lo hiciste? —Cruza sus brazos.

—Oh, ya sabes, tiré de algunas sogas, hablé con algunas personas... —Mi sonrisa se mantiene, porque ahora ya no tiene más excusas.

Tenemos al menos un metro entre los dos y me molesta inmensamente, por eso me aferro a su cintura, la atraigo hacia mí y la siento sobre mi pierna izquierda.

—¿Crees que puse ese anillo en tu dedo porque sí? —susurro sobre su oído—. Quiero hacerte feliz y sé que este es un buen primer paso.

—Sí, pero...

—Ssh... —La silencio mientras coloco su cabello detrás de la oreja —. Vas a ser mi esposa, todo lo mío es tuyo, yo soy tuyo, como tú eres mía. Eso significa que tus preocupaciones son mías también, tus problemas, tus miedos, todo mío y voy a hacer lo necesario para hacerlos desaparecer.

Sus ojos se conectan con los míos y una sonrisa tímida aparece en su rostro.

—¿Eres el Silas Walker que yo conocí?

—No —respondo—, soy una mejor versión, una versión que quiere estar a tu altura, una versión que quiere amarte, darte refugio, protegerte y hacerte feliz. —Juego con sus dedos, hasta sentir el anillo ahí—. Este Silas Walker entendió todo.

—¿Qué es todo? —susurra, con sus ojos mirando mis labios.

—Que el amor y el odio son lo mismo, es en la intensidad donde radica la igualdad de estos dos sentimientos tan opuestos, esa intensidad es el espacio gris, donde solo existe la pasión, la exaltación y la lujuria. Puedes dar un paso a la derecha y encontrar el amor o puedes dar el paso a la izquierda y nunca saber lo que podrías haber tenido y yo no pienso perder un minuto de mi vida, siempre fuiste amor para mí, siempre fuiste tú Lauren.

Nuestras bocas se estrellan y por Dios no me canso de besar a esta mujer.

Mi mujer.

Mientras nuestras lenguas se enredan, coloco a Lauren sobre mi escritorio y subo esa falda.

—¿Cerraste la puerta con pestillo? —gruño—. No me hago responsable si alguien entra y muere por verte desnuda.

—Sí —gime—, está cerrada.

Bajo su braga y me entierro en ella. Es una necesidad imperiosa tenerla ahora, casi agobiante, como si estuviese a punto de tener un ataque de pánico si no la tomo en este preciso momento.

Mis embestidas son lentas, las disfruto así, porque con Lauren no quiero apurarme, quiero saborearla, sentirla, conectar con ella.

—Oh, Dios... —gime mientras se aferra de mi espalda para no caer.

—*Silas*, Conejita, mi nombre es Silas, no Dios —digo mientras muerdo su oreja.

Antes de dejarla contestar, salgo de ella y la acuesto boca abajo sobre mi escritorio, tantas veces soñé con esto que parece irreal tener su redondo trasero delante mío así, tan expuesto y listo para que lo acaricie.

Y eso hago.

Sujeto sus dos nalgas con mis dos manos y aprieto con toda mi fuerza.

—¡Ay! —dice, mirándome sobre su hombro.

—Lo siento Conejita, déjame compensarte —susurro mientras me entierro en su tibio coño.

Mi cabeza cae para atrás, abrumado por la sensación de placer en el centro de mi cuerpo.

—Maldición —gruño, mis embestidas comienzan a acelerarse y Lauren se aferra con fuerza en el borde del escritorio para recibir mis asaltos.

—Silas... —dice, su voz más como una advertencia que un gemido, sé que se está a punto de venirse.

Deslizo mi mano por su monte de Venus, hasta llegar a su clítoris y lo masajeo.

—Lauren, no voy a aguantar mucho má... —Pero antes de terminar de hablar, mi orgasmo revienta y por la forma que su coño exprime mi polla, sé que ella también está viniéndose.

Mis dedos se entierran en su cadera, mientras descargo todo de mí en ella.

Durante algunos minutos, nos quedamos en silencio y solo se escucha nuestra respiración.

—Te amo. —Mi voz se entrecorta—. No puedo esperar a vivir nuestra vida juntos, cuidar de ti, satisfacerte todas las noches, abrazarte todas las mañanas y hacerte olvidar las cosas que hice en el pasado.

Dejo un beso en su cabello y me levanto, dándole lugar para incorporarse y arreglar sus ropas.

Pero en vez de hacer eso, Lauren voltea y me abraza.

Un abrazo estrecho, potente e íntimo.

—Siempre quise escuchar esas palabras cuando era más joven. —Libera una sonrisa.

—¿Siempre me deseaste? —pregunto mientras acaricio su cabello.

—Sí, hasta llegué a odiarme por desearte, pero siempre supe que te amaba.

—Gracias por esperar a que este idiota se diera cuenta.

Se ríe.

—Gracias por insistirle a esta idiota cuando no quiso escucharte.

29

SILAS

Q uerida Perséfone:

TANTOS AÑOS *de soledad tuvieron sus frutos, porque lo que traes a mi vida, diosa, es puro florecimiento y savia.*

Estoy observándote el día de nuestra unión, nuestro casamiento, mientras te mueves entre los invitados con movimientos fluidos, alegres y pintorescos.

Saturas mis sentidos con tu belleza, brillas como nadie en un campo verde. Sonríes y debo confesar que fantaseo con ser el creador de tu felicidad.

Es lo que más anhelo, hacerte feliz en mi reino.

Me miras con ojos sospechosos, porque me alejé de ti por unos segundos para escribir estas palabras que parecen lejanas. Suenan intrusas en mi mente porque nunca creí llegar a sentir esto que siento.

Es tan nuevo, abrumador y perfecto que a veces creo que Morfeo está jugando conmigo.

Créeme diosa, nunca voy a olvidar tu perdón, ni tu bondad, ni pienso aprovecharme de ella. Ni estando de rodillas puedo compensar, ni agradecer tu luz.

Te convencí finalmente: vives conmigo, duermes en mis brazos y dejas que venere tus primaveras con mi frío corazón.

Solo tú puedes deshelarme.

Soy tuyo para siempre diosa, recuerda, este dios no va a olvidar esto.

Aquí vienes, danzando entre flores. Preocupada por mí, como siempre, tú sola me cuidas.

Tú eres mi dueña.

Y yo tu humilde servidor.

Te amo, diosa, te amo con todo lo que tengo.

Hades.

EPÍLOGO

Silas

—Llegó el alcalde, ya estamos listos —dice Lauren mientras quita pelusas de mis hombros.

Llevo un traje Armani hecho a medida exclusivamente para hoy y sé que debo estar impecable para las cámaras.

El proyecto Compas está aquí.

Hay una cinta roja en la puerta para que corte el gobernador de

Nueva York, los medios están aquí, personalidades importantes de la ciudad y mi familia.

Es un buen día.

Mi padre se pavonea por ahí con el pecho inflado de orgullo y mis hermanos hablan con los inversionistas, cada uno con una copa de cristal en la mano.

—Espera —digo a Lauren, mientras acomodo su chaqueta, la barriga de seis meses de embarazo sobresale de su vientre y quiero que todo el mundo vea a mi esposa—. Ahora sí.

Agarro la mano de Conejita y caminamos juntos hacia el escenario. Los aplausos aparecen mientras me coloco delante del micrófono para decir unas palabras.

—Gracias, gracias a todos por venir —sonrío, mientras las cámaras arrojan flashes hacia nosotros, mis dedos se entrelazan con los de Lauren.

Ella sonríe y saluda.

Sabíamos que los flashes podrían molestarla, por eso estuvimos practicando estos últimos meses para que hoy esté cómoda.

El proyecto se fue haciendo conocido a través de los años, tomando relevancia cuando la gente se enteraba de qué se trataba.

Comunidad, practicidad y ecología.

—Cuando comencé este proyecto, casi tres años atrás, tenía ambición, sabía que Nueva York necesitaba algo más. —Miro hacia abajo y observo a mi esposa—. Pero Lauren me abrió los ojos. Ella dijo que era hora de pensar en el planeta, investigó qué tecnologías había disponibles en el mercado hasta altas horas de la noche y debo admitir que estuve celoso por momentos, —una risa suena por el público—, pero ella hizo todo lo posible para que Compas sea lo que es hoy. Materiales sostenibles, reciclables y energía solar. —Todos aplauden—. Pero, por sobre todo, el sentido de comunidad, un lugar donde los que queremos dejarles un mundo mejor a nuestros hijos podamos vivir en armonía, y sin ir más lejos, el proyecto nos gusta tanto que vamos a vivir aquí. —Envuelvo mi brazo sobre los hombros de Lauren y la atraigo a mi pecho.

»Queremos agradecerle al alcalde Harriman —digo señalando hacia el veterano de traje en la esquina— y a todos los que trabajaron sin descanso hasta terminar Compas, bienvenidos.

Lauren le entrega una tijera gigante al veterano y éste corta la cinta roja.

Todos aplauden y entran al complejo para conocerlo. Los apartamentos están todos vendidos, pero los medios tienen que conocerlo por dentro y sacar fotos para la campaña del alcalde.

No apoyo totalmente la moción, pero a veces hay que hacer política.

Mis hermanos caminan hacia nosotros y todos abrazan a Lauren con cuidado, su barriga es tan grande que da miedo aplastarla. Mis padres hacen lo mismo y nos rodean con sonrisas.

—Nunca creí que ibas a ser una persona que diera discursos. —dice Oliver, su acento texano es cada vez más pronunciado.

—No tuve opción, o al menos eso me dijeron por aquí. —Señalo a Lauren y ella me empuja juguetonamente.

—La ciudad tenía que conocer a Silas.

—Verdad —agrega Thomas Walker—. Creo que la compañía tiene que involucrarse más con la ciudad, tengo algunas ideas que me gustaría charlar contigo, Lauren.

—Cuando quieras —sonríe ella. Brilla tanto que me encandila. Desde el día que nos enteramos que estaba embarazada, Lauren destella alegría y sí, su embarazo no es fácil, los primeros tres meses vivimos más en el baño que en el resto del apartamento.

—Cuidado hermano —dice Luca con su seriedad de siempre, aunque le guiña un ojo a Lauren—. Cuando Thomas Walker tiene algo en la cabeza, no lo detiene nadie.

—Lo mismo con Lauren —agrega Killian—. No sé cómo hizo para convencerme que debía comprar un Tesla.

—No me costó tampoco tanto —devuelve ella.

Mientras todos reímos, Thomas Walker me hace señas para que camine con él. Antes de irme miro a Lauren y ella asiente y modula: *¡Ve, ve con él!*

Mi padre tiene la misma estatura que yo, apoya su pesada mano sobre mi hombro y camina conmigo observando el pulmón verde que tiene el edificio, ningún árbol o arbusto fue dañado en la construcción.

—Hijo, quiero que sepas que estoy muy orgulloso de ti.

Mi garganta se aprieta lo suficiente para silenciarme, en cambio asiento como un idiota. Nunca creí escuchar estas palabras de su boca.

—Siempre supe que eras un líder nato, pero lo comprobé cuando te casaste con Lauren.

—¿Sí? ¿Por qué? —pregunto extrañado.

—Porque un líder tiene que tener empatía con otros que pongan a su familia primero, tú me enseñaste eso estos últimos años. La empresa nunca fue mejor y sí, tenemos muchas oficinas y gracias a tus hermanos, nos va bien en todas, pero la tuya es con la que empezó mi madre y es a la que le tengo más cariño. —Ríe por lo bajo, como si fuera un secreto que nadie puede escuchar—. Hoy eres un hombre casado, conoces lo que es desvivirse por las personas que más amas y pronto vas a ser padre, eso cambia todo.

—Eso escuché... —digo pensativamente mientras miro el césped grueso del parque.

—Tu vida deja de tener valor cuando tienes a tu hijo en brazos, de golpe, algo pequeño e indefenso tiene prioridad, jerarquía y hace que lo demás parezca insignificante, inclusive proyectos como este.

Me río.

—No veo la hora de conocer a mí hijo —murmuro recitando palabras honestas.

—Lo sé y yo no veo la hora de conocer a mi nieto —dice con una sonrisa abierta y me da palmaditas en la espalda.

Cuando me doy cuenta, estamos caminando hacia la familia otra vez. Lauren está hablando con un periodista y responde todas sus preguntas con energía. Lauren desde que pasó a ser socia de Property Group NYC, se volvió una empresaria responsable, idónea y eficiente.

—Creo que es hora de llevarme a mi esposa —digo con una sonrisa pícara mientras apoyo mi mano sobre su cintura.

—Oh, sí, claro —responde el periodista—. Un gusto conocerlos a los dos.

Estrecha nuestras manos y se retira.

Yo deposito un beso en el cabello rubio de Lauren y la envuelvo entre mis brazos.

—Todos los muebles llegaron hoy —murmuro.

—Lo sé —responde ella saludando a alguien con la mano a lo lejos—. Me encargué de que así fuera.

—Bueno, creo que debemos ir a revisar si la cama es adecuada. —Lauren levanta la vista confundida pero luego entiende a dónde voy con eso.

—Silas, están todos aquí, es la inauguración del proyecto más importante de tu vida.

Levanto mis hombros despreocupadamente.

—Conejita, el proyecto más importante de mi vida eres tú y el bebé que estás cocinando aquí —digo, acariciando su panza—. No me importa una mierda esto y hace tres noches que trabajas sin parar, es hora de que disfrutemos. —Lentamente la guío hacia los ascensores.

Durante todo el trayecto del ascensor, mis manos acarician su vientre mientras la abrazo desde atrás. No puedo dejar de tocar su barriga, acariciarla es mi nueva pasión.

Nuestro apartamento es el ático, piso sesenta. No es lo mismo que mi apartamento en Manhattan, pero Lauren dijo que quería criar a nuestro hijo Julian aquí y yo solo hago lo que la hace feliz.

Las puertas se abren; el apartamento tiene muebles desparramados por todos lados, algunos hasta sin montar, pero me encargué de que estuviera todo listo para cuando terminara el trámite de la presentación.

Por eso arrastro a Lauren a la cama directamente.

Y venero su redondo vientre, mientras beso su cuerpo, lamo su hermoso coño y masajeo su trasero.

—Te amo, esposa —gimo segundos antes de venirme.

El cuerpo de Lauren convulsiona bajo el mío y exprime todo de mí, sus ojos están apretados mientras se viene, pero cuando los abre se suavizan.

—Yo también te amo, esposo.

Con nuestros cuerpos agitados, miramos el techo de nuestra nueva habitación.

—Me haces muy feliz, Silas —dice—. Tú me enseñaste a aceptar la imperfección, a valorar las grietas, las fisuras y encontrar la felicidad ahí, donde nadie mira, donde todos ignoran porque los más imperfectos están obsesionados con la perfección.

Con cuidado alejo un mechón de su cabello y lo coloco detrás de su oreja.

—Y en la imperfección está la belleza verdadera —agrego—. Tú también me haces muy feliz y no veo la hora de que seamos una familia los tres. —Apoyo mi mano en su barriga de nuevo.

Lauren Walker, mi esposa, mi amiga, amante y socia, sonríe y expresa amor con la sonrisa.

Cada vez que me mira así, le aviso al Silas de la adolescencia que casi arruina todo, pero que no se preocupe, el Silas del presente no piensa dar por sentado lo que significa que una mujer como Lauren haya apostado por una segunda oportunidad.

La única mujer que hizo erupcionar todos los sentimientos, volviéndome un loco por no tenerla, por desearla tan intensamente que lo confundí con odio.

Qué lejos estaba de la realidad, Lauren siempre fue mía, siempre fuimos *nosotros*.

Fin.

ADELANTO SEGUNDA OPORTUNIDAD EN MIAMI

U na gaviota chilla a lo lejos.

Las olas rompen en la costa.

Luz natural entra por las cortinas de lino y se mueven con el viento.

Sé por el color de la mañana que el sol acaba de salir, es un color gris claro que de a poco se transforma en un amarillo intenso, típico de Miami.

Me agrada.

A pesar de lo que piensen todos de mí, este lugar es mi preferido dentro de los Estados Unidos.

¿Qué piensan todos? Que soy una gárgola gótica. Bueno, en realidad no todos; Emma me llamó así una vez y me hizo reír. Pero el resto de mi familia cree que soy un ser oscuro y quizá tengan razón, aunque eso no quita que quiera vivir en un lugar alegre y soleado como esta ciudad.

No se puede negar que Miami es una de las ciudades más colorinches, vibrantes y musicales de este bendito país; gracias a la influencia latina, Miami rompe con la seriedad que caracteriza a las ciudades más importantes de Estados Unidos, es la antítesis perfecta a ciudades como Nueva York o San Francisco. Quizá esa sea la razón por la cual me guste tanto este lugar: Nueva York me deprime, California me ahoga con su esnobismo y el centro del país es demasiado tradicionalista.

Con un suspiro, apoyo mis pies en el suelo de madera fría y me siento en el borde de la cama. En mi mesa de noche, hay un pequeño botón que abre las cortinas lentamente y me enseña el mar turquesa que parece sacado de un cuadro.

Es en esos momentos en que mis ojos se posan en el océano que no puedo evitar pensar en Emma, sé que este color le fascinaría.

Estás pensando en ella de vuelta, Luca...

Patético.

Tomo aire, llenando mis pulmones y estiro mis brazos por encima de mi cabeza.

Soy un hombre rutinario, me gusta, me siento cómodo en la rutina y si me mantengo a raya, entonces nada puede salir de control, por una simple razón.

Yo soy control.

Mi empresa, mi vida, mi cuerpo.

Absolutamente todo pasa por un escrutinio peligrosamente obsesivo.

Me levanto de la cama y siento la brisa de la mañana por todo el cuerpo, me gusta dormir desnudo y creo que es uno de los pocos momentos donde me permito ser vulnerable. Tengo una extraña relación con mi desnudez y no tiene que ver con mi autoestima, porque sé perfectamente que mi cuerpo es deseado —por ambos sexos—. Creo que la relación está ligada a la libertad que implica la desnudez y, como mi único vecino es el mar, me puedo dar el lujo de caminar por mi casa con mi trasero al aire.

Café, periódico en papel, no esas versiones digitales completamente horribles que existen; frutas y nueces.

Mi ama de llaves, Ana María, sabe perfectamente cómo quiero mis comidas y las deja preparadas para mí. Ella viene todos los días, pero en los horarios donde yo no me encuentro en la casa, fue casi un acuerdo que hicimos. Me gusta mi soledad y se lo di a entender muchas veces, creo que aprendió a respetarlo cuando entró a mi casa y me encontró desnudo.

O follando con alguien.

Si, Ana María no va a volver a entrar fuera de sus horarios.

Cargo los utensilios en el lavavajillas y me preparo para una larga sesión de gimnasio. Mi entrenador, Luis, viene todas las mañanas. Él es cubano-americano, especialista en ju-jitsu y practicamos este hermoso arte marcial desde que me mudé aquí hace algunos años. Usualmente comenzamos calentando el cuerpo, luego tenemos cuarenta minutos de práctica y después sesenta minutos de levantamiento de peso.

—Luca... —saluda, cuando abro la puerta para dejarlo entrar.

—Buenos días, Sensei —respondo siguiendo la tradición del arte.

No importa que Luis no sea japonés, en esta práctica, él es el líder y es el único momento del día donde interactúo con alguien que tiene más autoridad que yo.

Bueno, al menos que hable con mi hermano, Silas, el CEO de Property Group, la compañía de mi padre.

Por suerte, cuando nos dividimos las sucursales, acordamos que cada uno va a tener total autonomía sobre las oficinas, pero él siempre es el que le da el visto bueno a todo.

Luego de una práctica exhaustiva, Luis se retira y me dirijo directamente a mi baño.

Ducha, muda de ropa y a trabajar.

Las oficinas de Property Group Miami están en el edificio más alto de la primera avenida. Actualmente la oficina posee dos pisos, aunque crece cada día más y pienso hacer lo posible para que sea la número uno de todas las sedes de Property Group.

Somos cuatro los hermanos Walker, Silas es el CEO y el General Manager de New York, Oliver tiene Texas, Killian tiene California y yo, Florida.

Cada uno con su espacio.

¿Mencioné que somos competitivos? *Ah... detalle.*

Nuestro padre nos crió para ser los mejores en todo, incentivando la competencia entre los cuatro. Por eso no podemos evitar ser quien somos.

Obsesivos.

Competitivos.

Buscadores compulsivos de retos.

Pero, a pesar de todo eso, nos queremos, muy... *muy* en el fondo. Al menos yo intento incentivar ese sentimiento una vez por año cuando los invito a mi casa.

Mientras estaciono mi coche, un Audi R8, en el espacio reservado con el nombre L. Walker, mi móvil suena.

Brenda llama.

Mi asistente.

—Brenda —respondo.

Mi tono siempre suele ser un poco duro, no sé por qué salió más duro de lo normal esta vez. Será que quizá aprendí la lección con respecto a mis asistentes en el pasado.

Parece que a ninguna le llegó el memorándum: *Follar no pone un anillo en tu dedo.*

Y honestamente me cansé de entrevistar una tras otra, mi oficina parecía la pasarela de Victoria Secret. No más, de ahora en adelante, puro profesionalismo en la oficina, *con todos*; nada de obligarme a ser más amable de lo que en realidad quiero ser con las personas.

Por eso el tono.

—Señor Walker, solo llamaba para recordarle de su cita a las doce con Great Ideas.

Miro el reloj.

11:56.

—Estoy estacionando el maldito coche, Brenda.

—Oh, lo siento —se corrige—. Solo quería confirmar si...

Corto la llamada.

Esta última semana estuve entrevistando a las mejores compañías de marketing que tiene Florida. *Great Ideas* es la última y honestamente, espero que me guste porque las otras apestaron.

Parece que la creatividad murió hace muchos años en este país.

Miro mi reflejo en las puertas del ascensor y perfecciono un poco más mi imagen. Acomodo mi camisa blanca por debajo del traje negro, ajusto mi corbata de satín negra y arreglo mi cabello.

No es vanidad, es perfección y la perfección connota seriedad.

Las puertas del ascensor se abren y camino de memoria por los pasillos de mi oficina, mientras envío un e-mail.

Querido señor Eyre,

Espero que este mail lo encuentre muy bien.

—Señor Walker, lo acompaño —dice Brenda, mientras da pasos atropellados a mi lado—. Ellos lo están esperando en la sala Gaudí.

—Bueno.

Envío este mail remontándome a la conversación que tuvimos en la marina dos días atrás, cuando quiera recorrer las mejores propiedades de Miami Beach, por favor, contáctese con mi asistente.

—Hay un servicio de café, pero si quiere algo en particular, déjemelo saber. —Su voz suena agitada. Brenda tiene que empezar a ejercitarse si quiere seguirme el ritmo.

Sigo escribiendo.

Ella va a concretar una cita y yo personalmente voy a encargarme de que invierta en el lugar correcto.

Coloco mi mano en la barra de metal y empujo la puerta de vidrio.

Atte.

Luca Walker.

Enviar.

Camino hasta la silla de la cabecera. Puedo ver de reojo a dos personas que se levantan tensamente cuando me ven entrar.

Un hombre y una mujer.

—Buenos días a todos —digo mientras apago la pantalla del móvil.

Cuando levanto la vista, me enfoco casi automáticamente en la mujer en la sala y el móvil se desliza de mi mano y cae sobre la mesa de conferencias, haciendo demasiado ruido.

Emma.

Emma Green.

Mi gran amor de la infancia.

—Señor Walker —dice ella, extendiendo su mano para estrecharla con la mía.

—Emma... —Me atraganto, mi voz sale rasposa, fuera de control y *excitada*.

Brenda y quien sea el otro idiota parado allí, nos miran con pura confusión.

Estiro mi brazo y tomo su mano. Su piel se siente tibia, extrañamente suave para alguien que solía dibujar todo el día.

—Oh, ¿se conocen? —pregunta el hombre.

Ya lo odio, su voz suena pedante, como la clase de hombre que cree que tiene el mundo a sus pies.

Dije, cree, no tiene.

Mi respuesta es casi automática en mi cerebro: *Claro que la conozco, fue la única mujer que amé alguna vez.*

La única que me hacía reír.

La única que me hacía correrme en mis pantalones con solo una mirada.

La única que despertaba los sentimientos más vibrantes y sofocantes.

—Sí —responde ella, yo aún no puedo hablar—, solíamos ser compañeros de colegio.

¿Compañeros de colegio? ¿Qué carajos? Fuimos mucho más que simples compañeros de colegio, maldición, fuimos... fuimos....

—Oh, creí que no eras de Miami —dice el hombre en un tono acusatorio.

Eso me despierta y finalmente despego mis ojos de ella, para fijarlos en él.

—No lo es. Yo tampoco —aclaro.

¿Por qué la defiendo? No se lo merece.

—Bueno —dice, desabrochando su traje y sentándose otra vez como si este lugar fuese su casa—, definitivamente el mundo es un pañuelo.

Tengo que estar de acuerdo con este idiota, no puedo creer que ella esté aquí. Lo último que supe fue que vivía en New York con su hermana, Lauren.

¿Qué pasó?

¿Por qué está aquí?

¿Sabía que iba a encontrarse conmigo?

Emma intenta soltarse de mi agarre, no me di cuenta que todavía la tenía sujetada.

Dios, no cambió casi nada, su cabello sigue siendo rubio, lacio y largo. Sus ojos verdes zafiros, su cuerpo más esculpido y relleno de lo que recuerdo.

Trago saliva.

Emma fuerza una sonrisa y se sienta, yo la sigo en el movimiento, hasta que escucho a alguien carraspear en la sala.

Cierto, Brenda está aquí.

—Puedes retirarte —digo sin mirarla. En cambio, me acomodo en mi silla y espero por este show, porque puedes apostar lo que quieras a que, si Emma Green tiene que venderme algo, voy a volverla malditamente loca.

Es hora de equilibrar la balanza.

Puedes leer la historia de Luca aquí.

AGRADECIMIENTOS

Amiga lectora:

Primero, gracias por apoyar a las autoras independientes.

Recuerda, si bajaste este libro de manera ilegal, al menos devuelve el amor en las redes sociales, dejando reseñas y recomendando este libro.

Detrás de este libro, hay mucho trabajo, no solo mío, sino de personas que me ayudan todos los días, aportando crítica, información y guía.

Gracias a Meli W. Y Meli S. que aportan tanto.

Segundo, como sabemos el 2020 y 2021 fueron años sumamente complicados para todos y en mi caso particularmente escribir se volvió muy secundario. Es curioso cómo muere la creatividad cuando el estrés está por el techo.

Pero, por suerte, seguimos adelante y en ese movimiento pude terminar la historia de Silas y Lauren.

Que, por cierto, no me dejaban escribir nada más que ellos, así que tuve que dejar todos los proyectos de lado, para darles voz.

Supongo que el carácter de Silas tiene mucho que ver en esto.

Tercero, las invito a pasar por mi grupo de Facebook, donde publico actualizaciones de todos los libros, cambios y novedades.

ACERCA DEL AUTOR

Marcia DM es una argentina que vive en Estados Unidos hace seis años. En su travesía por encontrar nuevos territorios, Marcia retomó un gran amor que era la escritura y hoy lleva publicados doce libros en español y tres en inglés.

Marcia vive en una pequeña ciudad de Texas, le gusta mucho la decoración de interiores, hacer proyectos en su casa (sus manos lo pueden demostrar) y dibujar.

Puedes seguirla en tus redes sociales favoritas, pero Marcia tiene que admitir que Instagram y el grupo privado de Facebook es donde más interactúa con sus seguidoras.

WWW.MARCIADM.COM

Si te gustan los personajes de la Conejita y el Zorro, te invito a encontrar productos con nuestros personajes preferidos aquí!

OTRAS OBRAS DE MARCIA DM

Romance oscuro

Resiliencia

Stamina

Deber

Rage

Carter

Saga Mujeres Robadas:

Mentiras Robadas

Romance distopico:

La Marca Del Silver Wolf

Romance Paranormal:

Príncipe Oscuro

Romance Contemporaneo:

Amor y Odio en Manhattan.

Segunda Oportunidad en Miami

Rivales en Dallas.

San Francisco Inesperado

Walker Segunda Generación:

El Color del Anhelo

Made in the USA
Columbia, SC
29 March 2023

14446286R00176